D1340432

LES CASSEURS DE MONDES

SCIENCE-FICTION
Collection dirigée par Jacques Goimard

MARION ZIMMER BRADLEY

LA ROMANCE DE TÉNÉBREUSE
L'Âge de Regis Hastur

LES CASSEURS
DE MONDES

Traduit de l'américain
par Simone Hilling

© 1971, by Marion Zimmer Bradley.

Édition originale américaine :
THE WORLD WRECKERS
Ace Books, Inc.

© 1971, by Marion Zimmer Bradley.
© Éditions Presses Pocket, 1991,
pour la présente édition et la traduction française
ISBN : 2-266-03384-0

PROLOGUE

CASSEURS DE MONDES, INC.

Bien entendu, ils portaient officiellement un tout autre nom. Mais celui-là leur allait comme un gant, et ces hommes le savaient, qui montaient la longue série d'escalators conduisant aux bureaux isolés du dernier étage.

Ils étaient deux, un grand et un petit, avec ce visage banal qui est un label de qualité chez les policiers, les détectives et les espions. La chirurgie esthétique sert le plus souvent à embellir les gens ; mais dans leur cas elle s'était attachée à dépersonnaliser — un observateur avisé aurait pu s'en convaincre en devinant sur leurs visages les traces imperceptibles de son travail. Un travail subtil, mais radical. Ils se fondaient dans la foule, n'importe quelle foule, ce qui, en soi, était une prouesse : leur peau n'était ni blanche ni noire, et ils n'auraient détonné dans aucune foule, qu'elle soit de type africain ou de type scandinave. Parmi des Massaï ou des pygmées — s'il s'en était encore trouvé sur Terre —, ces deux hommes auraient bien évidemment attiré l'attention. Mais en cette ère de brassages raciaux, où les extrêmes du phénotype humain avaient disparu à jamais, personne ne les remarquait.

L'un d'eux se faisait appeler Stannard. Provisoirement. Il avait si souvent changé d'identité qu'il ne pensait pas plus de deux fois par an à son nom d'origine. Et il méditait sur cette appellation.

Casseurs de Mondes. Il avait été pratiquement partout et avait fait pratiquement n'importe quoi sur toute planète voulant bien l'accueillir, mais il n'avait jamais eu affaire à eux.

Tout le monde dans l'Empire en avait entendu parler. Mais ce n'était qu'une rumeur vague tant qu'on n'était pas entraîné dans le ressac puissant du commerce interplanétaire. D'ailleurs, casser un monde, qu'est-ce que ça voulait dire ? Et qui aurait eu envie de casser un monde ? Ça sentait le cinédrame en trois dimensions, avec une tonalité vaguement comique.

Mais pour les gens dont c'était le métier — comme moi, se dit Stannard, — cela n'avait rien de comique.

Ni de tragique.

C'était juste un métier, sans plus.

Alors, pourquoi avaient-ils laissé se répandre ce surnom, qui ne rehaussait pas l'image de leur entreprise ?

Il fit taire sa curiosité — on ne le payait pas pour se poser des questions — tandis que le dernier escalator s'immobilisait lentement. Des rideaux et tentures gold donnaient une atmosphère sereine à l'aire d'accueil, où une jeune fille, presque aussi banale que Stannard et son compagnon, examina leurs pièces d'identité, puis les laissa passer la porte métallique menant à un petit bureau tout simple. A quoi Stannard s'attendait-il ? Certainement pas à ce bureau d'expéditions, avec ces ordinateurs élémentaires ne sachant que tenir le compte des entrées et des sorties, stocker les informations et les restituer à la demande. Et il n'avait pas prévu non plus que le chef de ce vaste réseau, de cette entreprise semi-légale, fût justement une femme.

Une femme, assez belle et assez jeune. Au moins en apparence. Il ne discernait sur elle, malgré son expérience, aucune cicatrice de chirurgie esthétique ou de remodelage, mais une certaine tension de la peau autour des yeux lui apprit que ce visage lisse et cette gorge sans fanons n'avait rien à voir avec l'innocente jeunesse. Sa voix était grave et calme.

— Monsieur Stannard, monsieur Bruce, asseyez-vous, je vous prie. Vos supérieurs, comme vous le savez très certainement, se sont mis en rapport avec moi et ont versé l'avance que nous exigeons avant que les négociations aboutissent à leur conclusion. Je m'appelle Andréa Colson, et j'ai tous pouvoirs pour traiter avec vous.

Ils s'assirent et elle poursuivit, de la même voix calme et objective :

— A ce stade, je suis prête à vous donner des garanties. Que vous a-t-on dit sur le problème de Ténébreuse ?

— On nous a dit que nous savons tout ce que nous avons besoin de savoir pour cet entretien, dit Stannard.

— Parfait. Vous savez donc que cette opération est illégale. D'après la constitution de l'Empire Terrien, toute planète peuplée d'une race intelligente a droit à un traité commercial de Classe D, ce qui signifie, dans le cas de Ténébreuse...

Elle jeta un bref coup d'œil sur l'écran de contrôle où défilaient des informations sélectionnées par son programme.

— ... ce qui signifie la construction d'un grand astroport pour le trafic de Type Bêta, les habitations et les services nécessaires au personnel de l'astroport, un service d'Exploration et Cartographie, des services d'Echanges Médicaux, et des zones d'échanges bien délimitées, excluant toute infiltration terrienne dans les aires indigènes, et réciproquement. L'astroport de Thendara sur Ténébreuse est opérationnel depuis...

De nouveau, elle consulta son écran.

— ... depuis soixante-dix-huit de leurs années, comprenant chacune 389 jours. Il existe un commerce actif de produits médicaux, outils d'acier et artefacts similaires de Classe D. Conformément au contrat de Classe D, il n'existe pas d'industries mécaniques, pas d'opérations minières, pas de transit de surface, pas de courant régulier d'importation ou d'exportation de biens ou de services. Tous les efforts entrepris pour nouer des négociations avec les autorités ténébranes en

vue d'ouvrir la planète à la colonisation et à l'industrialisation, ont échoué. Est-ce exact ?

— Pas tout à fait, dit Stannard. Ils n'ont pas échoué,
ils ont été ignorés. Radicalement.

Andréa Colson écarta l'objection d'un haussement
d'épaules.

— Bref, ils n'ont pas réussi. Vous êtes donc ici parce
que vous acceptez d'y amener nos services.

— Casseurs de Mondes, dit Bruce.

C'était la première fois qu'il ouvrait la bouche.

— Nous préférons le nom de Compagnie d'Investissement Planétaire, rectifia Andréa, doucereuse, que
d'ailleurs nous n'utilisons pas dans les opérations
secrètes. Bref, quand une planète refuse l'exploitation
— pardonnez-moi, j'aurais dû dire *les investissements
rentables,* corrigea-t-elle avec ironie, — nos agents
peuvent donner à son économie le genre de —
comment dire ? — le genre de secousse qui, à la longue,
obligera cette planète à faire appel à des investisseurs
extérieurs.

— En deux mots, vous ruinez si bien l'économie de
la planète qu'elle n'a pas d'autre recours que de se
tourner vers l'Empire Terrien pour recoller les morceaux ?

— La formulation est brutale, mais au fond assez
juste. Et la planète ainsi traitée, d'après les investisseurs, y trouve généralement des bénéfices à la longue.
Je ne demande pas à qui vont les bénéfices. Ce n'est pas
mon affaire.

— C'est la nôtre, dit Stannard. Est-ce faisable dans
le cas de Ténébreuse ? Dans quel délai ? Et avec quels
résultats ?

Andréa ne répondit pas tout de suite ; elle effleurait
des touches sous son écran. Ses yeux étranges, d'un gris
très clair et comme translucide — une couleur que
Stannard ne se rappelait pas avoir vue jusqu'à ce
jour, —, suivaient le déroulement des informations.
Tout à coup quelque chose parut retenir son attention.
Ses mouvements oculaires s'arrêtèrent. Elle semblait,

pour autant qu'il en pût juger, à la fois stupéfaite et choquée.

Elle dit brusquement :

— L'un de vous, messieurs, est-il jamais allé sur Ténébreuse ?

Stannard secoua la tête.

— Je ne voyage jamais aussi loin de mon orbite.

— Moi, si, dit inopinément Bruce. J'y suis allé une fois pour... enfin, ça n'a pas d'importance.

Il frissonna soudain.

— Planète infernale ; je ne vois pas pourquoi on veut l'ouvrir à l'exploitation. Ils sont obligés d'offrir des primes aux volontaires. Froide comme l'espace et deux fois plus désolée. Totalement impolluée, comme disent les guides touristiques. Un peu de pollution ne lui ferait pas de mal.

— Eh bien, vous êtes là pour ça, dit Andréa retrouvant son entrain et éteignant son écran d'un geste décidé. Je suis prête à vous offrir un contrat et des garanties. Pour la somme convenue...

Elle cita une somme en méga-crédits, cette unité de compte si changeante que cela représentait une petite ou une grande fortune cette semaine-là.

— ... nous sommes prêts à garantir que d'ici trois Années Impériales Standard, la planète actuellement connue sous le nom de Ténébreuse sera ouverte à une exploitation de Type B (pour une exploitation de Type A, il faudrait vingt ans et la rentabilité serait insuffisante même à long terme) avec autorisation complète, pour un groupe limité d'investisseurs, de commencer des opérations d'exploitation minière et d'exportation. La moitié de la somme doit être réglée immédiatement, en monnaie légale garantie sur étalon-titane, et virée sur un compte numéroté à Helvetia 11. Le solde sera dû un Mois Standard après le jour où Ténébreuse aura été placée sur la liste des mondes ouverts de Classe B.

— Qu'est-ce qui vous garantit que nos supérieurs paieront le solde ? demanda Stannard. Ce n'est pas qu'ils aient l'intention de faire défaut, mais l'ouverture d'un monde dépend du Sénat de l'Empire. Une fois obtenu ce statut légal, pourquoi mes supérieurs ne pourraient-ils pas s'établir sur ce monde, comme n'importe quel autre investisseur ?

Andréa sourit, et sa bouche ressembla tant à un piège d'acier que Stannard ajouta trente ans à l'âge qu'il lui avait attribué.

— Le contrat, que vous devez signer avec le vrai numéro d'identité de vos supérieurs, stipule qu'en cas de défaut de paiement, l'intérêt que vous détenez dans la planète en question revient à Investissements Planétaires Illimités — plus connu, ainsi que vous l'avez fait remarquer, sous le nom de Casseurs de Mondes, Inc. De plus, tout défaut de paiement annule la clause nous imposant le secret.

Ils avaient pensé à tout, réalisa Stannard. Les contrats visant à ruiner l'économie d'un monde étaient illégaux partout, et toute unité d'investissement planétaire, qui, en vue d'une exploitation future, s'assurait les services d'un casseur de mondes, était définitivement interdite sur la planète ainsi manipulée.

— Nous respectons strictement la loi, dit Andréa d'un air sinistre. Vous avez légalement engagé nos services à des fins de relations publiques et de propagande. La plupart de nos agents, ceux que tout le monde voit, n'iront jamais à moins d'une année-lumière de Ténébreuse. Ils se trouveront au Centre de l'Empire, cherchant, par des moyens parfaitement légaux, à persuader les législateurs que Ténébreuse devrait devenir un monde ouvert de Classe B. Quelques autres feront la même chose auprès des autorités ténébranes.

— Et le reste ?

— Le reste... ne vous concerne pas, dit Andréa.

Stannard en convint.

Il ne voulait pas savoir. Il avait passé sa vie à faire des corvées de ce genre pour des milliers d'organisations différentes, et il menait une vie aisée, presque luxueuse, en évitant de savoir.

Ils produisirent des procurations où l'identité de leurs mandateurs était indiquée par un numéro, ils signèrent des papiers, puis ils repartirent et sortirent à jamais de la vie d'Andréa Colson et de l'histoire de Ténébreuse. Leur visage était si banal qu'elle les oublia, en tant qu'individus, dans les cinq secondes qui suivirent leur départ.

Mais dès qu'elle fut seule, elle effleura la touche *lecture* de son écran et le mit en position *stop*. Les mots s'effacèrent et l'image, en couleurs éclatantes, prit forme sous ses yeux. Alors elle ferma les paupières pour mieux voir par les yeux du souvenir.

Les hautes montagnes se découpaient sombres et familières, sur le ciel empourpré par le soleil couchant ; ce soleil écarlate et ensanglanté. Ce soleil-là. Seuls les hauts gratte-ciel de la Cité du Commerce, nichés sous les montagnes et le soleil à jamais familiers, étaient nouveaux et surprenants.

Ainsi, maintenant, on l'appelle Ténébreuse.

Une onctueuse musique murmura dans son esprit — la musique même dont le souvenir l'avait tant torturée pendant les cent premières années et dont elle avait tant travaillé à effacer les traces ; maintenant, elle n'arrivait pas à retrouver le nom de la mélodie, et elle passa quelques fractions de secondes à fouiller ce passé qu'elle avait volontairement répudié, alors elle entendit le son sec des flûtes de roseau et le titre de la chanson : « Lasses sont les collines. »

Oui, c'était bien le titre. Une autre image d'une netteté intolérable s'imposa d'un seul coup à elle, celle d'une jeune fille en courte tunique jaune qui jouait de la flûte ; puis sa bouche se tordit et elle ouvrit les yeux.

— Une jeune fille, dit-elle tout haut d'un ton funèbre. Je n'étais pas même une jeune fille à l'époque. J'étais... ce que j'étais, j'ai décidé de ne plus y penser. Je suis là et je suis femme depuis... Evanda et Avarra, depuis quand ? Il ne faut pas penser à ces choses !

Mais le souvenir persista, incontrôlable ; et finalement, sachant qu'elle cédait à la faiblesse mais sachant aussi qu'elle n'avait pas d'autre moyen de dominer sa nostalgie, Andréa effleura une touche, et, attirant à elle l'unité-message, elle parla doucement :

— Préparez-moi une bande auto-destructrice synthétisant tout ce qui a été écrit sur Cottman IV, encore appelée Ténébreuse, monde fermé de Classe D. Je m'occuperai de cette affaire moi-même.

La voix à l'autre bout de la ligne était très entraînée à ne jamais révéler la surprise, mais Andréa, soudain rendue à son hypersensitivité, y détecta quand même quelque chose :

— Vous y allez en personne ? Sous quelle couverture ?

Elle y réfléchit brièvement.

— J'irai en tant que marchande d'animaux, compte tenu du commerce légal de petites quantités d'animaux indigènes à fourrure, vers des mondes proches à des fins d'élevage et de reproduction.

Elle avait été tant d'individus différents sur tant de mondes. Elle comprenait et aimait les animaux, qui ne l'obligeaient pas à fermer son esprit à leurs pensées indiscrètes.

Mais quand elle eut assimilé la cassette et que celle-ci se fut autodétruite, quand elle eut fait ses bagages et monté à bord du vaisseau pour la première étape d'un voyage transgalactique jusqu'à la frontière de nulle part, jusqu'à cette petite planète qu'on appelait désormais Ténébreuse, quand le départ fut donné pour l'inimaginable traversée, alors la peur, oui, la peur se leva en elle. Une peur enfouie depuis des siècles et des siècles, et rallumée soudain dans les profondeurs d'un cerveau que, vivant en humaine, elle n'utilisait que fractionnellement.

Et si, après tout ce temps et tous les personnages que j'ai été, une fois revenue sous les quatre lunes et baignée à nouveau par la lumière du soleil sanglant, et si... et si l'ancien moi, le vrai moi, le moi que j'étais avant d'être Andréa, avant d'être vagabonde, reine, astronaute, courtisane, femme d'affaires, et si l'ancien moi *revenait ? Alors ?*

Alors ? Alors enfin je mourrais où je suis née, pensa-

14

t-elle avec une lassitude résignée, voilant ses yeux de ses longues mains fines. En cet instant, si quelqu'un avait pu la voir, elle n'aurait eu l'air ni d'un être humain ni d'une femme.

Narzain-ye lui, pensa-t-elle en une langue morte depuis longtemps ; *enfant exilée de la Forêt Jaune, où n'as-tu pas voyagé ? Retourne encore une fois voir ce que le passage des saisons a fait du monde que ta race n'a pas pu garder, et puis meurs ; meurs seule s'il le faut, sachant qu'il ne reste pas même un souvenir du bref passage de ton peuple dans la stable demeure des Montagnes de la Lumière...*

1

UNE fois de plus, il sentit des pas derrière lui.

C'était troublant. Il ne reconnaissait pas la présence discrète et la démarche familière de Danilo, son garde du corps. Cette démarche-là, il l'entendait partout où il allait, et comme il aimait Danilo et avait fait du jeune homme son écuyer, sa présence ne modifiait ni son allure ni son humeur. Dani ne forcerait jamais ni son esprit ni sa conscience sans être sûr qu'il désirait sa compagnie.

Régis Hastur pensa : *je suis trop sensible,* et il essaya de ne plus penser à ces pas. Ils n'avaient sans doute rien à faire avec lui ; si le marcheur produisait un son perceptible, c'était sans doute à cause de sa surprise de voir un Hastur du Conseil Comyn debout et dehors à cette heure matinale. Régis était un grand jeune homme mince d'environ vingt-cinq ans, avec la beauté extraordinaire des Hastur et des Elhalyn, encore souli-gnée par les cheveux coiffés à la page encadrant le visage étroit, et qui n'étaient pas d'un roux éclatant comme chez tous les Comyn, mais blancs comme la neige.

Si j'écoutais Dani, je ne sortirais jamais sans une escorte armée. Ce ne serait pas une vie.

Il savait pourtant que Dani avait raison, et il le déplorait. Les jours anciens de Ténébreuse, où les Comyn pouvaient sans danger traverser guerres et insurrections, étaient passés pour ne plus revenir. Ce matin, il allait à pied rendre un dernier hommage à un membre de sa caste fauché dans sa trente-septième année sous les coups d'un assassin : Edric Ridenow de Serrais. *Je n'ai jamais aimé Edric. Mais devons-nous tous disparaître, alors que tant d'entre nous sont déjà morts ou proscrits ? Les maisons des Sept Domaines sont presque éteintes. Tous les Alton anéantis ; Valdir dormant son dernier sommeil depuis cent ans ; Kennard tombé sur un monde lointain ; Marius fauché au cours d'un combat psychique contre les forces de Sharra ; Lew et sa dernière fille, Marja, en exil sur une planète lointaine. Les Hastur, les Ridenow, les Ardais — tous décimés, supprimés. Je devrais m'en aller aussi. Mais mon peuple a besoin de moi, qui suis un Hastur d'Hastur, pour ne pas se sentir totalement abandonné à la merci de l'Empire Terrien.*

Le feu du désintégrateur est totalement silencieux. Régis n'entendit rien mais sentit la chaleur, pivota sur lui-même, entendit un cri, puis un silence terrible. Aussitôt, une autre voix cria son nom et il vit Danilo courir vers lui, sa dague à la main. Le jeune homme s'arrêta à quelques pas et abaissa son arme.

Il dit avec une colère contenue :

— Peut-être m'écouterez-vous cette fois, Seigneur Régis. Si vous sortez encore sans une escorte convenable, je jure par tous les enfers de Zandru que je décline toute responsabilité ; je demanderai qu'on me relève de mon serment et je retournerai à Syrtis. Si le Conseil ne me fait pas mourir sous le fouet pour vous avoir laissé assassiner sous mes yeux !

Régis fut pris de faiblesse et de nausées ; le mort étendu dans la rue n'avait pas à la main une arme ordinaire, mais un désintégrateur tirant des projectiles chimiques qui aurait fait de lui non un cadavre, mais un légume, tous ses circuits nerveux paralysés ; il aurait pu vivre, cloîtré et nourri à la cuillère, pendant quarante ans.

Il dit, les lèvres un peu tremblantes :

— Ils y vont de plus en plus fort. C'est le septième

assassin en onze lunes. Dois-je vivre en prisonnier dans la Cité Cachée, Dani ?

— Au moins, ils ne vous envoient plus d'égorgeurs.

— Je le regrette, dit Régis. Je me défends bien en escrime au couteau ou à la dague ; toi aussi d'ailleurs.

Il regarda Dani d'un œil incisif.

— Tu n'es pas blessé ?

— Une écorchure. J'ai l'impression qu'on m'a plongé les bras dans du plomb fondu, mais les nerfs guériront.

D'un revers de main, il écarta les questions inquiètes de Régis.

— Tout ce que j'ai à vous demander, seigneur Régis, c'est ne plus jamais sortir seul en ville.

— Je te le promets, dit Régis. Où as-tu trouvé cette arme, Dani ? Une arme interdite par le Pacte ! Donne-la-moi.

Le jeune homme lui tendit le désintégrateur et dit :

— Ce n'est pas illégal, *vai dom*. Je suis allé à la Cité du Commerce terrienne et j'ai présenté une demande de permis de port d'arme. Quand j'ai dit qui je voulais garder, ils me l'ont accordé sans difficulté — et c'est normal.

Régis avait l'air troublé.

— Appelle un garde pour enterrer ça, dit-il, montrant le corps calciné du tueur à gages. Inutile d'examiner le cadavre, j'en ai peur. Ce sera comme les autres un anonyme, impossible à identifier. Mais on ne peut quant même pas le laisser dans la rue.

Sombre et distant, il se tint à l'écart tandis que Danilo appelait un Garde de la Cité, en uniforme vert et noir, et lui donnait des ordres. Puis Régis se tourna vers Danilo, le regard dur.

— Tu connais le Pacte.

Pendant des générations, la guerre et les opérations militaires avaient été inconnues sur Ténébreuse, essentiellement grâce au Pacte, cette loi proscrivant toute arme dont le rayon d'action dépassait la portée du bras de l'utilisateur ; ce qui autorisait les duels et les raids, mais empêchait la multiplication des batailles et des massacres. La question posée par Régis était de pure forme — tous les bambins connaissaient le Pacte — et Danilo Syrtis s'abstint de répondre. Il vit la colère dans le regard du jeune seigneur — cette colère des Hastur qui avait le pouvoir de tuer — mais ne baissa pas les yeux pour autant.

Il dit en contrôlant sa voix :

— Vous êtes vivant et indemne. C'est tout ce qui m'importe, Seigneur.

— Vivant ? Mais, au nom de tous les dieux que tu voudras, avons-nous une raison de vivre, Dani ?

— Moi, j'en ai une : vous garder vivant.

— Et dans quel but ? Nous vivons, entre autres choses, pour que le Pacte soit respecté sur Ténébreuse, et que les Ages du Chaos et les carnages perpétrés par des lâches ne s'abattent plus jamais sur notre peuple !

Régis semblait à demi fou de rage et de désespoir, mais Danilo ne recula pas d'un pouce. Il dit :

— Le Pacte serait encore plus difficile à maintenir si vous trouviez la mort, Seigneur Régis. Je suis votre plus loyal...

Soudain, sa voix se mit à trembler.

— ... vous savez que ma vie vous appartient, que vous pouvez choisir de me sauver ou de me perdre, *vai dom cario*; mais savez-vous vraiment ce qu'il adviendrait de ce monde et de votre peuple après votre propre mort ?

— *Bredu*...

Régis prononça ce mot — qui signifiait non seulement ami, mais frère juré — en tendant les deux mains à Danilo, un geste rare chez les télépathes. Il dit :

— Si tu dis vrai, mon cher frère, pourquoi sept assassins successifs ont-ils désiré ma mort ?

Il n'attendait pas de réponse, et il n'y en eut pas. Danilo remarqua seulement, le visage tendu :

— Je ne crois pas du tout qu'ils viennent de notre peuple.

— Est-ce donc un Terrien ? demanda Régis, montrant l'endroit où était tombé le corps. Je ne reconnais pas leur façon d'agir.

— Moi non plus. Mais regardons les faits en face, Seigneur Régis. Sept assassins pour vous seul, et le Seigneur Edric tombé sous un poignard d'origine inconnue ; le Seigneur Jerome d'Elhalyn, retrouvé sans vie dans son cabinet de travail, et aucune trace dans la neige ; trois femmes Aillard mortes en couches et les sages-femmes empoisonnées avant qu'on ait pu les interroger ; et aussi — les dieux me pardonnent de vous en parler — deux de vos fils.

Le visage de Régis était devenu livide. Il avait engendré ses enfants sans éprouver d'amour pour leur mère, dans le seul but de faire son devoir envers sa caste, mais il chérissait ces deux fils, qu'on avait retrouvés dans leur berceau — terrassés, semblait-il par une maladie subite — moins de trois mois plus tôt. Il dit, avec un calme effrayant, pire que des larmes :

— Que puis-je faire, Dani ? Faut-il voir un complot dans tous les coups du destin ?

— Le pire, c'est de ne rien voir, Seigneur Régis, dit Danilo, démentant la dureté de ses paroles par un ton profondément compatissant.

Il ajouta, toujours durement :

— Vous avez subi un choc. Il vaudrait mieux que vous rentriez chez vous. Les témoignages d'affliction dont vous vouliez honorer le Seigneur Edric — si l'on peut éprouver de l'affliction pour un homme tel que lui, — feront moins de bien à sa lignée que toutes les actions que vous pourrez entreprendre si vous restez en vie !

Régis pinça les lèvres.

Ainsi, c'était la guerre, une conspiration complexe dirigée contre la caste des télépathes.

Mais qui était l'ennemi, quel était son mobile ?

Des incidents de ce genre n'avaient jamais été rares sur Ténébreuse, mais généralement l'assassin présentait la demande connue sous le nom d'*intention de tuer ;* il plaçait ainsi son action sous le code immémorial du duel, et le tueur jouissait de l'immunité ; tuer en duel régulier n'était pas assassiner.

Il eut un sourire ironique. Il s'était soigneusement

tenu à distance de toutes les factions adverses depuis qu'il savait que Derik Elhalyn, héritier de la fonction royale était fou et ne pourrait jamais présider le Conseil Comyn.

Il n'y avait donc sur Ténébreuse aucun homme vivant qui eût des raisons de se plaindre de Régis Hastur d'Hastur. Et peu de gens l'égalaient dans le maniement des armes légales de duel.

Alors, qui ? Un Ténébran désireux d'en finir avec les Comyn et leur hiérarchie complexe de télépathes et de psy ?

Ou les Terriens ?

Eh bien, il pouvait s'en assurer immédiatement.

Peu après avoir accepté la charge d'homme de liaison principal entre les Terriens et son peuple, il était venu s'installer dans une maison située à la frontière de la Zone terrienne. C'était un compromis, et il s'en accommodait mal : ce n'était ni une résidence terrienne, exiguë mais confortable, ni une maison ténébrane, sans confort mais sans cloisons, avec de l'air et de l'espace, et encore moins le Château Hastur où il avait passé presque toute son enfance.

Il détestait, d'une haine si liée à sa culture qu'elle était pratiquement innée, presque tous les artefacts de la technologie terrienne, et leur usage quotidien était l'une des contraintes les plus lourdes de sa charge. Un simple appel au visiophone soulevait en lui une répugnance paralysante, qu'il maîtrisait mal et qui l'obligeait à écourter les conversations.

— Direction de la Cité du Commerce, Section Huit, Recherche Médicale.

Quand l'écran se fut allumé, il demanda « Le Département d'Anthropologie Extra-Terrestre », puis le docteur Jason Allison ; un visage réservé mais aimable, encore jeune, prit forme sur l'écran.

— Seigneur Régis ! Quel plaisir inattendu ! Que puis-je faire pour vous ?

— Oublier les formalités pour commencer, dit Régis. Nous nous connaissons depuis trop longtemps. Pouvez-vous venir me voir chez moi ?

Il aurait pu l'interroger au visiophone et obtenir immédiatement une réponse. Mais Régis était télépathe et avait appris très jeune à se fier, non aux paroles, ni au visage de l'interlocuteur, mais aux ondes mentales émanant de lui. Il ne pensait pas que Jason Allison lui mentirait. Il éprouvait de l'amitié et de la confiance pour ce Terrien né sur Ténébreuse. Mais Jason pourrait éluder ou nuancer la vérité pour éviter de le blesser, ou broder sur une question dont il ignorait tout.

Quand Jason arriva chez lui, il le regarda dans les yeux et dit :

— Vous me connaissez depuis longtemps, Jason. Vous pouvez parler sans détours, et vous le savez. Y aurait-il dans l'Empire Terrien des gens pour penser, ouvertement ou secrètement, que les télépathes causent beaucoup de problèmes, que leur vie après tout n'est pas si précieuse, que l'Empire n'a pas besoin de mettre notre tête à prix et que, si nous devions être assassinés un par un, il n'y aurait pas beaucoup de gens pour verser des larmes ?

— Grands dieux, non ! dit Jason.

Régis n'entendit même pas ces paroles. Ce qu'il perçut, ce fut le choc parfaitement sincère de la dénégation et de l'indignation dans l'esprit du jeune Terrien.

Il insista pourtant, afin d'en avoir vraiment le cœur net.

— Peut-être une initiative prise ailleurs, et dont pour le moment vous ignorez à peu près tout. Je sais que l'Anthropologie Extra-Terrestre a essayé de travailler avec certains d'entre nous.

— Les autres sections ne sont pas plus avancées que la nôtre, dit Jason avec fermeté. Les autorités de l'astroport s'en laveraient les mains, bien entendu, mais la question n'a pas été posée. Quant aux sections scientifiques... eh bien, elles n'ont pas encore fini d'étudier vos différents savoirs, et elles réalisent que Ténébreuse est un réservoir de pouvoirs psi inégalé à ce jour dans toute la Galaxie. Plutôt que de vous faire disparaître, ils aimeraient sans doute vous réunir et vous placer... non pas en cage, mais en détention préventive pour pouvoir vous étudier tout leur soûl.

Il éclata d'un rire sans joie.

— Cela vaudrait peut-être mieux, dit Régis sans une once d'humour. Au train où vont les choses, il ne restera bientôt plus un seul télépathe vivant sur Ténébreuse !

Jason se rembrunit.

— Il y a quelques mois, on a parlé d'une tentative d'assassinat avortée, dit-il. Mais il y a tant de duels que je n'ai pas pris cela au sérieux. C'était donc vrai ? Et il y a eu une autre tentative ?

— Alors, vous ne savez rien ! dit Régis. Et il dressa le premier bilan de l'hécatombe.

A mesure qu'il parlait, le sang se retirait du visage du jeune Terrien.

— C'est terrifiant. Je peux seulement dire que cela ne vient d'aucun Terrien chargé d'un emploi officiel. Et qui d'autre pourrait avoir une bonne raison ?

C'était là la question, bien sûr, pensa Régis. Il dit :

— Les esprits les plus puissants de l'univers, les plus grands talents psi de Ténébreuse sont encore vulnérables au couteau, aux balles, aux armes de poing. Je pourrais vous citer une bonne douzaine de morts violentes, à commencer par la Gardienne Cleindori et jusqu'à mon cousin Marius Alton mort il y a deux ou trois ans.

— Et sans les télépathes, dit lentement Jason, nous n'avons aucune clé de la science des matrices de Ténébreuse, et aucun espoir d'en retrouver une un jour.

— Sans les télépathes, dit Régis, notre monde et notre économie s'effondrent. A qui cela pourrait-il profiter ?

— Je ne sais pas. De nombreux groupes d'intérêts aimeraient voir votre planète ouverte au commerce. Mais cette bataille fait rage depuis trois ou quatre générations, et l'Empire Terrien a toujours affirmé qu'une planète a le droit de décider de son destin à long terme. Ils n'ont même plus un lobby sur Ténébreuse. Après tout, il y a d'autres planètes.

Mais Régis entendit aussi ce qu'il n'ajouta pas tout haut ; *Il y a d'autres planètes,* mais pas avec un grand astroport, une colonie et une Zone Terriennes importantes. Ténébreuse se trouvait au carrefour des Bras Galactiques supérieur et inférieur, ce qui avait entraîné l'installation d'un astroport deux fois plus grand que la plupart des planètes de sa taille, cinq fois plus grand qu'une planète ordinaire de Classe B. C'était une plaque tournante — et il y avait là quelque chose d'irritant pour tous ceux qui auraient bien voulu jouir d'une pareille rente de situation.

Jason ajouta quand même :

— Franchement, je ne crois pas que ça vienne de l'Empire ou de la Zone, Régis ; ils s'y prendraient autrement. Quand on dispose d'un bulldozer, on ne se sert pas d'une simple pelle. Il s'agit d'une opération secrète et extrêmement risquée.

— J'incline à penser de même, dit Régis. Vous auriez beau éliminer les télépathes, notre position ne changerait pas d'un pouce : nous ne voulons pas faire partie de l'Empire ; nous ne voulons pas devenir un maillon de la chaîne ; et nous ne voulons pas être inondés de votre technologie. Les gens du peuple sont massivement d'accord avec nous sur ce point. Si quelqu'un essaye de les faire changer d'avis, je devrais être capable de le découvrir. Dans l'intervalle...

— Dans l'intervalle, cela fait partie de mes responsabilités de m'assurer qu'aucun d'entre vous ne sera plus assassiné. La détention préventive ne marcherait sans doute pas. Pas avec vous...

Jason sourit, ajoutant :

— Pas avec vous, maudits isolationnistes dont il se trouve que je fais partie moi aussi. Mais il faudrait trouver une solution.

— Je peux vous offrir une chose, dit Régis d'un air sombre, une chose que nous vous avons toujours refusée. Mais nous sommes au bout du rouleau, et il est dans l'intérêt de tous que la science des matrices ne s'éteigne pas par manque de télépathes pour la pratiquer. Je vous offre nos personnes, Jason. Il y a des télépathes là-haut, poursuivit-il, embrassant du geste le ciel et ses myriades d'étoiles. Peut-être pas autant que sur Ténébreuse, et peut-être pas doués d'autant de pouvoirs. N'oubliez pas : avant les Ages du Chaos, nous transmettions notre *laran* par mariage. Nous sommes allés trop loin ; les mariages consanguins ont affaibli la race. La chasse aux télépathes qui se poursuit en ce moment ne fait qu'accélérer un processus probablement fatal. Ce processus, il faut l'inverser. Trouvez-nous d'autres télépathes, Jason. Découvrez en quoi les télépathes ténébrans diffèrent de ceux de Terra, de Vainwal ou de la quatorzième planète du bout du monde. Si nous pouvons survivre en tant que caste, ou si nos dons peuvent être transmis à d'autres — alors ce carnage pourra peut-être cesser. Que cela vous plaise ou non, l'Empire est un processus entropique, et les télépathes sont les seuls qui aient réussi à maintenir Ténébreuse hors du courant de l'entropie ; alors nous devons continuer à monter la garde. Nous avons eu nos Ages du Chaos. Je peux vous montrer des cratères radioactifs dans la Cité Interdite. Ce qui reste de nous n'est pas primitif ou barbare, Jason ; c'est ce qui reste après que nous sommes allés jusqu'au bout du soi-disant Progrès ; et les rares survivants de cette aventure ont appris à quoi il ne faut pas jouer. Trouvez-nous d'autres télépathes, Jason, et vous avez la parole d'un Hastur que vous apprendrez ce que nous sommes et pourquoi nous le sommes !

2

DEPARTEMENT D'ANTHROPOLOGIE
EXTRA-TERRESTRE
COTTMAN QUATRE *(TENEBREUSE)*

A tous les Services Médicaux de l'Empire sur toutes les planètes Ouvertes et Fermées : ordre de rechercher tous les humains doués de talents psi ou télépathiques, de préférence latents ou non-développés. Cette offre ne concerne pas les individus se servant de leurs pouvoirs psi pour un usage commercial, car ces pouvoirs peuvent être stimulés par une technologie avancée. Vous êtes autorisés à leur proposer des contrats médicaux de Classe A...

Quand on lance un filet jusqu'aux confins de l'univers connu, on peut ramener de très curieuses choses dans ses mailles...

Rondo était un petit homme desséché, sans âge, et il était terrorisé. Il sentait le goût amer de la peur dans sa gorge, et il essaya de n'y plus penser, car il savait qu'elle compliquait le contrôle dont il avait tant besoin.

Ses yeux suivaient avec cinquante autres paires d'yeux la course d'une boule, selon une orbite de plus en plus excentrée, dans la grande machine de jeu en cristal. La boule heurtait au hasard d'autres fragments de matière tourbillonnant avec elle ; à chaque fois, son

27

orbite se modifiait, changeait, dérivait, et elle finissait par tomber, tomber en apesanteur, par tomber — tomber dans l'une — dans l'une des cupules...

Là, *là*. La *chose* dans son esprit — il n'avait pas d'autre nom pour ce don qu'il s'était toujours connu — remua et toucha, très délicatement, la boule. Comme une autre parcelle de matière, elle modifia l'orbite imprévisible, très légèrement, vers les ouvertures d'une rangée de cupules tournant continuellement à la base de la machine. *Ralentis, accélère... attends, la mienne n'est pas encore là... maintenant,* MAINTENANT !

La boule tomba plus vite, comme magnétisée ; elle tomba, *clic,* dans une cupule. Un soupir de soulagement s'échappa des cinquante et quelques bouches en attente, aussitôt suivi d'un soupir de déception.

Le croupier annonça, indifférent :

— Le numéro huit cent quarante-deux gagne. Six fois la mise.

Rondo tremblait si fort qu'il eut du mal à ramasser ses gains. Les yeux du croupier, démentant l'indifférence de sa voix, disaient : « Attends, salopard. Ils arrivent. Cette fois, tu as poussé trop loin ta chance, petit salaud... »

Telles étaient ses pensées tandis qu'il reprenait d'un ton monotone :

— Faites vos jeux. Rien ne va plus.

Et sa main actionna le bouton qui relança la petite balle pour un autre tour du jeu de la grande orbite.

Rondo tripota ses gains, et, comme en proie à une impulsion irrésistible, il les poussa vers une cupule qui bâillait droit devant lui : deux pouces de diamètre pour tous les autres ; pour lui, un véritable abîme. Il aurait dû arrêter ; il le savait, mais il vit la cupule briller, scintiller d'or qui pouvait être à lui...

Elle s'ouvrit comme une gueule immense, prête à régurgiter le flot d'or...

C'était une maladie. Il se le répétait en regardant la boule tourbillonner ; une maladie, née peut-être de cet étrange don qu'il avait. Maintenant les jeux étaient faits, il était impuissant ; de nouveau il chercha des yeux la boule tourbillonnante, tout en s'injuriant mentale-ment avec tant de véhémence que ses voisins dans la salle de jeux l'entendaient sans doute :

Imbécile — idiot — prends tes gains et sauve-toi — ils te recherchent, y t' cherchent, prends tes gains et sauve-toi, COURS, ILS ARRIVENT, Y SONT LA...

Mais il resta immobile, paralysé, et finalement une main s'abattit sur son épaule et une voix calme inter-rompit la course de la petite boule d'or :

— Tous les paris sont annulés, mesdames et mes-sieurs. La prochaine partie commencera dans trois mégasecondes. Nous avons des raisons de croire...

Rondo glapit, sans entendre ce qui suivit :

— Vous dites vous-mêmes qu'on ne peut pas tricher avec vos machines, espèces de sales escrocs ! Est-ce que quelqu'un m'a vu toucher la machine ne serait-ce que d'un doigt ?

La voix resta calme, mais résonna dans la salle de jeu comme une cloche dans son clocher :

— Aucune machine n'est à l'abri des Perceptions Extra-Sensorielles. Vous gagnez beaucoup trop souvent.

La main se resserra sur son bras, et Rondo sortit sans ajouter un mot. Il savait que toute protestation était inutile, et sa peur faisait un contrepoint à ses regrets, *c'est ma faute... je sais pas m'arrêter... pas de preuve, PAS DE PREUVE...*

Une fois hors de la salle, la main relâcha un peu son étreinte, puis la resserra. L'homme, qui dominait le petit joueur de toute sa taille, dit :

— Nous n'avons aucune preuve, et la loi n'interdit pas d'user de P.E.S. sur une machine pour gagner. Si vous aviez été un peu plus discret... Mais filez, et si nous vous reprenons ici, vous ne vivrez pas assez longtemps pour profiter de vos gains.

Une main brutale retourna ses poches.

— Vous avez assez gagné comme ça, dit l'homme. Oubliez vos gains d'aujourd'hui. Et maintenant, ouste !

D'un coup de pied bien appliqué, il propulsa Rondo

dans la rue, sous la brillante lumière de la lune artificielle de Keef, la planète du plaisir.

Il resta là, tremblant comme un chien battu, tripotant machinalement ses poches vides. Il avait donc recommencé. Et maintenant, il allait se retrouver banni de toutes les salles de jeux de Keef, comme il l'était de quatre ou cinq autres planètes semblables. Tôt ou tard, on le repérait. C'était la maladie du joueur invétéré qui le poussait à revenir encore et toujours, qui l'empêchait de se contenter de gains raisonnables et de partir, pour revenir un autre jour ou une autre semaine.

Debout sous l'énorme fausse lune à la lumière rose, il détestait le monde entier. Mais surtout, il se détestait lui-même. Tout était de sa faute ; il le comprenait dans ses éclairs de lucidité. La source de ce comportement était enfouie tout au fond de lui, juste à l'endroit où se lovait cette chose étrange qui lui permettait de prévoir la trajectoire de la boule. Cette chose l'avait fait détester partout, même quand il s'en était servi (brièvement, il y avait très, très longtemps) pour avertir, pour aider, pour guérir. Et maintenant, la maladie qu'il n'avait jamais pu contrôler le poussait à revenir jouer toujours, à rafler tous les enjeux dans la fièvre accompagnant la chute d'une carte ou d'une boule.

Qu'allait-il faire maintenant ? Les crédits qui lui restaient, cachés dans sa chambre, ne suffiraient pas à payer son passage pour le monde le plus proche. Il était coincé sur Keef, et la Force Spatiale, à ces confins de l'Empire, avait la main lourde avec les indigents. Sur une planète conçue pour les riches, les paumés, les malades et les traîne-misère devaient rester à l'abri des regards. Rondo pourrait peut-être trouver du travail dans les services de nettoyage d'un de ces grands établissements de plaisir qu'on appelait *Maisons de Bains* par euphémisme ; il n'était ni assez jeune ni assez beau pour autre chose, même s'il avait été prêt à fraterniser avec les débauchés de ce monde de plaisir. Il avait toujours eu besoin de se concentrer sur le jeu pour dominer le dégoût qu'ils lui inspiraient...

Et maintenant, même le jeu lui était enlevé.

Il serra les dents, et son visage devint vraiment difforme. On l'avait jeté dehors parce qu'il gagnait trop souvent. Très bien. Ils allaient voir ce qui se passait quand on encourait sa colère ! La rage illimitée du névrosé mal contrôlé monta en lui. Il était indifférent aux conséquences. C'était trop ancien. Maintenant, il savait seulement qu'on lui interdisait la seule chose qui lui procurait du plaisir sur la planète du plaisir, la chute et le tournoiement d'une boule sur son orbite ; il avait mal et il voulait se venger.

Il resta immobile, et son esprit s'empara de la seule chose qui avait vraiment un sens, la boule qui tombait, qui tombait...

Autour de lui, le monde s'était volatilisé. La chose dans son esprit le paralysait, et paralysait aussi la seule chose qui avait un sens...

Dans la salle de jeux, soixante-dix joueurs fébriles, flanqués d'un croupier et d'un gérant, virent, médusés, la boule dorée s'immobiliser, suspendue en l'air.

Au bout d'une demi-heure de ce spectacle, les clients furieux commencèrent à quitter la salle, et Rondo revint à lui et se rappela qu'il fallait fuir. Trop tard.

On le jeta ensanglanté, plus qu'aux trois quarts mort, dans un ruisseau tout au fond d'une sombre ruelle où, une demi-heure plus tard, il fut découvert, gémissant, par deux hommes de la Force Spatiale qui, ne sachant pas qui il était, lui accordèrent le bénéfice du doute et le transportèrent à l'hôpital. Où il resta longtemps, très longtemps...

Quand le monde se remit à tourner pour lui, Rondo reçut deux visiteurs.

— Ténébreuse, dit Rondo, incrédule. Pourquoi, au nom de tous les diables, aurais-je envie d'aller là-bas ? Tout ce que je sais de Ténébreuse, c'est que c'est un enfer glacé à la limite de nulle part, et qui n'a même pas la décence de faire partie de l'Empire. D'autres télépathes ? Bon sang, c'est assez dur d'être moi-même un anormal. Et je devrais aimer l'idée de vivre avec d'autres anormaux ?

— Réfléchissez quand même à notre proposition, dit l'homme assis à côté de son lit d'hôpital. Je ne voudrais pas faire pression sur vous, monsieur Rondo, mais à part Ténébreuse, où pouvez-vous aller ? Vous ne pouvez certainement pas rester ici. Et, pardonnez-moi de parler ainsi, mais vous ne semblez pas avoir beaucoup de chances de vous employer ailleurs.

Il haussa les épaules.

— Je trouverai bien quelque chose, dit-il, sincère.

Il y avait toujours des pigeons sur les grands vaisseaux qui arrivaient. Il n'était pas brûlé sur toute la planète. Il arriverait à refaire sa pelote et à s'en tirer ; et il y avait des tas de planètes où il n'était jamais allé.

Mais son deuxième visiteur le fit changer d'avis. Le plan était assez tentant. Selon la stricte loi de l'Empire, qu'on ne pouvait ni corrompre ni acheter, toutes les machines de jeu étaient pourvues de champs inviolables — mais, souligna le tentateur, aucun champ n'était inviolable pour les perceptions extra-sensorielles. Ils lui fourniraient les déguisements et lui donneraient un pourcentage substantiel des profits...

Sous le ton persuasif, il flaira l'odeur caractéristique du gangster. Il venait d'être victime d'une de ces bandes, qui l'avait presque battu à mort. Devait-il maintenant travailler pour une autre ?

Rondo était un solitaire, il l'avait toujours été, et il n'avait pas l'intention de changer. C'était dangereux d'être à la merci d'un gang, mais à l'idée de se retrouver entre deux gangs, l'instinct auto-destructeur du joueur s'éveilla en lui.

Bien sûr, Ténébreuse ne devait pas être la planète de ses rêves, mais ne pouvait pas l'obliger à y rester. Il devait y avoir un grand astroport, et qui dit astroport dit jeu, et là où il y avait jeu il pourrait refaire sa pelote — et alors, toute la Galaxie s'ouvrirait de nouveau à lui.

Il appela le numéro que le premier visiteur lui avait laissé.

Conner était en train de mourir.

Une fois encore, il se retrouva en train de flotter,

sans pesanteur, nauséeux, désorienté. Mourant, et la mort ne venait pas. *Ça ne va pas recommencer? En overdose, j'étais prêt à mourir. Je croyais que ça arrêterait tout, mais ça recommence. Est-ce mon enfer?* Comme toujours, le temps s'abolit, une minute, une heure, cinquante ans, et il flottait à travers le cosmos, écoutant la voix qui sonnait clair dans son esprit, formulant tout autre chose que des mots : *Nous pouvons peut-être vous aider, mais vous devez venir à nous. Tant de souffrance, tant de terreur sans raison...*

Où, où? Tout son univers, tout son être, un hurlement silencieux : *Où cela peut-il s'arrêter?*

Ténébreuse. Prenez patience. Nous vous trouverons. Où êtes-vous, vous qui me parlez? Où se trouve cet endroit?

Conner essaya de s'orienter dans le perpétuel tourbillon.

La voix s'éloigna. *Nulle part. Pas dans le corps. Pas dans le temps et l'espace où vous êtes.*

Le lien invisible du contact s'amenuisa, le laissant seul dans son enfer d'apesanteur, et Conner hurla mentalement : *Ne partez pas, ne partez pas, vous étiez avec moi là-haut, ne partez jamais, ne partez pas...*

— Il revient à lui, remarqua une voix qui n'était que trop réelle.

Conner sentit son désespoir, sa solitude et son angoisse se fondre en une nausée soudaine. Il ouvrit les yeux sous le regard du Dr. Rimini et celui-ci émit des bruits rassurants que Conner n'écouta pas, car il les avait entendus trop souvent. Il le laissa parler sans dire un mot, promit d'une voix morne de ne plus recommencer, et sombra dans l'apathie dont il n'avait émergé que deux fois, chaque fois pour une futile tentative de suicide.

— Je ne vous comprends pas, ajouta Rimini.

Il avait un air bienveillant et ouvert, mais Conner savait que c'était une façade. Non, Rimini se moquait de son sort, il ne voyait en son patient qu'un cas difficile, mais toujours intéressant. Surtout pas une personne affligée d'une souffrance unique et affreuse. Juste comme un cas. Il entrouvrit son esprit pour entendre les épanchements du docteur.

— Vous avez manifesté une telle volonté de vivre après l'accident, monsieur Conner, et après avoir survécu à cette épreuve, il semble anormal que vous renonciez maintenant...

Mais ce que Conner entendit, dans un hurlement qui étouffa les paroles prononcées à haute voix, ce fut la peur de la mort, répugnante et mesquine, la peur de ce qu'était devenu Conner — *peut-il lire dans mon esprit, sait-il que je ... ?* — et pour finir un amenuisement du courant de pensée, une bouillie de ces petites vulgarités qui avaient tant fait pour le pousser au suicide. Pas les vulgarités du seul docteur ; il y en avait beaucoup d'autres, et Conner avait découvert que l'hôpital, avec ses corps et ses esprits à l'agonie, était encore plus supportable que le monde extérieur, avec ses pantins accaparés par leurs désirs, leurs concupiscences et leur cupidité. A l'hôpital, il s'était enfoui dans un trou, l'avait refermé derrière lui et n'en émergeait que pour essayer vainement de mourir.

Enfin Rimini partit, après avoir jacassé tout son soûl, et Conner resta immobile à contempler le plafond. Il avait envie de rire. Mais sans joie.

Ils parlaient tous de la volonté de vivre qu'il avait manifestée après l'accident ; un accident grave, l'explosion d'un grand vaisseau dans l'espace, si soudaine que le personnel avait juste eu le temps de s'entasser dans les canots de sauvetage ; quatre hommes, au lieu d'y prendre place, avaient enfilé les combinaisons-bulles expérimentales de survie et avaient basculé dans l'espace.

Les autres n'avaient jamais été retrouvés. Conner se demandait parfois ce qu'ils étaient devenus. Le système de survie était-il tombé en panne, leur épargnant miséricordieusement l'angoisse, de sorte qu'ils étaient morts rapidement et en pleine possession de leur raison ? Etaient-ils devenus fous, avaient-ils dérivé jusqu'à la mort en délirant ? Continuaient-ils à flotter dans la nuit infinie ? Il écarta cette idée. Son propre enfer était déjà bien assez dur à supporter.

Les bulles avaient été conçues pour un séjour de quelques minutes, jusqu'à ce que les canots de sauvetage puissent les récupérer, et non pour des jours ou des semaines. Le système de survie était infaillible, et il n'avait pas failli. Il n'avait que trop bien fonctionné. Conner, respirant sans fin de l'oxygène recyclé, nourri par perfusion intraveineuse, avait vécu. Et vécu. Et vécu. Vécu pendant des jours, des semaines, des mois, tourbillonnant sans fin en chute libre dans une bulle invisible, seule paroi qui le séparait des milliards et des milliards d'étoiles.

Il n'avait aucun moyen de mesurer le temps, de distinguer le haut du bas, de s'orienter. Il n'avait rien à regarder, à part le lointain scintillement des étoiles, qui tournaient autour de lui selon le rythme des jours minuscules de sa rotation autour de son propre centre.

Cinq heures de privation sensorielle en caisson avaient fait régresser des hommes jusqu'à la préhistoire de leur psychisme.

Conner avait passé les dix premiers jours environ dans l'espoir irraisonné d'être secouru.

Puis, dans son univers-prison sans limites, il était devenu fou. Contemplant son propre centre, il avait tourbillonné comme un dieu, et il avait émergé sachant qu'on ne trouve nulle part la protection et la mort, même dans la démence. Il n'avait même pas la faim pour le finaliser.

Il n'avait que son propre esprit, et l'univers. Dans son tourbillonnement, il avait parcouru l'univers avec un corps éternellement régénéré et un esprit totalement libre. Il avait visité des milliers et des milliers de mondes, contacté des milliers et des milliers d'esprits, sans jamais distinguer le rêve de la réalité.

On l'avait retrouvé — par pur hasard, par un coup de chance inouï — quatre mois après l'accident. Et Conner était fou, mais d'étrange façon. Son esprit, laissé trop longtemps à lui-même, avait appris à sortir de son corps, et maintenant il était devenu quelqu'un qu'il ne pouvait pas nommer, et que les autres ne pouvaient pas comprendre. Fermement amarré à un corps qui avait retrouvé la faim, la soif, la gravité et le stress, il ne pouvait plus laisser ce corps en arrière ; et il ne pouvait plus endurer la vie qu'il s'était résigné à perdre.

— Monsieur Conner, dit une voix, interrompant ses pensées, vous avez un visiteur.

Il écouta l'homme avec indifférence, surtout désireux de le voir partir, jusqu'au moment où il entendit le nom de Ténébreuse ; alors, il eut du mal à y croire.

Il accepta uniquement pour échapper à tout contact ultérieur avec l'hôpital devenu pour lui une impasse, un piège mental. Dans un monde de télépathes, il trouverait peut-être quelqu'un pour l'aider à surmonter ce cauchemar, à arrêter cette horreur qu'il était devenu sans l'avoir désiré, sans même savoir pourquoi.

Il accepta aussi, peut-être, pour retrouver un peu la voix qui parlait dans son rêve...

David Hamilton passa la porte en aveugle, épongeant la sueur de son visage, et s'appuya brièvement contre la légère cloison.

Il s'en était tiré cette fois, mais, grands dieux, quelle terreur aveugle quand l'anesthésique avait commencé à estomper la lumière...

Non, il ne pourrait pas le supporter. Il lui faudrait renoncer. Autour de lui, l'hôpital, bondé d'humains et de non-humains, respirait et transpirait la souffrance et la douleur par tous ses interstices ; David, par des années d'entraînement, avait appris à s'en isoler, mais ses défenses étaient amoindries par la fatigue de l'opération qu'il venait de faire, et la souffrance déferla sur lui de toutes les directions.

Le monde entier est-il donc en proie à la douleur ?

Ses nerfs à vif lui transmirent un commentaire visuel absurde et terrifiant, celui d'une planète fendue comme un crâne fracturé, avec un immense pansement autour de l'équateur ; il fut pris de fou rire, et se maîtrisa juste à la fraction de seconde qui précède la crise hystérique.

Impossible. Il faut que je renonce.

Je ne suis pas fou.

Les docteurs l'avaient examiné à fond quand il avait dix-neuf ans et commençait à étudier la médecine.

Il avait terminé ses études médicales à la force du poignet, à force de courage et de volonté ; ce don lui avait au moins donné un sens extraordinaire du diagnostic. Mais ici, à l'hôpital, c'était trop. Trop de symptômes, trop de gens épouvantés. Trop de souffrances, et je les ressens toutes. Je ne peux rien faire pour ne pas les éprouver.

Le Dr. Lakshman, sombre et grave, les yeux pleins de compassion sous sa toque chirurgicale, posa légèrement la main sur l'épaule de David en passant dans le couloir. David, encore plein de panique, voulut éviter son contact, comme il avait appris à le faire, puis il se détendit. Lakshman, comme toujours, n'était que bonté et sympathie, seul être serein dans un monde qui n'était plus qu'horreur. Il dit :

— C'est très dur, Hamilton ? Est-ce que ça s'aggrave ?

David parvint à sourire, d'un pauvre sourire épuisé, et dit :

— Avec tous les progrès de la médecine, on pourrait croire qu'on aurait trouvé un traitement pour mon genre de folie.

— Ce n'est pas de la folie, dit Lakshman, mais malheureusement, il n'y a pas de traitement. Pas ici. Il se trouve que vous présentez une anomalie très rare, David, et je la vois vous tuer lentement depuis plus d'un an maintenant. Pourtant, il y a peut-être une solution.

— Vous n'avez pas...

David eut un mouvement de recul. Lakshman aurait-il trahi sa confiance, lui qu'il estimait tant ? Alors, à qui pouvait-il se fier ? Son aîné sembla lire dans sa pensée.

— Non, je n'ai parlé de votre cas à personne, mais quand nous avons reçu le message, j'ai tout de suite pensé à vous. David, savez-vous où se trouve l'Etoile de Cottman ?

— Aucune idée, dit David, et je m'en moque.

— C'est une planète — qu'on appelle aussi Ténébreuse, dit Lakshman. Il y a là-bas de nombreux télépathes, et ils cherchent... non, écoutez-moi, ajouta-t-il avec fermeté, sentant David se raidir sous sa main, peut-être pourront-ils vous aider à éclaircir votre cas. A vous contrôler. Si vous cherchez à continuer ici, à l'hôpital — eh bien, cela ne va pas durer très longtemps, David. Tôt ou tard, vous vous laisserez distraire à un moment crucial. Vous faites du bon travail jusqu'à maintenant. Mais vous devriez examiner cette proposition ; ou renoncer à la médecine et trouver un travail dans le service forestier de quelque monde inhabité. Très inhabité.

David soupira. Il savait que cela viendrait, et s'il ne voulait pas jeter aux orties neuf ans d'études médicales, peu importait où il allait.

— Où est Ténébreuse ? demanda-t-il. Ont-ils un bon service médical là-bas ?

3

ILS virent les gardes marchant au pas autour de lui quand il traversa la foule amassée sur le terrain d'atterrissage. Le soir approchait et il faisait un froid glacial ; seuls quelques nuages rouges flottaient encore dans le ciel à l'endroit où le soleil sanglant venait de disparaître, et un vent cuisant soufflait des montagnes escarpées qui se profilaient derrière Thendara. Normalement, il n'y aurait pas eu grand monde dehors à cette heure ; la nuit tombe tôt sur Ténébreuse, aussi froide que le neuvième enfer de la légende locale, et la plupart des gens recherchent le confort et la lumière des maisons, abandonnant les rues à la neige et à l'infortuné Terrien qui aurait pu venir de la Cité du Commerce.

Mais il s'agissait d'un événement nouveau, et les Ténébrans présents oublièrent de vaquer à leurs affaires ; la circonstance leur arracha ce murmure singulier et agressif qui est peut-être la première chose qu'un Terrien apprend à identifier sur un monde hostile.

L'un des quatre gardes terriens, devant le mouvement de foule, approcha sa main de son arme. Ce n'était pas une menace, mais un geste machinal, vérifiant que son arme était là s'il en avait besoin. Mais le prisonnier dit :

— Non.

Le Terrien haussa les épaules et dit :

— C'est votre peau, monsieur.

Et il laissa retomber sa main.

Marchant entre les gardes, Régis écoutait les murmures et savait qu'ils étaient dirigés aussi bien contre lui que contre ses gardes terriens. Il pensa avec ironie : ces gens croient-ils que ça me plaît ? Croient-ils que je me réjouisse ? Je me suis pratiquement constitué prisonnier dans ma propre maison pour éviter ce genre de spectacle : un Hastur d'Hastur qui ne peut plus circuler librement dans les rues de sa propre cité. C'est *ma* vie que je sacrifie, *ma* liberté, par les leurs. Ce sont mes enfants, non les leurs, qui grandiront avec des gardes terriens autour de leur nursery. On me rappelle constamment qu'une balle, un couteau, une cordelette de soie ou une baie empoisonnée dans leur repas peut mettre un terme définitif à la lignée des Hastur.

Et que diront-ils quand ils apprendront que Melora, enceinte de mon enfant, viendra faire ses couches au Service Médical Terrien ? J'ai essayé de garder cette décision secrète, mais j'ai eu tant de peine à convaincre sa famille, et ces choses finissent toujours par se savoir. Même s'il y avait eu de l'amour entre nous, cela y aurait mis fin. Melora n'a même pas voulu me parler la dernière fois que je suis allé la voir, et le pire, c'est que je la comprends. Elle a simplement regardé par-dessus ma tête en disant qu'elle et sa famille exécuteraient comme toujours la volonté d'un Hastur. Et je savais que le peu d'affection et de gentillesse qu'il y avait entre nous, depuis quelques mois, s'était envolé à jamais.

Ce serait facile de maudire toutes les femmes, mais je ne dois pas oublier que celles qui m'aiment sont soumises à un stress infernal — comme toutes les femmes qui ont jamais aimé un Hastur, depuis la Bienheureuse Cassilda elle-même, ma lointaine ancêtre — selon la légende.

Et la moindre de leurs épreuves n'est pas ce maudit apitoiement sur soi-même !

Il soupira, puis il essaya de sourire en disant à Danilo, qui marchait à son côté :

— Eh bien, maintenant, nous savons ce qu'éprouvent les phénomènes de foire !

— Sauf que nous ne sommes pas obligés d'écouter pour gagner notre viande et notre bouillie d'avoine, grommela Danilo.

La foule s'écartait pour les laisser passer. Comme ils approchaient de l'avion spécial, Régis sentit, à l'intérieur de la foule, quelqu'un qui levait la main. Pour jeter une pierre ? Sur lui, sur ses gardes terriens ? Il percevait les pensées coléreuses :

— Notre Seigneur, un Hastur, prisonnier des Terriens ?

— Leur a-t-il demandé de le couper ainsi de son peuple ?

— Esclave !

— Prisonnier !

— Hastur !

Le tumulte de ces pensées se déchaînait dans son esprit. La pierre partit. Il gémit et se cacha le visage dans ses mains. La pierre s'enflamma en l'air et explosa dans une gerbe d'étincelles. La foule émit un « ahhh ! » d'horreur et de stupéfaction, et sans attendre qu'elle ait repris ses esprits, Régis se laissa entraîner dans l'avion par son garde, s'effondra sur son siège et dit à la cantonade :

— Bon sang, j'ai envie de m'asseoir par terre et de hurler à la mort !

Mais il savait que cette scène se répéterait : les gardes, les murmures, la foule, le ressentiment, peut-être même les pierres, sur le terrain d'atterrissage d'Arilinn.

Et il ne pouvait absolument rien y faire.

Loin à l'est de la Cité du Commerce et des Terriens, se dressent les hauts sommets des Kilghard et, au-delà, les Hyades et les Hellers ; les chaînes de montagnes se succèdent, chacune plus haute que la précédente, chaos où les humains et les non-humains vivent pêle-mêle sur des versants couverts d'épaisses forêts. Un homme à pied pourrait marcher des mois ou même vivre toute une vie sans jamais voir la fin des forêts et des montagnes.

Une aube grise et pluvieuse se levait sur un matin de désastre ; un groupe d'hommes et de femmes, en fourrures déchirées, déchiquetées et brûlées, se traînaient vers les ruines d'un village. Une maison de pierre était encore debout, inondée de pluie, d'un blanc éblouissant, parmi les restes d'une douzaine de cabanes calcinées. C'est vers cet abri qu'ils se dirigeaient.

Derrière eux, ils laissaient cinq kilomètres de forêts en cendres où, dans la pluie et la grêle, s'élevaient encore des volutes de fumée. Ils entrèrent dans la maison, soupirant et chancelant d'épuisement, et un homme jeta par terre la carcasse à moitié brûlée d'un cerf. Il fit un signe, et une femme épuisée, en tunique et cape de fourrure endommagée par le feu, vint la ramasser.

Il dit avec lassitude :

— Autant faire cuire ce qui reste avant que ça se gâte. Maintenant, nous n'aurons plus beaucoup de viande cet hiver.

La femme hocha la tête. Elle semblait trop fatiguée pour parler. Par terre, à l'autre bout de la pièce, une douzaine de jeunes enfants dormaient sur des fourrures, de vieux vêtements et des coussins jetés pêle-mêle. Certains levèrent la tête quand les hommes entrèrent, mais aucun ne pleura. Ils en avaient trop vu au cours des deux dernières semaines.

La femme demanda :

— Vous avez pu sauver quelque chose ?

— Une demi-douzaine de maisons à la sortie de la ville de Greyleaf. Nous vivrons à quatre familles par maison, mais nous ne gèlerons pas. Mais il ne reste plus une habitation debout dans la Forêt de Naderling.

La femme battit des paupières et détourna la tête. Un homme dit à une autre :

— Notre grand-père est mort, Marilla. Non, il n'a pas été tué par le feu ; il a voulu combattre l'incendie avec nous, et pourtant je l'avais supplié de ne pas venir ; je lui ai dit que je ferais sa part avec la mienne. Mais son cœur a cédé, et il est mort pendant le dîner.

La femme, à peine sortie de l'adolescence, se mit à pleurer en silence. Elle alla prendre par terre l'un des plus jeunes enfants et le mit machinalement au sein, laissant couler ses larmes muettes sur la petite tête bouclée.

Une vieille femme, au visage encadré de longs cheveux gris emmêlés, qui semblait n'avoir pas dormi de trois jours et n'avoir pas trouvé une minute pour se peigner, ce qui était le cas, vint prendre une longue cuillère au râtelier près de la cheminée. Elle se mit à verser de la bouillie aux noix dans des bols en bois et les tendit aux hommes, qui s'assirent par terre et se mirent à manger sans un mot. Pas un bruit dans la pièce, à part les sanglots de la jeune femme et les soupirs des hommes épuisés. Un enfant gémit et appela sa mère dans son sommeil. Dehors, la pluie mêlée de grêle tambourinait sur les volets.

Brusquement quelqu'un se mit à marteler la porte en vociférant. Deux enfants s'éveillèrent et se mirent à hurler de terreur.

L'un des hommes, plus vieux que les autres, et affichant un air d'autorité indéfinissable, alla à la porte et l'entrouvrit.

— Au nom de tous les dieux, qu'est-ce que c'est que ce tapage ? dit-il. Après avoir combattu le feu pendant huit jours, n'avons-nous même pas le droit de déjeuner tranquilles ?

— Tu seras content d'interrompre ton déjeuner quand tu sauras ce qu'on a pris, dit l'arrivant.

Il avait le visage noir de suie et de fumée, les sourcils brûlés, une main bandée. Il montra quelque chose par-dessus son épaule.

— Amenez le *bre'suin*.

Derrière lui, deux hommes s'avancèrent, maintenant entre eux un troisième homme en haillons, brûlé, coupé, écorché et saignant d'une douzaine de blessures qui semblaient faites par des épines. L'homme qui tenait la porte jeta vivement un coup d'œil derrière lui sur les femmes et les enfants et referma le battant, mais certains hommes posèrent leur bol et sortirent. Silencieux et lugubres, ils attendirent des explications.

L'un des hommes qui maintenaient l'étranger dit :

— Père, nous l'avons surpris en train de mettre le feu à un tas de bois résineux à l'orée de la Forêt de Greyleaf, à moins de six kilomètres. Il avait disposé les branches comme pour un feu d'alarme, afin que le bois vivant s'enflamme bien. Nous avons mis une heure à l'éteindre, mais c'est fait — et nous t'amenons *ça !*

— Au nom de Sharra et de tous les dieux, dit l'homme, fixant le prisonnier avec horreur, est-il fou ? A-t-il le crâne fêlé ? Tu... comment t'appelles-tu ?

Le prisonnier ne répondit pas, mais se débattit de plus belle. L'un de ses gardiens lui dit rudement :

— Tiens-toi tranquille, ou je te casse toutes les côtes.

Mais le prisonnier n'eut pas l'air de comprendre et continua à se débattre comme un fou, tant et si bien que ses deux gardiens se mirent à le bourrer de coups de pied, calmement et méthodiquement, jusqu'à ce qu'il perde connaissance.

Les Ténébrans contemplaient l'homme évanoui, incrédules, presque incapables de croire ce qu'ils venaient de voir et d'entendre. Dans les montagnes de Ténébreuse, les familles et les tribus ont toujours été farouchement indépendantes et anarchistes, constamment déchirées par des rivalités et des vendetta, et le seul danger capable de les unir est la menace universelle des incendies de forêts. Celui qui rompt la trêve du feu est hors la loi à jamais, exilé même de son propre foyer et de la table de sa mère. Une douzaine de ballades racontent l'histoire de Narsin, qui, cent ans plus tôt, dans les monts de Kilghard, se trouva sur la ligne de feu à côté de l'assassin de son père, le tua et fut immédiatement abattu par ses propres frères pour avoir rompu la trêve du feu. L'idée qu'un homme pût volontairement mettre le feu à un arbre vivant était aussi inconcevable que celle de servir ses propres enfants en rôti à un banquet. Tous fixaient le prisonnier, et certains firent subrepticement des signes pour conjurer le mauvais sort ou la folie.

Le plus vieux, l'un des sages du village incendié, dit à voix basse :

— Les femmes ne doivent pas voir ça. Elles sont déjà assez éprouvées. Qu'on aille chercher une corde.

Quelqu'un demanda :

— Ne devrait-on pas lui poser d'abord quelques questions ? Essayer de savoir pourquoi il a fait ça ?

— Poser des questions à un fou — pour quoi faire ? Autant demander à la rivière pourquoi elle coule ou à la neige pourquoi elle cache le soleil, dit l'un des assistants.

— Un homme assez fou pour mettre le feu à la forêt doit être trop fou pour savoir pourquoi, dit un autre.

Le sage du village dit avec calme :

— Est-ce qu'il y a une chance que ce soit un Terrien ? Il paraît qu'ils font des choses insensées.

L'un des jeunes, celui qui avait appris à Marilla la mort de leur grand-père, dit :

— J'ai été à la Cité du Commerce, Père, et j'ai vu des Terriens quand ils étaient sur les terres d'Alton, il y a des années. Ils sont peut-être fous, mais pas comme ça. Ils nous ont donné des verres pour voir au loin, et des nouvelles choses... des *produits chimiques,* comme ils disent, pour étouffer les feux. Ils ne mettraient jamais le feu à une forêt.

— C'est vrai, murmura un autre. Oui, rappelez-vous les incendies dans la Chaîne de Carrial. Des hommes sont venus nous aider de la Cité du Commerce ; ils avaient pris des avions pour arriver plus vite.

— Ce ne sont donc pas les Terriens, dit le sage.

Puis il répéta son ordre :

— Allez chercher une corde — et pas un mot aux femmes.

Le temps que le disque du soleil surgisse de la montagne, rouge et voilé de nuages et de brume comme l'œil larmoyant d'un cyclope, l'homme avait cessé de se débattre et se balançait mollement, comme un drapeau noir, au-dessus de la forêt morte.

Les villageois respiraient plus librement à l'idée que maintenant la terrible série d'incendies allait peut-être cesser ; ils ne pouvaient pas savoir, isolés dans leur désert montagneux, qu'à des milliers de kilomètres, la même scène, ou une autre très semblable, s'était répétée au moins une douzaine de fois pendant l'année écoulée.

Personne ne le savait, à part la femme qui se faisait appeler Andréa Colson.

« Ténébreuse. Une étrange planète. Nous y détenons quelques droits, par Pacte, pour le commerce, comme dans toutes les planètes de la Galaxie. Vous connaissez la routine. Nous laissons les gouvernements agir à leur guise. Généralement, après que les peuples de ces différents mondes ont appris à connaître nos technologies, ils se fatiguent de vivre sous les gouvernements aristocratiques ou monarchiques, et demandent d'eux-mêmes à être rattachés à l'Empire. C'est presque mathématique. C'est prévisible. Mais pas dans le cas de Ténébreuse. Nous ne savons pas pourquoi, mais ils disent qu'ils ne désirent rien de ce que nous pouvons leur apporter... »

Légat de l'Empire Terrien mécontent, répétant une plainte courante chez les politiciens en poste sur Ténébreuse.

— Vous devez les loger et les nourrir au mieux de vos possibilités, et les traiter bien, répéta Danilo Syrtis au petit groupe de montagnards ténébrans basanés.

Il montra les quatre Terriens en uniforme de la Force Spatiale, et ignora les protestations mal réprimées qu'il sentait poindre. Il ajouta :

— C'est la volonté d'Hastur, et...

Il fit un geste rituel, porta la main à la poignée de sa dague et dit :

— Je suis autorisé à vous dire : toute insulte faite à l'un de ces hommes sera vengée comme une insulte faite à Régis Hastur lui-même.

46

— *Vai dom*, Syrtis ; devons-nous voir le Pacte violé dans nos propres foyers ? demanda un homme.

Danilo rougit et dit :

— Non.

Puis il dit aux Terriens :

— Vous n'aurez pas besoin de vos armes. Il vaut mieux me les confier.

L'un après l'autre, à contrecœur, les hommes lui remirent leurs désintégrateurs réglementaires, et Danilo, se tournant vers un Ténébran en uniforme vert et noir de la Garde de la Cité, dit :

— Gardez-les en dépôt jusqu'à notre retour.

Baissant la tête, il retourna vers la Tour d'Arilinn qui se dressait au bout de la petite piste d'atterrissage. Régis l'y attendait avec leur cousin, Lerrys Ridenow — un homme d'une quarantaine d'années, grand, roux, taciturne, au visage long et à l'air sarcastique. Lerrys salua Danilo en cousin, embrassa Régis sur la joue et dit :

— Enfin, te voilà. Je croyais que tu allais rester dans ton nid douillet de la Zone terrienne comme un ver à soie dans son cocon.

— Plutôt comme un lapin coincé dans son propre terrier par une fouine, dit Régis, suivant Lerrys dans la Tour.

Il ne s'était jamais senti aussi soulagé de sa vie. Ici, au moins, rien ne pouvait l'atteindre ; il n'avait plus à redouter ce qu'il adviendrait de sa famille et de son monde si le couteau ou la balle d'un assassin trouvait le chemin de son cœur.

— C'est donc vrai ? demanda Lerrys. Qu'ils te gardaient prisonnier dans la Zone terrienne ? J'avais entendu la rumeur, mais je disais que même les Terriens ne pouvaient pas te retenir, serait-ce par la force, contre ta volonté. Ils ont donc trouvé une nouvelle arme contre toi ?

— Non. C'est moi qui ai demandé une garde, dit Régis.

— Alors, vous traitez vos geôliers comme des invités d'honneur, juste pour sauver votre misérable vie un peu plus longtemps ? lança un homme du fond de la pièce.

— Laisse-le tranquille, dit Lerrys, ne parlons plus de cela, Rannirl. Il a eu assez de problèmes, il était sur la ligne de feu. Toi, ta tête a si peu d'importance que personne ne se soucie de la mettre à prix. Désolé, Régis, c'est moi qui ai commencé. La situation est donc si mauvaise à Thendara en ce moment ?

Danilo répondit pour lui :

— Elle est pire que vous ne pouvez l'imaginer, mais ça ne vient pas des Terriens.

— Mais des hommes de la Force Spatiale *ici* ? En uniforme et avec des désintégrateurs ?

— Ce ne sont pas de mauvaises gens, dit Régis avec lassitude. Pensez comme il serait facile pour eux de se débarrasser de tout ça et de nous laisser massacrer les uns après les autres ? Il leur a fallu une sorte d'héroïsme pour venir. Ce sont tous des volontaires, et pourtant ils savaient qu'ils seraient raillés, insultés et vilipendés pour avoir protégé un homme dont la vie n'a pas la moindre importance à leurs yeux. Parfois, je les admire.

— Cela, nous le savons tous, dit Lerrys. Moi aussi. Je voulais moi-même passer un Pacte avec Terra, il y a des années. Mais je croyais que les Hastur étaient contre.

— Nous étions contre et nous le sommes toujours, dit Régis d'un ton patient. Et vous le savez tous aussi bien que moi.

Il embrassa du regard la salle aux murs couverts de tentures dans l'ancien style de Ténébreuse, aux panneaux lumineux de pierre translucide. Il salua brièvement une demi-douzaine de jeunes gens et autant de femmes rassemblés là, et dont la plupart avaient les cheveux roux des aristocrates ténébrans de la caste des télépathes ; tous de petite noblesse.

— Je suis venu à votre demande, mais pourquoi m'avez-vous fait appeler ? dit Régis.

— C'est moi qui ai pris cette initiative, dit Danvan Hastur, et il se leva de son siège et s'avança vers Régis qui, se levant aussi, mit un genou à terre en l'ancienne salutation rituelle. Le vieillard posa ses deux mains sur les épaules de son petit-fils, où elles s'attardèrent un instant avec affection. Il reprit :

— Je ne voulais pas les laisser prendre une décision sans t'en référer, Régis.

Régis rencontra les yeux de son grand-père, et il en fut effrayé. Le vieillard semblait si fatigué, si frêle. Il pensa : *Depuis l'enfance, je me suis appuyé sur sa force, comme nous tous ; maintenant qu'il décline de jour en jour, je dois être le roc sur lequel mon peuple pourra s'appuyer — et je me trouve moi-même sur des sables mouvants !*

— S'agit-il de quelque chose de nouveau, Grand-Père ?

Il se releva, et le vieillard répondit :

— Pas très nouveau ; toujours les mêmes choses. Je m'en suis occupé moi-même avec l'aide de Kennard et du Conseil Comyn, il y a vingt ans. Toujours la même vieille question : le peuple demande des mines, des usines, des investissements terriens et ainsi de suite. Toujours les mêmes, qui ne voient que le profit, et oublient les effets secondaires de l'industrialisation. Mais maintenant, il y a un élément nouveau, et je jure par Cassilda que je ne sais pas quoi leur dire. Je peux lutter contre la cupidité. Mais contre ça... nous n'avons peut-être pas le choix ; peut-être devons-nous appeler l'Empire à l'aide, Régis.

Le vieillard avait toujours été le principal instigateur de la longue bataille pour maintenir l'indépendance de Ténébreuse et ces paroles glacèrent le cœur du jeune homme ; mais il essaya de parler avec calme.

— Alors, descendons, et écoutons ce qu'ils ont à nous dire.

Comme le groupe se dirigeait vers la porte menant à la salle de réception, une jeune fille vint se placer au côté de Régis et dit avec un calme serein :

— Seigneur Régis, peut-être ne vous souvenez-vous pas de moi ?

— Non, dit-il, baissant les yeux sur elle.

Elle était très jeune, avec un visage en forme de cœur, les cheveux roux sombre de leur caste, et un air grave et plein d'autorité qui démentait sa jeunesse. Il dit :

— Il n'en sera plus ainsi lors de notre prochaine rencontre, *damisela*. Je vous rends grâces ; en quoi puis-je vous servir ?

— Je suis Linnea d'Arilinn, dit-elle, née au Château des Tempêtes, et je travaille ici dans les relais depuis sept ans, Seigneur.

Régis rougit légèrement.

— Alors, j'ai dû contacter votre esprit bien des fois sans le savoir ; pardonnez-moi. J'ai longtemps vécu avec des gens d'outre-planète, et je garde mes barrières mentales instinctivement levées.

— Néanmoins, je sais ce qui se passe à Thendara, dit-elle, et je sais aussi que vous cherchez des télépathes pour travailler à ce projet avec les Terriens.

Les yeux de Régis s'attardèrent, avec une sorte de soulagement, sur son jeune et doux visage, et il pensa : *Je regrette qu'elle ne vienne pas avec nous. Elle comprendrait.* Pourtant, écartant la tentation, il dit :

— Mon enfant, nous avons actuellement trop peu de Gardiennes pour diriger les rares télépathes qui restent dans les cercles et dans les relais. Vous serez plus utile si vous restez à votre poste d'Arilinn, pour travailler sur les écrans de matrices.

— Je sais cela, Régis, dit-elle. Je ne parlais pas de moi, et d'ailleurs, je ne suis pas une télépathe extraordinaire. Je pensais à ma grand-mère — elle a reçu la formation de Gardienne dans sa jeunesse. Elle a renoncé à sa charge et s'est mariée au début de son adolescence, mais elle doit se rappeler l'ancienne méthode de formation alors utilisée dans les montagnes.

— Pardonnez-moi, je ne connais pas votre famille. Qui est votre grand-mère ?

— Elle s'appelait Desideria Leynier ; elle a épousé Storn de Storn, et ma mère était leur troisième fille, Rafaela Storn-Lanart.

Régis secoua la tête.

— Elle a dû être Gardienne des années avant ma naissance, dit-il. Il me semble que j'ai entendu son nom, mais elle doit être plus âgée que... je ne croyais pas qu'il y avait encore des survivants de ce groupe formé par les Aldaran. Est-ce elle...

Soudain, son visage devint aussi blanc que ses cheveux.

— Est-ce elle qui avait évoqué Sharra dans les montagnes, il y a soixante-dix ans ? Bien avant les révoltes, naturellement...

— Notre famille a toujours honoré la Déesse des Forges, dit Linnea avec calme, et nous n'avons rien à voir avec les abus qu'on a faits plus tard de ce pouvoir.

— Je le sais, dit Régis, sinon vous seriez morte quand la matrice de Sharra a été brisée.

Son visage commença à reprendre ses couleurs.

— Donc, si votre grand-mère n'est pas trop vieille pour entreprendre le voyage à travers les montagnes...

— Elle est trop vieille, Seigneur Régis, mais elle l'entreprendra quand même, dit Linnea, une lueur malicieuse dans ses yeux gris. Vous découvrirez en elle une personne étonnante.

Agissant sous l'impulsion du moment, Régis mit la main de la jeune fille sur son bras et ils entrèrent ensemble dans la salle inférieure du Conseil. Soudain, il se sentit moins seul.

Comme l'avait dit le Vieil Hastur, il se passait pratiquement toujours la même chose au Conseil. Régis écoutait ses discussions depuis sept ans (il en avait vingt-quatre) et elles lui étaient familières bien avant. Depuis près de cent ans, il y avait toujours une faction fascinée par la technologie terrienne et les bénéfices hypothétiques du rattachement à leur civilisation interplanétaire. Ils formaient une minorité infime, et on les entendait rarement. Une fois toutes les quelques années, le Conseil, ou ce qui en restait, leur accordait une audience officielle, les remerciait de leurs avis, votait solennellement d'ignorer leurs recommandations, et c'en était fini pour quelques années de plus.

Il n'y avait pas d'exception. Régis s'assit dans le fauteuil marqué du sceau des Hastur, le sapin d'argent sur fond bleu, et de la devise de la famille : *Permanedo* (Nous maintiendrons). Il regarda autour de lui les hauts sièges occupés par ce qui restait de l'ancienne caste du *laran ;* tout membre de la petite noblesse, cadet de famille ou autre, pouvait prendre la responsabilité d'un des Domaines.

Il pouvait négliger la première délégation, composée d'hommes d'affaires suffisants qui avaient baptisé leur groupe Ligue Pan-Ténébrane. Ils avaient l'air ferme et prospère. Malgré leurs plaintes, ils n'avaient pas l'air d'être en difficultés ; quant à lui, il était prêt à reconnaître qu'il y avait de gros profits à faire dans une civilisation en expansion, et que c'était dur d'y renoncer.

Mais quand fut introduite la délégation des contreforts des Hellers, Régis se redressa et devint attentif.

Il connaissait certains de ces montagnards. Il avait fait de l'escalade avec eux, à l'époque où il pouvait se permettre ces distractions. Il avait vécu toute sa vie dans le voisinage des montagnes. Il aimait leurs habitants, à bien des égards, mieux que les notables repus des basses terres et des Domaines.

C'étaient des montagnards à l'ancienne : bottés et enveloppés de longues tuniques et capes d'épaisses fourrures, avec le teint basané et les cheveux longs, et, bien que certains fussent jeunes, leurs visages étaient burinés par les intempéries et leurs yeux entourés de rides pour avoir trop souvent scruté les lointains. Ils levèrent les yeux sur Régis, avec l'ancien respect témoigné à la caste des Comyn, regard direct et simple allégeance ; mais ils étaient hagards de fatigue et d'affliction, supportées bien plus longtemps que des hommes ne le devraient. Et cela s'entendait dans leur voix, même s'ils essayaient de parler avec un calme stoïque.

Leur chef était un vieillard grisonnant au profil rude rappelant les montagnes se dressant derrière la cité. Il s'adressa au Vieil Hastur, bien que Régis occupât le siège du chef du Conseil.

— Je suis Daniskar de la Forêt de Darriel. Il y a trente ans, j'ai juré de mourir de faim, moi et toute ma famille, avant de venir ramper dans les basses terres pour demander l'aide des Comyn, et surtout celle des maudits Terriens.

Il regarda autour de lui, cherchant des yeux un crachoir, se rappela à temps où il était et s'abstint de cracher.

— Mais nous nous mourons, Seigneur. Nos enfants meurent de faim. Ils meurent.

Les miens aussi, pensa Régis, *pas de faim, mais ils meurent.* Et, se penchant vers l'homme, il dit dans la langue des montagnes :

— *Com'ii*, je suis en faute, car je n'ai rien su de vos mauvaises récoltes et de la famine dans vos montagnes.

Daniskar secoua la tête et dit :

— On ne récolte rien chez nous, Seigneur, il n'y a pas de terres arables ni de cultures. Nous vivons des forêts. Et c'est bien là le problème, car on nous incendie. *Vai dom,* savez-vous combien de feux nous avons eus, rien que cette saison ? Vous ne me croiriez pas si je vous le disais. Et rien de ce que nous faisons n'arrive à les arrêter. Les incendies de forêts ne sont pas nouveaux ; je les combattais avant d'avoir de la barbe. J'en sais autant à leur sujet que n'importe qui, de la Kadarin au Mur Autour du Monde. Mais ceux-là... rien de ce que nous faisons ne les arrête. On dirait qu'on a versé dessus un combustible résineux. Nos feux d'alarme ne prennent pas. Je dirais qu'ils sont allumés par des mains humaines, mais quel homme pourrait être mauvais à ce point ? Des hommes peuvent tuer d'autres hommes s'ils les haïssent, mais anéantir des forêts pour faire souffrir des hommes qui ne leur ont rien fait, amis ou ennemis ?

Régis écoutait, choqué et révulsé, voyant sa propre horreur sur tous les visages du Conseil, et son esprit, entraîné à penser à plusieurs niveaux à la fois, extrapolait les paroles de Daniskar. Ténébreuse est un monde boisé, et sans nos forêts, nous mourons. Il n'y aura pas de couvert pour les bêtes, donc pas de viande pour ceux qui en mangent, pas de noix pour le pain là où les céréales ne poussent pas, pas de fourrure pour se réchauffer, pas de combustible en des lieux où l'on peut geler à mort en l'absence de feu. La mort de la forêt, c'est la mort des résines et des produits phosphorescents pour s'éclairer, la mort des fruits pour le vin, la mort de la terre, car seules nos forêts retiennent la terre sur des versants où les pluies et les neiges abondantes l'entraîneraient vers les basses terres. Sans forêts, la moitié de Ténébreuse deviendra bientôt un enfer glacé et sans vie.

— Vous autres, vous faites de beaux discours sur la nécessité de garder notre liberté vis-à-vis de l'Empire, dit un homme d'affaires, regardant d'un air belliqueux les membres du Conseil, et spécialement, sembla-t-il à Régis, les deux Hastur. Vous avez le droit de mener votre propre politique, même si je constate que vous ne dédaignez pas les choses terriennes, quand vous êtes assez riches pour vous les offrir. Comme de venir ici en avion, sous bonne garde, au lieu de peiner dans les montagnes à dos de cheval et à traîneau comme je l'ai fait. Je ne dirai même pas que vous avez tort ; quiconque prend la main qu'on lui tend doit suivre le chemin de celui qui la tend ! Mais jusqu'où nous ferez-vous aller pour préserver ce que vous appelez *liberté, vai dom'ym ?* Tous nos montagnards doivent-ils mourir avant que vous demandiez aux Terriens de nous tirer des sables mouvants ? Nous leur avons donné un astroport et une plaque tournante pour leur Empire. Nous pourrions être un pivot de cet Empire, et un pivot important. Pourquoi ne leur demandons-nous pas de nous donner davantage ?

— Ça ne nous intéresse pas, dit Daniskar. Nous n'avons pas plus envie que vous de voir les Terriens ici, Seigneurs. Mais il nous faut plus d'aide que vous ne pouvez nous en donner. Ils ont des machines volantes, des produits chimiques, des communications rapides ; ils pourraient faire quelque chose très vite.

— Voulez-vous des routes, des usines, des machines dans votre monde ? Voulez-vous une autre Cité du Commerce dans les Hellers, Daniskar ? demanda le Vieil Hastur.

— Pas moi, Seigneur. J'ai vu une fois les abords d'une Cité du Commerce, et c'est mauvais. Mais c'est mieux que de voir mourir tous les nôtres. Il nous faut de l'aide, et vite — sinon, nous ne serons plus assez nombreux pour nous soucier d'où elle vient !

Et les Terriens, Régis le savait, ne seraient que trop heureux de les obliger. Tous les mondes, l'un après l'autre, étaient tombés sous la coupe de l'Empire exactement de cette façon. Une mauvaise saison, une épidémie, une famine, quelques morts de trop, et la planète la plus fière, sachant qu'il existait maintenant une alternative aux dures lois de la survie du plus apte, n'acceptait plus de s'y soumettre.

On dirait que les dieux eux-mêmes sont contre nous.

D'abord, les télépathes disparaissent. Un par un, au cours de duels fratricides, ou par stérilité consanguine, ou par assassinat et malchance. Notre ancienne science disparaît par manque de télépathes capables de travailler sur les matrices.

Maintenant, nos forêts.

Bientôt, nous n'aurons plus le choix.

Mais pourquoi ? Et qui ?

Ce n'était pas un coup des dieux. C'était comme un avertissement. C'était trop délibéré. On tuait Ténébreuse ; elle ne mourait pas de sa belle mort ; on était en train de l'assassiner.

Mais qui pouvait vouloir anéantir un monde ? Qui pouvait en profiter ?

Quand la délégation montagnarde eut fini son exposé, on attendit avec espoir que Régis prenne la parole. Même son grand-père tourna les yeux vers lui, en l'attente de ce qu'il dirait.

Et que pouvait-il dire ?

— Vous devez recevoir de l'aide pour le problème des incendies, commença-t-il enfin, autant d'aide qu'on pourra vous en donner, qu'elle vienne de l'Empire

Terrien ou d'ailleurs. Mais ce n'est pas une raison suffisante pour leur demander de reclassifier notre monde dans les planètes ouvertes. Je ne suis pas prêt à aller aussi loin. Jusqu'à maintenant, nous avons toujours pu payer l'aide demandée. Si c'est nécessaire, je peux engager ma fortune personnelle en cette circonstance.

Il n'avait pas besoin de chercher le regard de son grand-père pour voir s'il approuvait cette imprudente promesse ; c'était la seule chose à faire.

— Nous pouvons aussi demander aux notables des basses terres qu'ils assument une part des dépenses.

— Voulez-vous nous réduire à la faillite ? demanda un membre de la Ligue Pan-Ténébrane. Si nous avions le statut de planète ouverte, nous pourrions demander cette aide comme un droit, et il y aurait des investisseurs extérieurs qui viendraient nous aider à exploiter nos ressources inutilisées pour payer les frais.

Régis dit avec ironie :

— Merci monsieur, pour la leçon d'économie élémentaire. Je suis certain que vous avez étudié le problème. Néanmoins, je ne suis pas sûr d'être d'accord avec vous sur ce qui devrait être exploité.

Ses yeux gris, durs, flamboyants, féroces rencontrèrent ceux de l'homme d'affaires, qui détourna le regard.

C'était une manœuvre de retardement, Régis le savait, pas une victoire. On pouvait supporter les feux de forêts, s'ils étaient la conséquence d'une mauvaise saison ou de catastrophes naturelles. Il était plus difficile d'accepter l'agression contre les télépathes — *mes enfants,* pensa-t-il avec une angoisse familière, et il essaya d'écarter de son esprit l'image claire, presque palpable, des deux petits visages, si pâles dans leur cercueil — et si quelque force inconnue était à l'ouvrage en ce moment pour bouleverser le délicat équilibre de Ténébreuse, alors, c'était probablement sans espoir. Les Ténébrans pouvaient se cramponner à leur propre culture et mourir — ou se résigner à un changement si radical que ce serait une sorte de mort pour ceux qui avaient connu le passé.

Y a-t-il un espoir quelconque? Sommes-nous tous condamnés?

Il avait reporté la décision à plus tard mais comme ils ajournaient l'assemblée et sortaient de la salle, il savait que la responsabilité de la prendre pèserait sur lui personnellement, plus lourde que jamais. Il s'arrêta pour adresser quelques paroles de courtoisie à Daniskar de la Forêt de Darriel. Les autres nobles pouvaient reconduire les Pan-Ténébrans, mais il ne devait pas se désintéresser des montagnards, toujours fiers et susceptibles. Prenant congé de leur chef, il réalisa que Linnea était toujours à son côté, toute proche, sans le toucher (le contact physique était rare parmi les télépathes, sauf dans les rapports sexuels ou émotionnels) mais à portée de sa perception. Il se retourna et lui sourit d'un air las.

— Ce n'est sans doute pas votre premier Conseil, dit-il, mais je suppose que c'est le pire.

Elle hocha la tête, très grave.

— Pauvres gens, murmura-t-elle. Ce sont les miens, Seigneur Régis, des hommes de nos villages. Et je n'avais aucune idée de leurs épreuves, je suis dans les basses terres depuis si longtemps. C'est terrible pour eux. Et pour vous — Régis, Régis, je ne savais pas pour vos enfants...

Elle leva les yeux, leurs regards se rencontrèrent, et ils furent soudain en rapport télépathique profond. Elle lâcha brusquement :

— Permettez-moi de vous en donner d'autres.

Il leva lentement les mains et les posa doucement sur le petit visage en forme de cœur, dont il dégagea les précieux contours. Comme la jeune fille, il était trop ému pour parler. Un instant, le temps s'arrêta, et ils demeurèrent tous les deux dans l'intemporel, plus profondément unis que dans l'acte d'amour.

C'était pour Régis une expérience toute nouvelle, encore qu'il eût toujours attiré les femmes. Générale-ment pour de mauvaises raisons. Et un télépathe ne pouvait jamais ignorer les raisons. Beaucoup étaient intéressées par sa situation et sa puissance. D'autres, plus nombreuses encore, étaient séduites par sa beauté extraordinaire, sa vitalité, et même — il le savait bien — par sa personnalité fortement sensuelle. Il était devenu cynique au sujet des femmes, tout en acceptant ce qu'elles lui offraient. D'autant plus que, depuis quelques années, la promiscuité était largement acceptée, et même encouragée, parmi les jeunes télépathes de sa caste.

L'offre en elle-même n'était pas nouvelle. Il savait, sans aucune vanité, qu'il pouvait avoir pratiquement n'importe quelle femme ; de ce fait, il était économe de ses désirs.

Mais c'était la première fois qu'une jeune fille de sa propre caste — et Linnea, réalisa-t-il, était une télépathe extraordinaire — venait à lui avec une simplicité aussi totale. Ce n'était pas de la compassion, c'était une participation profonde et soudaine à ses propres émotions. Elle n'avait absolument pas pensé au statut qu'elle pourrait obtenir, elle, fille d'une petite maison, en donnant à un Hastur un héritier doué de *laran*. Pas le moindre désir sexuel, sauf peut-être au niveau le plus profond ; elle avait juste senti à quel point la vie de Régis était devenue difficile, et instantanément, par un contact intense, avait désiré la lui rendre plus facile, et lui avait offert ce qu'elle avait à donner.

Ce rapport foudroyant ne dura que quelques secondes, mais tous deux savaient que le monde venait de changer. Puis les rouages de l'univers se remirent à tourner, et ils retrouvèrent les jeux ritualisés de la vie ordinaire. Régis soupira et ses mains se détachèrent du visage de Linnea. Il se pencha et l'embrassa doucement sur les lèvres. Il dit, avec un infini regret :

— Pas maintenant, ma bien-aimée. Plus tard, si nous avons de la chance... mais pour le moment, nous avons besoin de vous où vous êtes. Nous avons si peu de jeunes filles capables de travailler dans les relais. Comment aurais-je le cœur d'éteindre une des lumières de notre monde ?

Elle hocha la tête, grave, compréhensive, infiniment tendre. Elle dit :

— Je sais. Si nous abandonnons tous, nous finirons par devenir un monde de barbares, comme disent les Terriens.

Leurs mains jointes se défirent. Ils n'avaient pas besoin de serments pour sceller cette union qui faisait maintenant partie d'eux-mêmes. Pourtant, Régis tendit les bras et la serra sur son cœur, soudain en proie à la peur.

Un enfant de Linnea serait trop sérieux pour risquer sa vie…

Dois-je craindre aussi pour elle ? Sera-t-elle la prochaine cible ?

Le chieri apparut à la lisière, étourdi et hagard comme un sauvage des bois. Même sur Ténébreuse, où humains et mi-humains vivaient côte à côte depuis la préhistoire la plus reculée, il y avait là de quoi attirer les foules, et la chose ne manqua pas de se produire. Un murmure craintif, surpris, émerveillé parcourut les rues où s'avançait, sur les galets inégaux où ne s'était jamais aventuré aucun individu de sa race, la haute et mince silhouette de cet être étrange.

Ces créatures appartenaient à la légende ; la plupart des gens n'y avaient jamais cru qu'à moitié ; et quand le bruit courut qu'un chieri en chair et en os marchait dans les rues d'Arilinn, les gens sortirent de chez eux, et, en silence, le regardèrent, reculant un peu avec des murmures étonnés devant ses pas — lents et embarrassés, comme s'il traînait un boulet — qui le portaient vers la haute Tour d'Arilinn.

Il ralentit de plus en plus et finalement s'arrêta. Il se tourna vers la foule et lança quelques mots, comme un appel. La voix était claire, légère et harmonieuse, comme dans la légende, mais les gens le regardèrent sans comprendre. Enfin un vieillard en robe d'érudit s'avança.

— Laissez-moi passer, dit-il. Je crois qu'il parle une forme très ancienne de *casta*. Je l'ai vu écrite dans des livres très vieux, mais je ne l'ai jamais parlée. Je vais essayer.

La foule s'écarta devant le vieillard ; celui-ci s'inclina profondément devant le non-humain et dit :

— Vous nous honorez, Noble Ami. En quoi pouvons-nous vous servir ?

Le chieri articula lentement, d'une voix comme rouillée par le manque d'usage :

— Je suis... très étranger en ce lieu. J'ai été...

Ici, un mot que personne ne comprit.

— Y a-t-il un Hastur ici ? poursuivit-il. Pouvez-vous m'indiquer où il est ?

Le vieux savant s'empressa de répondre :

— Si vous voulez bien me suivre, Noble Ami.

Et il le précéda vers la Tour. Par la suite, il devait confier à ses amis : « Il me regardait, et j'ai réalisé qu'il était effrayé, mais comme aucun d'entre nous ne l'a jamais été. J'en tremble encore quand je pense à une terreur pareille. Que pouvait-il bien vouloir ? »

Régis Hastur déjeunait dans son appartement de la Tour d'Arilinn, prêt à repartir dans l'avion qui l'avait amené, quand un technicien des matrices, un jeune homme de dix-sept ou dix-huit ans, s'arrêta sur le seuil.

— *Vai dom...*

Régis se retourna et dit avec courtoisie :

— En quoi puis-je te servir, Marton ?

— Seigneur, il y a un chieri à la grille qui demande à vous voir, à voir le Hastur.

— Un chieri ? dit Régis en éclatant de rire. Votre façon de parler, ici à Arilinn, m'étonnera toujours. J'ai dû mal entendre. Tu voulais dire sans doute un kyrri, ainsi que nous appelons nos serviteurs non-humains à Thendara. Peux-tu lui demander ce qu'il me veut ?

— Non, Seigneur, ce n'est pas un kyrri, dit Marton indigné. Aucun d'eux n'aurait cette audace ! Non, Seigneur Régis, un chieri, un Etre Merveilleux des Forêts.

Stupéfait, Régis répondit :

— Si c'est une plaisanterie, je trouve le moment mal choisi.

60

Mais un autre regard sur le jeune homme le persuada qu'il était aussi surpris et incrédule que lui. Il se leva sans plus attendre et descendit à la grille.

Un chieri ! Même au temps de son grand-père, on murmurait que cette race, la plus ancienne de Ténébreuse, ne comptait plus que quelques survivants au plus profond des forêts les plus écartées. Peut-être aucun. Comment savoir ? Tout au plus entendait-on parler parfois de gens égarés, blessés ou surpris par la nuit dans la forêt, et qui avaient senti des mains secourables et des voix harmonieuses ; ils avaient été soulagés et remis promptement sur le droit chemin, mais rien de plus.

Émergeant des sombres corridors, il se trouva au pied de la Tour, dans la pâle lumière du soleil levant et, debout au milieu d'un cercle de serviteurs, de kyrris fourrés, de Gardes de la Cité dans leur uniforme et de quelques badauds qui passaient par là, il vit le chieri pour la première fois.

Il était immobile, reconnaissable au premier coup d'œil : il ressemblait à s'y méprendre à un grand jeune homme, ou même à une grande jeune fille, avec un seul signe distinctif : son visage était un peu trop fin, trop pâle, trop délicat pour un être humain. Régis était grand, mais le chieri le dépassait de toute une tête. Il avait d'abondants cheveux très clairs, qui luisaient comme de l'argent. Il se tourna vers Régis avec un mouvement d'une grâce inhumaine ; alors Régis leva les yeux et rencontra ceux du chieri.

Des yeux gris, d'un gris très, très clair, où scintillaient des points de lumière argentée ; un regard qui, d'un coup, fit oublier à Régis la crainte révérentielle, le respect, l'émerveillement et toutes les vieilles légendes. Il réalisa que le chieri n'était qu'une jeune créature, extrêmement troublée à la vue de cette étrange cité ; très jeune, très affolée, très effrayée. Il lui tendit les mains avec une sympathie spontanée et dit en *casta,* la langue archaïque, très peu utilisée des Domaines Comyn — Comment êtes-vous venu ici, pauvre enfant ? Je suis Régis Hastur, petit-fils d'Hastur, et à votre service. Voulez-vous entrer vous mettre à l'abri du froid... et de tous ces yeux ? ajouta-t-il soudain.

— Je vous remercie, jeune Hastur, dit le chieri de sa voix lente et hésitante.

Régis s'effaça courtoisement pour laisser entrer son hôte étrange, faisant signe aux badauds de se disperser. Danilo les suivit dans une petite salle de réception du niveau inférieur, aux murs de pierre blanche translucide éclairée de suspensions luminescentes. Régis indiqua un siège au chieri, mais le non-humain resta debout, n'ayant sans doute pas compris son geste, et dit dans sa langue archaïque :

— Le bruit nous est parvenu, au fond de la Forêt Jaune, Hastur, que vous recherchez les détenteurs des anciens pouvoirs, pour les étudier, les approfondir, savoir d'où ils viennent et quel genre d'individus les possèdent.

— C'est vrai, en effet, reconnut Régis.

Il réalisa que le chieri mimait déjà son accent et sa langue, et qu'il le comprenait sans effort.

— Mais comment ce bruit est-il arrivé jusqu'à vous, Noble Ami ?

— Nous autres chieri nous savons certaines choses, Seigneur Hastur. Il nous a paru bon que l'un d'entre nous vienne vous assister dans vos recherches, si vous nous acceptez. Et comme j'étais le plus jeune des survivants, ils ont pensé que j'aurais plus de facilité... à m'adapter... pour quitter la forêt et vivre parmi les hommes, on m'a dit de venir à vous et de faire ce que vous me direz.

— Avez-vous voyagé longtemps ? demanda Régis sidéré.

— Des jours et des jours, Régis Hastur. Je suis d'abord allé à Armida, car l'un des nôtres, il y a une génération, avait connu des jeunes de là-bas ; mais ils ont tous disparu, tous les Alton, alors je suis venu ici.

Danilo s'avança, fit un signe à Régis, et sans parler, en rapport télépathique, lui demanda mentalement :

— Etes-vous sûr que vous pouvez faire confiance à

ce non-humain ? Etes-vous sûr que ce n'est pas un piège ?

— Ce n'est pas un piège, dit tout haut le chieri, se tournant en souriant vers Danilo. Je n'ai aucun contact avec les ennemis de votre ami ; avant ce jour, je n'ai jamais parlé à aucun homme de votre peuple, Danilo.

— Vous connaissez mon nom ?

— Pardonnez-moi — je ne connais pas vos coutumes — est-ce impoli de s'adresser à quelqu'un par son nom ?

— Non, dit Danilo, dérouté. C'est seulement que je ne savais pas comment vous l'aviez appris, mais vous devez avoir des pouvoirs télépathiques extraordinaires, supérieurs à ceux dont nous avons l'habitude chez les non-humains.

Les yeux gris clair du chieri plongèrent une minute dans ceux de Danilo, puis il sourit et dit à Régis :

— Vous avez de la chance ; votre ami vous aime sincèrement et donnerait sa vie pour vous. Rassurez-le néanmoins, et dites-lui que je ne ferai jamais aucun mal ni à vous, ni à quiconque de votre race. Je ne le pourrais pas même si je le voulais.

— Je sais, dit Régis.

Soudain, il se sentait détendu et à l'aise. Il avait entendu de vieux contes sur les chieri, sur leur beauté et leur bonté, et bien que celui-ci parût jeune et effrayé par l'étrangeté de ce nouveau milieu, Régis savait qu'il n'avait rien à craindre de lui.

Danilo ouvrait la bouche pour parler, mais il se ravisa, frappé soudain par une étrange ressemblance. Le chieri était plus mince que Régis, plus grand d'une tête, plus fin de visage, avec des mains à six doigts d'une longueur et d'une grâce inhumaine ; mais l'air de famille était là, comme un reflet dans un miroir, encore accentué par la blancheur précoce des cheveux de Régis. Le non-humain avait exactement cette curieuse coupe de visage qui distinguait tous les anciens Comyn de Ténébreuse.

Ces anciennes familles, disait-on, avaient des ancêtres chieri. *Maintenant, je le crois sans peine !*

— Acceptez-vous donc de rentrer avec nous à Thendara ? demanda Régis.

— Je suis venu pour ça, dit le chieri, mais il regarda autour de lui, l'air suppliant, paniqué. Je n'ai pas l'habitude... d'être dans des murs.

Pauvre enfant, que fera-t-il dans l'avion ?

— Je m'occuperai de vous, dit Régis. N'ayez pas peur.

— J'ai peur parce que tout est très étrange, et que je n'étais jamais sorti de l'ombre de mes bois auparavant, dit le chieri.

Il avait avoué sa peur avec une profonde dignité qui accrut encore la sympathie et le respect de Régis. Celui-ci demanda :

— Comment faut-il vous appeler ?

— Mon nom est très long et difficile à prononcer dans votre langue, dit le chieri. Mais quand j'étais tout petit, je me suis nommé s'Keral. Vous pouvez m'appeler Keral si vous voulez.

Régis appela un serviteur et lui ordonna de faire préparer l'avion immédiatement. Son esprit bouillonnait.

Le projet d'étude des anciens pouvoirs télépathiques, organisé par les Services Médicaux de l'Empire, avait été lancé depuis quelques mois. On n'avait pas réussi à recruter plus d'une demi-douzaine de volontaires ténébrans. Et voilà qu'un chieri, appartenant à la race la plus ancienne, la plus mystérieuse de Ténébreuse, et traditionnellement la plus étrangère à l'humanité (quoi qu'on ait pu raconter sur les amours entre chieri et mortels), venait à eux volontairement sans qu'on lui ait rien demandé — alors qu'ils s'étaient cachés pendant des siècles, même aux Comyn, et qu'on ne connaissait leur existence que par des légendes, aussi insaisissables que les feuilles emportées par le vent.

Comment était-ce arrivé, et qu'en sortirait-il ?

Il réalisa soudain qu'il ne pouvait même pas dire si cet étrange hôte des bois était mâle ou femelle. Son assurance, sa force, sa promptitude à rassurer Danilo, semblaient des traits masculins ; mais sa voix et ses mains délicates, ses longs cheveux flottants et ses vêtements légers, sa timidité et sa façon de s'accrocher avec effroi à la main de Régis pour franchir les portes, pouvaient passer pour des traits féminins. *D'ailleurs, ont-ils seulement un sexe ?* Il pensa à la vieille plaisanterie sur les cralmacs non-humains, qui était passé en proverbe sur Ténébreuse : *le sexe d'un cralmac n'a d'intérêt pour personne sauf pour un autre cralmac*. Il supposa que l'asexualité apparente du chieri était du même ordre.

Il ne faudra pas oublier que Keral n'est pas humain. Car dès l'instant où je suis entré en rapport télépathique avec lui, il m'a semblé qu'il était très humain, qu'il était mon semblable, infiniment plus que bien des gens que je connais...

Pas étonnant que les légendes parlent d'humains morts d'amour après avoir vu un chieri dans les bois... se consumant pour une voix, une beauté plus qu'humaines...

Régis fut stupéfait, choqué du tour que prenaient ses pensées. Il dit à Keral, sans le regarder :

— Nous allons bientôt partir.

Et il alla prendre congé de son grand-père.

4

Un hôpital, c'était un hôpital, même à l'autre bout de la Galaxie. S'éveillant de bonne heure sans se rappeler où il était, avant même d'ouvrir les yeux, David sentit autour de lui l'ambiance familière, la pulsion de la vie devenue avec le temps une seconde nature, les préoccupations des docteurs affairés, la sensation subliminale de souffrance maintenue à distance, le rythme accéléré des soins qui se prodiguaient un peu partout.

Puis il ouvrit les yeux et se rappela qu'il était sur Ténébreuse, à des années-lumière de chez lui, et que si on l'avait logé à l'hôpital, ce n'était pas en sa qualité de médecin, dont il pouvait toujours se prévaloir, mais en raison de la nature médicale du projet.

Anormaux et télépathes — et je vais être l'un d'entre eux. Sur quel genre de planète ai-je donc échoué ?

Tous les astroports se ressemblaient, et le débarquement de la veille ne lui avait laissé qu'un seul souvenir : une grande lune lumineuse pourpre clair, et le croissant d'une autre, plus petite, flottant bas sur l'horizon, dans un ciel nocturne d'une étrange couleur.

Ici la lumière était d'un jaune terrien ordinaire, mais quand il s'approcha de la fenêtre, il vit au loin se découper d'immenses montagnes en dents de scie, tandis qu'un énorme soleil rouge flamboyait déjà haut dans le ciel. Il était arrivé tard ; on l'avait laissé dormir, mais quelqu'un viendrait bien le chercher tôt ou tard.

Malgré tous ses efforts — et il ne les avait pas ménagés sur le vaisseau qui l'avait amené ici —, il n'était pas arrivé à développer un grand enthousiasme pour ce projet. Bon sang, il n'avait nulle envie d'analyser le don anormal qui venait d'anéantir la carrière de son choix ; il avait plutôt envie de s'en débarrasser !

Enfin, pensa-t-il, se détournant des étranges montagnes et de l'incroyable soleil, cette expérience me servira peut-être à quelque chose ; à défaut, peut-être servira-t-elle à d'autres. Il fallait accepter cela comme une recherche, une chance de faire des recherches sur une anomalie rare. Telle Madame Curie étudiant sur elle-même les brûlures des radiations, ou Lanach de Véga Neuf faisant des travaux sur la *moisissure spatiale* alors qu'il était lui-même moisi jusqu'aux moelles.

En tout cas, inutile d'afficher son mécontentement. Si les autres membres du projet étaient télépathes, un visage souriant ne les tromperait pas, mais il pourrait au moins l'aider à réfréner sa propre anxiété. Le temps de finir sa toilette, il fredonnait. Il était jeune, et, malgré lui, intrigué.

La cafétéria de l'hôpital, où, la veille, on lui avait dit d'aller prendre ses repas, était bondée. David détestait les foules, il les avait toujours détestées — il avait toujours du mal à chasser l'impression, même fausse, de bousculade autour de lui —, mais au moins c'était une foule familière. Docteurs et infirmières, pour la plupart vêtus de l'uniforme orné du caducée du Service Médical de l'Empire Terrien, portaient sur le visage le sceau reconnaissable de leur profession. Beaucoup de jeunes étaient d'un même type inconnu, qu'il supposa ténébran : basanés avec des cheveux noirs et frisés, le front bombé, de courtes et larges mains à six doigts, des yeux gris.

Il terminait son déjeuner quand un jeune homme roux, qui ne portait pas une tenue médicale mais une tunique verte et de hautes bottes de cuir souple, s'approcha et dit :

— Docteur Hamilton ? Je vous ai reconnu tout de suite. Voulez-vous venir nous rejoindre ? Je m'appelle

Danilo. J'espère que votre déjeuner vous a plu ; ce sont des choses qu'on ne peut pas prévoir. Je sais qu'ici, au Q.G. terrien, on peut adapter les lumières et même la gravité à celles de sa planète d'origine, mais en matière de préférences culturelles... (il haussa les épaules). Tout ce qu'ils peuvent faire, je suppose, c'est d'adopter le dénominateur commun le plus insipide en espérant que le repas ne dégoûtera personne.

David gloussa.

— C'est la même chose dans tous les hôpitaux, je suppose. En fait, j'ai pris l'habitude de manger tout ce qu'on met dans mon assiette en espérant que j'aurai le temps de finir avant qu'on ne m'appelle. Si vous me demandiez ce que je viens de manger, je ne pourrais pas vous le dire sous la foi du serment.

Il regarda Danilo, curieux.

— Vous appartenez au personnel de l'hôpital ?

Le jeune homme ne semblait pas assez âgé pour être docteur, mais on ne sait jamais avec certaines races planétaires.

Danilo fit un geste de dénégation, sans ajouter un mot d'explication.

— Venez, je vais vous présenter aux autres.

— Ils... ils sont déjà tous là ?

— Presque tous. Les Ténébrans sont logés en ville, mais, au moins dans un premier temps, on a pensé que les installations de l'hôpital vaudraient mieux pour les autres. Jason...

Danilo avait élevé la voix, et un jeune docteur, qui passait dans le couloir, vint à leur rencontre. Il était brun et robuste, et plut tout de suite à David. Il dit :

— Docteur Hamilton ? Avez-vous fait bon voyage ? Personnellement, je n'ai jamais quitté Ténébreuse où je suis né. Je m'appelle Jason Allison.

Il tendit la main à David qui la serra, réalisant soudain que c'était ce qui avait manqué à la salutation de Danilo. Coutume ténébrane ?

— Je suis l'homme de liaison entre l'équipe médicale, les volontaires du programme et les Services de l'Empire. Au fait, je suis moi-même médecin, quoique je n'aie guère le temps de pratiquer ces temps-ci.

Il les précéda dans le couloir. Maintenant que la rencontre avec les autres était imminente, David se sentit de nouveau mal à l'aise. *Une équipe d'anormaux — et il était l'un d'eux.*

— Docteur Allison...

Jason Allison sourit.

— Appelez-moi Jason. Et je vous appellerai David, si vous permettez. Les Ténébrans n'usent pas de titres honorifiques, sauf pour les échelons supérieurs de leurs castes ; et au-dessous de *Seigneur,* les titres n'existent pas. Pas de monsieur, de madame, de docteur et autres. Cela simplifie les rapports.

Anéanti. Même cela m'est ôté.

— David, ça ira très bien, dit-il avec une indifférence affectée. Je... je n'ai jamais rencontré un autre télépathe.

Danilo se mit à rire.

— Maintenant, vous en connaissez un, dit-il en souriant. Nous ne mordons pas. Et nous n'avons pas l'habitude de lire indiscrètement dans les esprits. D'ailleurs, pour autant que j'en puisse juger, vous n'êtes pas télépathe, mais empathe et vous avez sans doute d'autres pouvoirs psi.

David fixa le jeune homme en hochant la tête, révisant brusquement des tas d'idées préconçues.

— Désolé, dit Danilo. J'ai grandi au milieu de Ténébrans doués de *laran,* et je le repère immédiatement. Je pense que vous en avez aussi parce que je me sens à l'aise avec vous, c'est tout ; vous êtes comme l'un des nôtres.

David se sentit dérouté. Jason dit :

— Pas si vite, Dani. David, que vous le croyiez ou non, je sais ce que vous ressentez ; rappelez-moi de vous raconter un jour mon premier conflit — et ce fut vraiment un conflit — avec les Hastur. Nous y voilà.

C'était une longue salle lumineuse tendue de draperies claires aux couleurs iridescentes d'arc-en-ciel. David l'embrassa du regard, évaluant ses occupants grâce au pouvoir qu'il ne s'était jamais reconnu parce qu'il en avait l'habitude et qu'il pensait que tout le monde le possédait :

— impact/peur/lumière/peur d'une jeune femme de haute taille à l'autre bout de la salle, femme/non, homme/non, femme, avec d'abondants cheveux longs argentés, silhouette mince, asexuée — humaine ?

— jeune homme légèrement autoritaire aux cheveux blancs et aux yeux gris — petit homme buriné d'une quarantaine d'années, type terrien, hâlé, air sournois ; non-entité à la peau sombre, tremblant, uniforce de la Force Spatiale...

— femme imposante, vieille jusqu'à la décrépitude, mais avec le même air de commandement et de domination que si elle était jeune et reine...

— mince jeune fille à l'air sensuel, vautrée dans un profond fauteuil, examinant les hommes à petits coups d'œil furtifs de souris...

— et de nouveau peur/lumière/peur émanant de la haute silhouette en tunique, homme/femme, aux cheveux clairs...

C'est tout ?

— Vous êtes David Hamilton, dit le jeune homme aux cheveux blancs. Je suis Régis Hastur. Je suis très content de vous avoir avec nous, docteur Hamilton. Aucune expérience de ce genre n'a jamais été tentée jusqu'à présent ; des médecins ordinaires pourraient être déconcertés. Les télépathes ne semblent pas attirés par la médecine et, à ma connaissance, ils n'en ont pas besoin. Les médecins terriens ne sont même pas convaincus que nous existons. Ils sont bien obligés d'admettre les faits, mais ça ne leur plaît pas — à l'exception des personnes présentes, ajouta-t-il avec un regard amical à Jason Allison.

— Je suis donc ici en qualité de docteur ?

— Certainement. Une fois que vous saurez vous servir de votre don, il devrait faire de vous un médecin hors de pair ; vous saurez vite vous isoler des contacts indésirables, tous les adolescents Comyn l'apprennent en quelques semaines. Vous y parviendrez aussi, vivant au milieu d'autres télépathes. C'était cela votre problème ; personne ne pouvait vous enseigner à utiliser ce pouvoir. Heureusement, nous vous avons trouvé alors que vous êtes encore jeune. Beaucoup de télépathes isolés dans des cultures non télépathiques deviennent des névrosés et ne sont d'aucune utilité pour personne. Nous nous en sommes aperçus quand le Q.G. a commencé à en recruter pour ce projet. Alors, en trouver un qui soit en même temps un médecin qualifié — quelle chance inespérée !

Ce fut comme un ciel noir qui s'éclaircit soudain. David ne se demanda pas comment Régis avait senti la peur profonde et paralysante qui le tenaillait. Il ne chercha même pas à réfréner le radieux sourire qui remplaça en lui la tension et la peur. C'est sans doute ce sourire qui lui permit de se détendre et d'accepter, pour la première fois de sa vie, le flot de sensations qui franchissaient légèrement le seuil de ses perceptions. Jason dit :

— On ne vous l'avait pas dit, David ? Venez faire connaissance avec les autres ; dans ce groupe, vous êtes le dernier arrivant d'outre-planète ; on nous en enverra peut-être d'autres plus tard, mais pour le moment, c'est tout ce que l'Empire a pu découvrir de télépathes non névrosés. Rondo…

Le petit homme buriné planta ses yeux bleu acier dans ceux de David, puis faillit hausser les épaules. *C'est un cave ; sans intérêt.* David, sans aucune expérience des tripots, resta perplexe devant cette indifférence hostile.

L'homme en uniforme de la Force Spatiale semblait plongé dans l'apathie, mais il se leva assez poliment et tendit la main à David.

— Enchanté, docteur Hamilton. Je m'appelle David Conner.

— Alors, nous avons le même prénom, dit David en souriant.

Sa pensée, prudemment et vivement réprimée : *non-névrosé ? Qu'est-ce qu'il a ?* Au moins, le type de Conner lui était familier ; il était grand, mince, avec un début de calvitie, une peau entre le brun et le noir, des yeux noirs et brillants, maintenant ternis par l'apathie, et une politesse des plus rudimentaires. Il n'était pas hostile, mais David sentit, frissonnant, que si tous les gens présents dans cette salle mouraient tous ensemble d'un seul coup, Conner ne cillerait même pas. Il hausserait les épaules et les envierait.

Jason continua.

— Keral.

L'homme/femme, qui dépassait David de dix centimètres, se retourna avec grâce et vivacité. David reçut l'impact de ses yeux clairs, profonds comme de l'eau courante, et une voix juvénile, féminine et ravissante, murmura mélodieusement :

— Votre présence est un témoignage de bonté, David Hamilton.

Qui et quoi... !

Jason lui murmura à l'oreille :

— C'est un chieri ; membre d'une tribu ténébrane dont pratiquement personne n'admettait l'existence avant qu'il vienne se joindre à nous.

— Il... ?

Jason saisit sa confusion. Etait-il assez télépathe pour lire dans ses pensées ? David se posa la question. Il allait se la poser encore longtemps sans jamais tirer la chose au clair.

— Il ou elle, voulez-vous dire ? Je ne le sais pas non plus. Il est difficile de demander à un E.I. — pardonnez-moi : c'est le jargon médical de l'Empire pour Etre Intelligent, non-humain sapiens — à quel sexe il ou elle appartient. Pas avant de savoir comment il le prendra. Mais Régis a peut-être la réponse.

Les yeux de David retournèrent au chieri ; Keral le regarda et, pour la première fois, sourit, d'un sourire éblouissant qui transfigura son beau visage apeuré. Ce fut comme une lumière qui illumina la pièce, et David se demanda comment les autres pouvaient détourner le regard d'elle — de lui ? *Zut !*

Conner leva la tête et les rejoignit. Il murmura à l'oreille de David :

— Quand on a visité une douzaine de planètes et connu une douzaine de cultures, on s'habitue à ces choses-là. On n'a pas vécu tant qu'on ne sait pas ce que c'est que de courtiser ce qu'on croit être une femme charmante et de se retrouver dans les bras de l'hercule local. Les cultures ont de ces surprises !

David rit avec lui et se sentit un peu soulagé. L'apathie pathologique de Conner n'était donc pas constante : en ce moment, l'homme de la Force Spatiale semblait de bonne humeur.

Conner poursuivit, du même ton intime et amical :

— Mais ne vous méprenez jamais sur celle-ci. Missy… ?

La fille au visage boudeur leva les yeux sur David avec un charme étudié. Elle avait d'épais cheveux blonds arrangés en une coiffure compliquée, et David pensa qu'avec sa robe, connaissant le climat glacial de Ténébreuse, elle visait la mort par hypothermie ; mais, comme le suggérait Conner, chaque planète avait sa propre culture, chaque planète prescrivait ses propres standards au comportement féminin, et celle-ci avait manifestement d'excellentes raisons de mettre sa féminité en valeur de cette façon. Elle sourit, les yeux radieux, et murmura :

— Hello, David.

— Quel David ? demanda Conner.

David pensa vivement : *il est jaloux,* tandis que Missy murmurait :

— Tous les deux, naturellement.

Elle retint un instant la main de David, et il sentit une main douce et fraîche, qui démentait la sensualité de son apparence. Elle dit en un murmure harmonieux :

— Je me sens un peu déroutée ici.

Elle ment, dit en David une voix intérieure, froide et précise.

— Je croyais que ce serait passionnant de faire votre connaissance à tous. Comme une aventure.

Autre mensonge. Qu'est-ce qu'elle veut ?

Jason l'entraîna, et Conner s'assit dans le fauteuil à

côté de Missy. A l'évidence, c'était ce qu'il désirait depuis le début.

— On me laisse pour la fin, comme d'habitude, dit une voix enjouée.

C'était la vieille dame, et elle était encore plus vieille que David ne l'avait pensé : elle avait un visage creux et ridé, mais elle était toujours mince et droite dans une robe longue et gracieuse de drap de laine bleue, avec un châle de fourrure tricotée sur les épaules. Ses mains, noueuses et décharnées par l'âge, avaient toujours des gestes pleins de grâce, sa voix restait claire et légère. Elle regardait Missy, non avec la réprobation de la vieillesse pour la jeunesse, mais avec la même curiosité que David. Puis elle reporta son attention sur lui.

— Vous devez être fatigué de ces présentations. Je suis Desideria de Storn, et si je suis impolie, pardonnez-moi ; je n'ai jamais vu tant de Terriens à la fois. Mais, comme on dit dans nos montagnes, personne n'est jamais si jeune qu'il ne puisse enseigner, ni si vieux qu'il ne puisse apprendre. Voyons donc ce que nous pouvons nous enseigner mutuellement, tous tant que nous sommes. Plus que nous le pensons, sans doute. Je suis trop vieille pour perdre mon temps à des préliminaires. Jason ?

Le Dr. Allison prit la parole :

— Régis, prenez la direction des opérations. C'est vous l'expert.

— Mais c'est exactement ce que je ne suis pas, dit Régis Hastur.

David admira la façon dont, sans bouger, sans même élever la voix, il avait fait tourner tous les yeux vers lui. Pour la première fois, David pensa tout au fond de lui que ce n'était peut-être pas une mauvaise chose que d'être un télépathe entraîné, capable d'utiliser tous les pouvoirs latents de son esprit.

Régis poursuivit :

— Comme vous le savez presque tous, les télépathes étaient nombreux autrefois sur cette planète. Maintenant, ils se font rares, et leurs anciens pouvoirs se perdent, affaiblis par les mariages consanguins ou par notre maladresse à les utiliser. Dans une certaine mesure, je sais me servir de mes pouvoirs, quels qu'ils soient. Je ne sais pas exactement ce qu'ils sont ni comment je m'en sers. Je suppose que la plupart d'entre vous sont dans la même situation. D'où ce projet, qui n'est pour le moment qu'un projet pilote, visant à découvrir quels pouvoirs possède chacun de vous ; comment nous les détenons et pourquoi ; à quoi exactement ils peuvent servir ; et si l'entraînement joue un rôle dans leur développement. Bref, nous voulons découvrir de quoi sont faits les télépathes. Mais par où commencer ? Je n'en ai aucune idée. Chacun d'entre nous a quelque expérience. Toutes vos idées et vos questions seront les bienvenues, et nous approfondirons toutes celles qui sembleront avoir le moindre rapport avec notre étude. En attendant, termina-t-il avec un geste courtois, considérez-vous comme des hôtes. Si vous désirez quoi que ce soit, vous n'avez qu'à demander.

— En tant que seul non-télépathe du groupe, dit Jason Allison, je propose de commencer d'une façon tout à fait terrienne. Les pouvoirs psi sont entourés de toutes sortes de rumeurs superstitieuses. Généralement, la première chose que font les Terriens en présence d'un phénomène qu'ils ne comprennent pas, c'est de le *mesurer*. Si donc personne ne s'y oppose, je vais commencer — avec l'aide de David Hamilton — par vous faire passer un examen médical pour déterminer si vous avez des traits physiques en commun. Ce qui comprendra, entre autres choses, un enregistrement de l'électricité et des radiations du cerveau. Après quoi, j'essaierai de mesurer vos capacités psi, encore que nous n'ayons sans doute pas les instruments de mesure adéquats. Mais peut-être pourrez-vous m'aider dans cette tâche. David, je vais commencer par vous, puis vous pourrez m'aider à examiner les autres. Les laboratoires mis à notre disposition ne sont qu'à quelques portes d'ici. Désolé de faire attendre tous les autres, mais nous ne serons pas longs.

Ils entrèrent dans une petite salle de consultation

signalée par l'inscription : PROJET SPECIAL A, *Allison,* et David dit à Jason :

— Qu'est-ce que ça signifie ? Vous avez mon dossier médical sur le grand ordinateur, depuis ma vaccination contre les oreillons à l'âge de six mois jusqu'à la fracture de l'orteil que je me suis faite en jouant au tennis en quatrième année de médecine ; je sais que ce dossier m'a suivi à Ténébreuse ! Vous avez besoin de m'examiner autant que vous avez besoin d'avoir deux têtes !

— Je plaide coupable, dit Jason.

Allant à l'ordinateur de son bureau, il tapa le nom et le numéro du contrat terrien de David.

— Au fait, on vous a dit que l'Empire vous paye en qualité de médecin ? Je voulais simplement avoir l'occasion de parler seul à seul avec vous. J'ai aussi besoin de votre électro-encéphalogramme ; ceux qu'ils font pour la visite médicale de rigueur recherchent seulement l'épilepsie ou les blessures cervicales, et si c'était votre cas, je le saurais.

« Je veux savoir comment fonctionnent tous vos cerveaux, poursuivit-il, s'affairant autour de David et lui fixant des électrodes sur le crâne, et plus tard, j'en referai d'autres pendant que vous exercerez vos talents télépathiques, pour voir s'il se produit des décharges d'énergie mesurables. Mais je vous ferai grâce pour l'instant de l'examen du cœur et des poumons. Là, allongez-vous.

Il brancha la machine.

— Respirez calmement quelques minutes.

Il reprit peu après :

— Celui qu'il me tarde d'examiner, c'est le chieri, dit-il, retirant de la machine l'enregistrement de l'E.E.G.

— Ils sont humains ?

— Personne ne le sait, même sur Ténébreuse. Je doute qu'un Terrien ait jamais parlé à l'un d'entre eux. Et s'il y en a, ils se gardent bien de le dire. Par bonheur, je suis autorisé à garder un secret total sur ces recherches ; sinon, tout le personnel médical du Q.G.

tomberait sur cette pauvre créature, par pure curiosité. En tant que nouveau spécimen.

— Je les comprends. Moi aussi, je suis curieux.

David n'ajouta pas que son intérêt n'était pas uniquement médical.

— J'ai longtemps vécu avec des non-humains — les Hommes des Routes et des Arbres — dans mon enfance, dit Jason, et je les ai retrouvés avec les Services Médicaux au cours d'une redoutable épidémie il y a quelques années.

Il semblait vaguement amer.

— Oh, le Q.G. terrien a été très gentil avec les Hommes des Arbres. Chacun a fait son possible pour qu'ils se sentent chez eux, mais c'étaient quand même... des animaux de zoo. Peut-être faut-il être Ténébran et avoir vécu toute sa vie avec des races non-humaines avant de les accepter, avant de les considérer comme des *êtres pensants*.

— Il y a donc tant de races non-humaines sur Ténébreuse ?

— Au moins quatre que je connaisse, dit Jason, et sans doute d'autres que je ne connais pas.

David rumina cela un moment. Puis il dit :

— C'est peut-être la raison pour laquelle il y a tant de télépathes naturels sur Ténébreuse. La télépathie doit être la seule façon de communiquer vraiment avec des races non-humaines.

Jason dit, vaguement étonné :

— C'est une idée qui ne m'était jamais venue. Et c'est pourquoi vous pouvez tous apporter quelque chose à ce projet. Seul un télépathe peut savoir — comment Régis a-t-il dit ? — de quoi est fait un télépathe. Bon, et si on commençait à examiner les autres ?

Toute la matinée fut consacrée à un travail de routine, train-train rassurant d'une recherche dont David avait craint qu'elle ne soit outrageusement exotique. Les examens de Conner avaient révélé un tracé anormal de l'E.E.G., apparenté à celui de la migraine héréditaire et de l'épilepsie psychomotrice, mais un peu différent ; David le présentait aussi à un degré non pathologique, de même que Rondo et Danilo dans une moindre mesure. Curieusement, ce trait ne se retrouvait pas chez Régis Hastur, et ils n'avaient pas terminé l'examen de Desideria, ni commencé celui de Missy et de Keral.

— Je me demande si ce sera un dénominateur commun ? dit Jason.

— J'en doute, sinon, pourquoi ne le trouverions-nous pas chez Régis ? Je suppose qu'il est assez extraordinaire en tant que télépathe, dit David, *et extraordinaire à tous autres égards,* pensa-t-il.

— Il est certain qu'il a un charme peu commun, acquiesça Jason, et David éclata de rire.

Ils étaient déjà, semblait-il, grands amis.

— Jason, faites-moi plaisir. Permettez-moi de vous soumettre à l'E.E.G.

Jason le regarda, surpris, puis haussa les épaules en riant.

— A votre aise. A la fin, j'entrerai tous ces résultats dans le grand ordinateur médical, pour voir s'il existe un facteur commun — sanguin ou autre.

— Je peux déjà vous en donner deux, dit David. Ils ont *tous* les yeux gris ou bleus — enfin, tous les Ténébrans et tous ceux d'outre-planète, à l'exception de Conner mais son don n'est pas héréditaire, post-traumatique plutôt — étant donné son passé.

Jason réfléchit à la question, puis il dit :

— Il y a des années, un groupe de Terriens a travaillé un certain temps avec un groupe de Comyn, pour étudier la télépathie et la mécanique des matrices — vous savez ce que c'est ?

— J'ai lu certaines choses sur les matrices de Ténébreuse. Ce sont des gemmes qui transforment directement les ondes cérébrales en énergie, sans sous-produits de fission ou de fusion ?

— C'est exact. Les plus simples peuvent être utilisées par n'importe qui, même sans dons particuliers. Les plus complexes exigent de puissantes capacités télépathiques, et c'est pourquoi ces gemmes ne sont presque plus utilisées ; il n'y a plus assez de télépathes pour s'en servir. De plus, pour des raisons évidentes, la télépathie est dangereuse pour le politicien moyen. De subtiles pressions se sont donc exercées pour supprimer toute publicité sur les Ténébrans télépathes. Mais, comme je vous le disais, depuis une centaine d'années, il y a eu des efforts sporadiques pour travailler avec eux. Généralement, les Ténébrans ont refusé de coopérer, jusqu'aujourd'hui, où il est peut-être trop tard. Nous avons quand même découvert une chose : au moins sur Ténébreuse, la télépathie est toujours associée aux cheveux roux. Si vous rencontrez un Ténébran roux, il est télépathe.

— Ce qui tendrait à indiquer que la télépathie est liée au fonctionnement des glandes surrénales, dit David. Je peux vous signaler un autre trait qu'ils ont en commun. Ils sont tous ectomorphes.

— Ecto- quoi ?

— Il s'agit du type physique : les ectomorphes sont grands et minces, les mésomorphes sont musclés, les endomorphes ont tendance à avoir de la graisse et du ventre.

C'était vrai, au moins dans le cas de Desideria. La vieille dame était merveilleusement coopérative, mais elle avait eu un sourire ironique quand, soucieux du protocole, ils avaient fait entrer une infirmière avant de la faire déshabiller.

— A mon âge, mes garçons, c'est le plus beau compliment que vous pouviez me faire !

Même l'infirmière avait eu du mal à garder son sérieux. Et David avait dû se détourner pour cacher son sourire. *Dieu, quelle charmeuse elle devait être quarante ans plus tôt !*

— Quelle âge avez-vous — pour le dossier ? demanda-t-il.

Elle le lui dit, mais Jason, habitué depuis longtemps au système de numération ténébran, dut le convertir en années standard de l'Empire pour David. Il trouva quatre-vingt-douze ans. Dans l'intention de confirmer l'indice qu'ils avaient, David lui demanda :

— Est-il vrai que tous les télépathes ténébrans sont roux ?

— C'est vrai, dit Desideria. Quand j'étais jeune, mes cheveux étaient rouge feu. La tradition affirme que plus roux sont les cheveux, plus puissant est le *laran,* et en général, nous avons toujours constaté que c'était vrai. Je faisais partie d'un groupe de filles du Château Aldaran, qu'on formait au travail des matrices avec quelques Terriens. Voyons si je peux me souvenir des termes techniques. J'avais la mémoire absolue, dit-elle rêveusement, mais n'oubliez pas que je suis maintenant bien vieille.

Elle garda le silence quelques instants.

— Je suis — ou j'étais — douée de clairvoyance, de clairaudience à un moindre degré, j'avais un modeste don de prémonition, ne dépassant pas trois mois, et des dons de psychokinèse, me permettant de manipuler, sans l'aide d'une matrice, de petits objets n'excédant pas un poids de quatorze grains, dit-elle enfin. Peut-être ont-ils conservé des archives au Château Aldaran, si elles n'ont pas été détruites pendant une des guerres des montagnes. Je peux essayer de le savoir, si vous voulez.

— Volontiers, répondit Jason. Certains d'entre vous avaient-ils tendance à grossir ? Ou étiez-vous tous grands et minces ?

— Grands et minces, ou petits et minces, dit-elle, mais là encore, on disait : plus grande est la fille, plus puissant est le *laran*. Une légende raconte que certains télépathes Comyn des montagnes avaient du sang chieri. Et, à voir Keral, je le crois sans peine.

Jason et David comprirent les implications de cette remarque, bien avant que Desideria réalisât avoir dit quelque chose d'assez extraordinaire. Ils se regardèrent, stupéfaits par les conséquences.

— Si les croisements entre humains et chieri sont possibles...

— Cela signifie que les chieri ne sont pas des non-humains, mais une sous-espèce humaine, termina David.

— Ce n'est qu'une légende, leur rappela prudemment Desideria. Remontant presque à la Préhistoire.

— Trouvez-nous donc d'autres légendes, s'il vous plaît, dit Jason, essayant de dissimuler son impatience en se tournant vers la machine à E.E.G.

Il entreprit de lui expliquer méticuleusement son fonctionnement avant de fixer les électrodes au crâne de Desideria, mais elle le fit taire d'un geste.

— Assez, assez. Vous autres Terriens, vous avez votre technologie, et je suis trop vieille pour avoir envie de la connaître. Tant que vous ne m'électrocutez pas, tout ira bien.

Souriante, elle s'allongea sur la table.

David inspectait les boutons avant de brancher l'appareil quand il ressentit, totalement inattendu, et sans avertissement, le choc d'une onde électrique :

— *Tout au fond de sa chair, un désir physique aigu, intense, presque douloureux ; éveil sexuel ; sensation intense, exquise...*

Surpris et gêné, il se redressa en retenant son souffle. Jason, fronçant les sourcils, avait arrêté les opérations et semblait distrait. L'onde vibratoire continua. David réalisa que, sans aucun stimulus direct, il avait une érection. *Quoi ? Comment... ?*

— *Douce main de femme le caressant. Douces paroles, murmurées presque trop bas pour les entendre, en une langue qu'il ne comprenait pas. Douceur d'un corps tiède et féminin sous lui, autour de lui.*

D'où cela venait-il, bon sang ? Dans toute son expérience de télépathe involontaire à l'hôpital de sa planète natale, il n'avait jamais rien capté de semblable ; il était choqué, un peu honteux. Il avait l'impression d'être un voyeur. Il regarda Desideria, l'air interrogateur. Elle avait fermé les yeux, mais il sentit qu'elle aussi était perplexe. *Ressentait-elle la même chose que lui ?* Un instant, la forme frêle et grise de la vieille dame se brouilla et changea, et à sa place, il vit une jeune fille ravissante au visage entouré d'un nuage de cheveux roux lumineux et qui lui souriait, les yeux clos, tendrement féminine. David se sentit déchiré de désir.

Le désir se propagea, comme un réseau étincelant, comme une toile d'araignée impalpable d'éveil physiologique. Cela ne se passait pas dans la pièce. La solitude douloureuse, angoissée, mortelle de Conner cherchait fiévreusement un contact — David comprit soudain : c'était Missy qu'il tenait dans ses bras, clouée sous son corps nu, et pénétrait de plus en plus profond jusqu'à l'explosion finale...

Quand tout fut terminé et que sa respiration redevint normale — *avait-il eu lui-même un orgasme ? Non, du moins pas physiquement —*, David sentit les bords du filet qui se retirait, la perplexité de Régis, le rire sarcastique de Rondo, un éclair lumineux qu'il associait déjà avec Keral, et qui s'étendait, l'enveloppait d'une tendresse soudaine...

David ? C'était presque une voix ; à l'entendre, il se sentit doucement rassuré. *C'est moi, Keral. Je ne comprends pas non plus, mais je suppose que cela n'a rien d'effrayant.*

David demeurait dérouté. Desideria, toujours allongée et immobile, semblait confusément — *avait-il les yeux ouverts ? Il n'aurait pas pu en jurer —* un être double, une jeune fille/vieille dame, doucement pelotonnée et amoureuse. Comme poussé par une force irrésistible, David tendit le bras et lui prit la main qu'il porta fiévreusement à ses lèvres. Elle ouvrit les yeux et redevint la vieille dame, mais ses yeux gris étaient pleins de larmes. Elle lui caressa la joue, et David réalisa que lui aussi avait les larmes aux yeux. Brusquement, la pièce redevint normale, les ondes de sexualité diminuèrent, moururent. Ils étaient seuls, avec l'infirmière terrienne indifférente qui s'affairait en silence, ramassant des morceaux de gaze et préparant les accessoires pour les examens de routine.

— Non, murmura Desideria. Non.

Il crut qu'elle allait sangloter, mais elle se ressaisit. Elle prit une profonde inspiration et se maîtrisa.

— Non, David. Je suis une très, très vieille dame. Ce

ne — oh, maudite soit-elle. Maudite soit cette chienne en chaleur. Non, ce n'est pas juste. Elle est jeune, elle ne sait peut-être pas, et elle n'a pas prêté de vœux.

Tous deux entendirent Régis, comme un éclair mental : *Je l'aurais bien arrêtée, mais je ne veux pas faire acte d'autorité. Ils ne sont même pas Ténébrans, et je ne suis pas leur Seigneur !*

Desideria dit doucement :

— Quelle folle d'abattre si vite ses cartes ! Cette sexualité déchaînée dans un milieu de télépathes... autant mettre une femelle en chaleur dans une horde de loups ! Cela provoque toutes sortes de réactions bizarres — David, ne faudrait-il pas que je l'instruise un peu des réalités de la vie ?

Régis intervint dans le rapport télépathique : *Bonne idée, Desideria. Cela ne peut pas continuer. Mais rappelez-vous quand même qu'elle n'a peut-être jamais rencontré un autre télépathe fonctionnel de toute sa vie. Elle a sans doute agi en toute innocence. Après tout, pourquoi ne pourrait-elle pas s'amuser un peu avec Conner si ça leur fait plaisir ? Mais ils doivent apprendre à ne pas diffuser partout leurs émotions. Je regrette beaucoup que ce soit arrivé. Parlez-lui, et vous, David, tâchez de parler à Conner, si vous voulez...*

Merci — je crois, se dit David avec ironie, s'étonnant d'entendre clairement la réponse de Régis : *Je pourrais lui parler moi-même, mais au moins, vous êtes Terrien. Moi, il ne m'écouterait pas.*

Brusquement David revint à une conscience normale. Jason semblait un peu gêné, mais il secoua la tête.

— Je me rends compte qu'il se passe quelque chose, dit-il, mais je ne sais pas quoi.

David dit, avec un regard embarrassé, à Desideria :

— Je vous expliquerai, mais c'est incroyable.

— Quand on vit sur Ténébreuse, dit Jason, on s'habitue à croire six choses incroyables tous les jours avant le petit déjeuner. J'ai perçu l'essentiel. Mais pourquoi a-t-elle choisi Conner ?

— Sinon, qui ? dit Desideria. Régis est exclu, car

trop élevé dans la hiérarchie, et Danilo parce qu'il n'est pas intéressé. Vous et David êtes trop occupés, Rondo est trop vieux et névrosé, Keral trop exotique — et d'un sexe trop ambigu. Or, elle a besoin d'établir immédiatement un rapport sexuel avec quelqu'un ; c'est sa méthode de survie. Conner est jeune, mâle et viril. Mais quelle folle d'avoir commencé si vite.

David éprouvait la même impression de calme qui suit la tempête. Il savait inconsciemment qu'il avait partagé quelque chose d'étrange, surtout avec Desideria et Keral, mais l'étrangeté même de l'expérience en estompait les contours. Il fut soulagé, et honteux de l'être, quand Desideria dit :

— Si vous n'avez plus besoin de moi pour le moment, puis-je me prévaloir du privilège de l'âge pour vous demander d'aller me reposer ? Vous pourrez finir vos examens plus tard.

— Naturellement, dit Jason. Infirmière, raccompagnez Dame Desideria à son appartement. Et ramenez-nous Keral en revenant.

Ils gardèrent tous deux le silence jusqu'à l'entrée du chieri. David leva les yeux, étonné et un peu décontenancé de son plaisir à revoir le sourire lumineux de Keral.

Le chieri entra et s'assit docilement à la place indiquée. Jason ne savait par où commencer, mais Keral lui évita cette peine.

— Je suis très jeune et très ignorant de vos façons, dit Keral. J'apprends lentement votre langue et je dispose de peu de mots pour décrire ce que je sais faire. Vous pouvez peut-être m'aider à apprendre. Régis m'a dit que vous vouliez étudier ma structure physique, et je me soumets volontiers à cet examen. Je suis aussi très curieux d'apprendre comment vous êtes faits. Nous pourrons donc partager nos connaissances.

Jason se tourna vers l'infirmière ténébrane et dit d'un ton sévère :

— Tanya, si un seul mot de cette affaire sort d'ici avant que j'en donne l'autorisation écrite, vous vous retrouverez au fin fond de l'espace, dans les mines de Wolf 814.

— Je connais les règles, docteur, dit-elle avec raideur.

— Alors, veillez à les observer strictement.

Le chieri se déshabilla sans hésitation et se tint devant eux calmement, sans la moindre gêne, comme s'il était aussi normal d'être nu qu'habillé. *La nudité n'est donc pas un tabou dans sa culture à lui.* Oui, *à lui,* car Keral était un mâle. La question était donc réglée. Curieusement, David en fut un peu attristé. L'examen fut simple, quoiqu'il expliquât scrupuleusement à Keral ce qu'il faisait. Pression sanguine : légèrement inférieure à la normale humaine. Pouls : un peu plus rapide, et le cœur était légèrement sur la droite, au lieu de la gauche. La forme de l'aorte, l'oreille interne et la rétine présentaient également quelques variantes mineures par rapport à l'humain. Mais la grande surprise vint ensuite.

— Vous réalisez ? dit Jason à voix basse en branchant les électrodes.

— Oui. Mais Keral est-il exceptionnel (il n'arrivait pas à dire « anormal ») ou est-ce la norme pour un chieri ?

— Ce n'est pas normal chez les humains, ni chez les Hommes des Arbres, dit Jason, bien que ce ne soit pas rare, paraît-il. Vous réalisez de quoi il s'agit, bien sûr. Keral est, au moins théoriquement, un hermaphrodite fonctionnel — possédant les deux sexes, avec, peut-être une légère dominance masculine.

Regardant Keral et se retrouvant devant ce regard si intime — *qu'avaient-ils partagé, au juste ?* — David dit :

— Je propose que nous lui posions la question. Le sujet n'est sans doute pas tabou. Les cultures qui n'ont pas le tabou de la nudité n'ont généralement pas de tabous sexuels non plus.

Mais Keral, malgré sa bonne volonté, manifesta une ignorance incroyable en ce domaine. Ses pareils ? Non, naturellement qu'ils n'étaient pas tous comme lui, chaque être vivant étant différent des autres. Non, il n'avait jamais engendré un enfant. Non, il n'avait jamais donné le jour à un enfant. (Ces questions semblaient l'affliger, et David craignit un moment qu'il se mette à pleurer, et ressentit de nouveau cet angoissant besoin de le consoler.) Finalement, ils renoncèrent. Lorsque Keral saurait mieux leur langue, il comprendrait de quoi ils parlaient. Et, quand il serait habitué au rapport télépathique avec David, celui-ci pourrait lui poser la question sans la barrière de la langue. David réalisa qu'il avait fait beaucoup de chemin en un jour, car il était déjà prêt à y voir une solution raisonnable.

Keral sortit, avec un dernier regard amical à David.

David soupira. Il était fatigué.

— Il ne reste plus que Missy, dit-il. Tanya, faites-la entrer.

Ils semblaient penser tous les deux qu'il était plus sûr d'avoir l'infirmière avec eux, et cela l'amusa.

Missy le regarda avec un sourire légèrement provocant, mais ne fit pas de commentaire tandis qu'il notait ses paroles. Nom ? Melissa Gentry, plus connue sous le nom de Missy. Planète d'origine ? Vainwal VI. *Mensonge,* pensa David. Age ? Vingt-quatre ans. *Autre mensonge.* Pourquoi ment-elle si obstinément ? Pense-t-elle pouvoir tromper toute une équipe de télépathes ? Est-ce qu'elle *ne sait pas ?*

Il réalisa soudain qu'elle commençait à le soumettre à une tentative de séduction : sourire provocant, déhanchement sensuel, œillade aguichante. Etait-elle exhibitionniste ? Nymphomane ? Ou stupide ? Il adopta un ton froid et professionnel pour lui dire de se déshabiller.

— Tanya, donnez-lui un drap, s'il vous plaît.

Et il se détourna pendant qu'elle s'en drapait.

Taille, un mètre soixante-quinze. Poids : quarante-cinq kilos. Pression sanguine : 8-4. Dangereusement basse, mais je ne sais pas à quelle gravité elle est habituée. Pouls : 131. Dextrocardiaque. Appendice : impossible à trouver au fluoroscope. Radio — hum, qu'est-ce que c'est que ça ? Femelle — oh, incontestablement, après la performance de tout à l'heure, mais il y a certaines anomalies structurelles...

Troublant. Il fixa les électrodes pour l'E.E.G., la rassura, lui demanda de s'allonger sans bouger, et regarda le tracé avec des pointes et des creux étranges, exactement semblables à...

Il regarda Jason, stupéfait.

Une seule fois dans leur vie, quelques minutes plus tôt, ils avaient vu un tracé semblable, et jamais auparavant.

Jamais auparavant chez un humain.

Missy, la menteuse, la nymphomane, était un chieri.

Et venu de l'autre bout de la Galaxie.

Il débrancha les électrodes, et dit, essayant de parler d'une voix normale, blasée :

— Cela suffira pour le moment.

Elle se rhabilla, et quand elle fut partie, les deux docteurs se regardèrent.

— Eh bien, dit enfin David, bon début pour apprendre de quoi sont faits les télépathes. Mais je suis encore plus dérouté que ce matin.

— Moi aussi ! répondit Jason.

5

UNE petite caravane d'animaux de bât descendait lentement un chemin sinueux à flanc de montagne sous une petite pluie fine. En tête chevauchaient les deux guides ténébrans, engagés à la ville proche de l'astroport ; c'étaient deux femmes, membres de la Guilde des Amazones Libres et vêtues de leur costume habituel : bottines de cuir souple, culottes de cuir naturel doublées de fourrure, tunique de fourrure, assez courte pour monter à cheval, et vestes de cuir à capuchons richement brodées. L'une avait les cheveux roux clair, tressés en deux nattes enroulées bas sur la nuque et cachées sous le capuchon ; l'autre avait de courtes boucles noires. Toutes deux avaient l'air dur, quelque peu masculin qu'ont les femmes qui choisissent, contre toutes les sanctions d'une société patriarcale, de faire un travail d'homme et d'adopter une liberté d'homme. Par ailleurs, celle aux cheveux nattés avait le corps plat et le visage marqué d'une femme artificiellement neutralisée. C'était une opération encore illégale sur Ténébreuse, mais qu'on pouvait obtenir, comme toutes choses de contrebande, en y mettant le prix.

— Bon sang, voilà le printemps le plus froid depuis quarante saisons, maugréa la rousse à l'intention de sa compagne, resserrant sa cape autour d'elle. Je me demande bien ce qui la pousse à voyager par ce temps, cette maudite étrangère ?

— Elle dit qu'elle étudie les animaux à fourrure en

vue d'exportations éventuelles, dit la plus jeune, haussant les épaules d'un air sceptique. En tout cas, le climat ne semble pas la gêner. Elle doit venir d'un monde très froid. J'ai proposé de lui procurer des manteaux et des couvertures de fourrure, et elle m'a dit que c'était inutile. Et elle chevauche sous la pluie sans vêtement imperméable. Enfin, si elle a envie de terminer sa vie déformée par les rhumatismes, grand bien lui fasse. Les gens d'outre-planète sont tous fous, si tu veux mon avis, encore plus fous que les Terriens. Mais qu'est-ce qui détraque le temps, Darilyn ? J'ai grandi dans ces montagnes. Il pleut trop peu pour la saison — il bruine alors qu'il devrait pleuvoir à seaux — et il fait bien trop froid.

D'un signe de tête, Darilyn montra les lointaines montagnes. Les pentes étaient nues et calcinées. On n'y voyait plus trace des épaisses forêts verdoyantes qui, d'âge en âge, avaient accompagné l'histoire de Ténébreuse.

— Incendies de forêts, dit-elle, quoi d'autre ? Rappelle-toi ces enfants misérables des trois ou quatre derniers villages. Des mendiants — dans ces montagnes ! dit-elle avec dégoût et fureur. Il fut un temps, Menella, où notre peuple aurait mieux aimé mourir de faim que de souffrir cette honte.

— Peut-être sont-ils déjà morts pour la plupart, dit lentement Menella.

Arrivant en haut de la pente, elle regarda au-dessous d'elle, avec amertume, les ravines grises et boueuses où la pluie entraînait la terre des versants.

— Même avec une si petite pluie, regarde ça ! Si un Vent Fantôme souffle l'été prochain, il ne restera que la roche nue sur ce versant.

Chevauchant quelques centaines de mètres en arrière, Andréa Colson regardait les Ténébranes avec indifférence. L'esprit occupé par ses projets, elle observait soigneusement tous les signes d'érosion et de changement.

Ce monde pourrait aussi bien n'être qu'un astroport. Peu de choses y valent d'être conservées, pensait-elle sans émotion. Les forêts que je connaissais — elles doivent avoir disparu depuis longtemps, avec ceux qui y vivaient.

Serais-je venue pour rien ? Qu'espérais-je voir, trouver ?

Elle tira sur la bride de son cheval et attendit que ses deux assistants la rejoignent. Tous deux grelottaient dans leurs fourrures et leurs combinaisons chauffantes, et elle les regarda avec un froid mépris, se demandant ce que devenaient ses autres agents disséminés sur la planète. Elle-même trouvait le climat humide mais supportable dans ses vêtements habituels. Elle dit :

— Nous n'irons guère plus loin. Avez-vous assez de spécimens pour que l'entreprise soit crédible ?

L'un des hommes hocha la tête et montra un animal de bât chargé de petites cages :

— Une demi-douzaine, mâles et femelles mélangés, sur une douzaine d'espèces de petits animaux à fourrure. Il paraît que ce sont les plus utilisés par les indigènes pour le vêtement et la parure. Certains sont très jolis.

— Nous analyserons leurs habitudes reproductrices et leurs possibilités d'acclimatation à d'autres climats quand nous regagnerons la Cité du Commerce, dit Andréa. Il faudrait également prélever des échantillons de sol et de nourriture de leurs habitats naturels. Ces filles ont fait du bon travail comme trappeurs et comme guides. Nous allons camper bientôt. Occupez-vous de ces échantillons et apportez-les-moi au matin.

Peu après, ils s'arrêtèrent dans une clairière qui bourdonna bientôt d'activité ; ils montèrent les tentes, une pour Andréa, une pour les deux Amazones, une pour les deux assistants. L'un des deux assistants consigna des notes dans un registre cadenassé. Menella partit avec des collets prendre de la viande pour le dîner. Andréa, debout sous les arbres, contemplait les lointaines montagnes et les souches calcinées sous la pluie solitaire. Spectacle désolant pour les amoureux des arbres, pensa-t-elle avec indifférence ; mais j'ai vu mourir pour la bonne cause des mondes plus beaux que celui-là. A ma façon, je meurs aussi pour la bonne cause, en aidant l'homme à étendre sa domination, à répandre le progrès. Je n'ai pas d'enfants et je n'en aurai jamais, mais certains de ces grands astroports, qui sont les traces des pas gigantesques de l'humanité vers les étoiles, sont peut-être mes enfants. Et si un monde s'oppose au développement de la technologie, qui va choisir le plus apte à survivre ? Une race meurt ; une autre naît. Qui pourrait le savoir mieux que moi ? Une race qui n'a pas la force de survivre meurt comme les races meilleures qui l'ont précédées et sont mortes avant elle.

On m'a dit à l'astroport que les Amazones Libres sont meilleurs guides et meilleurs montagnards que la plupart des hommes, et, jusqu'ici, c'est vrai. C'est pourtant un spectacle étrange que ces femmes, capables de porter des enfants, et qui, de leur propre volonté, ont décidé de rester stériles. Signe, peut-être, d'un malaise entre les hommes et les femmes sur ce monde. Je ne comprends pas les hommes. Comment le pourrais-je ? Mais je ne comprends pas les femmes non plus.

Peut-on jamais comprendre personne ? Je ferais mieux de m'en tenir à ma tâche. Je comprends les planètes et l'écologie, et j'ai fait ici du bon travail.

Elle rentra sous sa tente et prit une boîte métallique pourvue d'une grosse serrure à combinaison. Elle n'eut pas besoin de clé ; elle porta simplement un doigt à sa tempe et en posa un autre sur la serrure, qui bourdonna et s'ouvrit. Elle prit dans la boîte un petit paquet scellé, le mit dans sa poche et repartit dans les bois.

Elle s'agenouilla sous les arbres, et, sans l'aide d'aucun outil, creusa de ses mains puissantes un trou dans le sol. Elle prit une poignée de terre, humide, douce, odorante, et grouillante de petits insectes.

Elle enleva le plastique protecteur de son petit paquet. Il contenait une poudre grise parsemée de taches noires. Ça aussi, c'est vivant, pensa-t-elle. C'est la vie. A temps nouveaux, nouveaux prédateurs.

Qui survivra ? Pourrai-je piper suffisamment les dés ?

Ceci, pensa-t-elle, malaxant la terre vivante de Ténébreuse, ou *cela* ?

Elle vida dans le trou la poudre noirâtre et malodorante, la recouvrit, essuya soigneusement ses longues mains. Puis elle regagna le camp.

Une image se leva dans son esprit : le virus noir avait commencé son travail souterrain contre toutes les créatures rampantes, les vers, les nématodes, tout ce qui fait vivre un sol ; se répandant, croissant et se multipliant pour stériliser une terre déjà mourante.

Qu'aurais-je fait autrefois à ceux qui sont venus empoisonner mes forêts ?

Et pourquoi aurais-je dû faire quelque chose ? Nous n'avions plus besoin de nos forêts. Par contre, je n'ai pas lieu de pleurer sur ceux qui sont arrivés après nous. Si maintenant c'est leur tour d'être balayés — eh bien, ils disparaîtront comme nous avons disparu.

Mentalement, elle récapitula ce qu'elle avait à faire.

Les télépathes.

Les forêts.

La terre.

L'océan ? Non. Ce qui restera de la population doit pouvoir se nourrir d'une façon ou d'une autre. Je ne toucherai pas à l'océan. D'ailleurs, on ne s'en sert pas beaucoup actuellement, et, à mesure que les réserves alimentaires s'amenuiseront, les migrations des forêts vers l'océan amèneront suffisamment de bouleversements sociaux par eux-mêmes. L'existence même d'un océan intact travaillera en ma faveur ; il suffit d'obliger les gens à demander la technologie qui ouvrira l'océan à l'exploitation.

Elle marcha lentement vers le camp. Une odeur familière de fumée lui parvint, mêlée à des relents de nourriture. Elle vit Menella s'affairer autour du feu avec sa compagne, tandis que ses assistants regardaient les deux Amazones ; simple regard curieux, sans aucun désir, réalisa-t-elle. Les Amazones Libres l'intriguaient. Elles semblaient avoir le don de coexister avec des hommes sans éveiller ni ressentiment ni désir.

Comme si elles pouvaient devenir des hommes à volonté...

Terrain dangereux. Ne continue pas dans cette voie !

Son visage se figea sous l'effort qu'elle fit pour interrompre le cours de ces idées hasardeuses et récurrentes. Elle leva le bras machinalement et ramena une poignée de feuilles et de bourgeons qui, grâce aux pluies de printemps, commençaient à se transformer en gousses. À gestes lents, reprise par une vieille habitude, elle dépouilla les gousses de leurs fibres molles et, les tournant doucement dans ses doigts, les transforma en un fil.

Elle entra dans le camp, toujours filant la fibre entre ses doigts ; soudain, réalisant ce qu'elle faisait, elle froissa le fil, le jeta et s'approcha du feu.

Elle demanda avec une jovialité affectée :

— Ça sent bon. Quand est-ce qu'on mange ?

6

ON avait donné à David Hamilton un uniforme hospitalier — la blouse blanche synthétique ornée du caducée rouge et bleu avec deux petites étoiles sur la manche indiquant qu'il avait servi sur deux planètes — et il était étonné de se sentir beaucoup mieux. Entre autres choses, il se fondait dans l'anonymat partout où il allait, à l'astroport, au Q.G. ou à l'hôpital ; il n'était plus qu'un médecin comme les autres. Il pouvait aussi accéder à tous les appareils dont il pouvait avoir besoin, sans en référer à Jason Allison.

Il n'était pas encore sorti des bâtiments de l'hôpital, bien que Régis Hastur ait courtoisement offert de leur faire visiter la ville ; Missy, Conner et Rondo avaient accepté l'invitation.

Il n'avait donc pas vu ses compagnons ce jour-là et avait passé son temps à revoir les résultats des examens, y compris la stupéfiante découverte concernant Missy. Puisqu'elle était un chieri, était-elle aussi un hermaphrodite fonctionnel ? Il réalisa qu'inconsciemment il avait toujours pensé à elle comme à une femme, quoique son erreur initiale au sujet de Keral n'eût été que partiellement élucidée. En ce moment, à une table isolée de la cafétéria, il comparait leurs deux diagrammes. Missy avait tous les signes caractéristiques d'un chieri, les petites anomalies structurelles et le tracé des ondes cérébrales. Sexuellement, bien que les organes génitaux des deux sexes fussent présents sous forme rudimentaire (comme ils le sont, naturellement, dans l'embryon humain), les organes mâles étaient dans un état proche de l'atrophie. Il devait donc exister au moins des différences de sexe minimes chez les chieri. A toutes les questions qu'on lui avait posées, Missy avait répondu par des mensonges. Pourquoi ? Si elle n'a pas l'habitude de vivre avec des télépathes, réalise-t-elle seulement que nous savons qu'elle ment ? Quand elle aura un peu plus confiance en nous, nous dira-t-elle la vérité ? Elle ne paraît pas avoir vraiment vingt-quatre ans ; moi, j'aurais dit quatorze. Ses dents — elle en a vingt-deux, ce qui peut être significatif ou pas, plus quatre qui n'ont pas encore percé, contre vingt-quatre pour Keral. Est-ce la preuve qu'elle est plus jeune ?

Les diagrammes de Keral. Traits structurels similaires. Je voudrais parler sa langue ! Je suppose que même Régis ne peut pas parler librement avec lui à cause de la barrière linguistique. Ce serait pourtant un emploi bien utile de la télépathie !

Il écarta la sensation de bien-être qu'il éprouvait toujours à Keral depuis leur bref rapport télépathique, et reprit son objectivité scientifique. Extérieurement, Keral avait l'air plus mâle que femelle ; en le voyant nu, David et Jason l'avaient pris pour un mâle avant que la fluoroscopie ne les détrompe ; elle avait révélé des organes féminins sous-développés mais fonctionnels. *Pourquoi nos questions sur la sexualité l'ont-elles troublé ? Avec son intelligence, et l'absence de tabous sur la nudité dans sa culture, cela paraît absurde.*

Il remit les deux diagrammes dans son dossier en voyant Conner approcher de l'autre bout de la cafétéria, avec un plateau chargé. Il semblait triste, distrait, seul, mais il s'éclaira un peu en s'arrêtant à la table de David.

— Vous permettez ?

— Avec plaisir, dit David, lui faisant de la place.

Alors, vous avez vu la ville ? A quoi ressemble-t-elle ?

— C'est fascinant, bien que j'aie vu des choses plus étranges dans la Galaxie.

— Vous êtes tous rentrés ? Rondo, Missy...

— Non, ils ont préféré rester, dit Conner. Ils supportent mieux les foules que moi, semble-t-il. Régis m'a dit que je pourrais apprendre à barricader mes... je crois qu'il a dit *mes senseurs P.E.S.* — pour pouvoir supporter les foules. Mais il a reconnu que je ne m'y sentirai sans doute jamais à l'aise. Je suppose que cela fait partie des inconvénients de... de ce que nous sommes.

— Comment avez-vous découvert que vous étiez télépathe ? demanda David.

Conner eut un mouvement de recul si visible qu'il ajouta vivement :

— N'en parlons plus. Oubliez ce que j'ai dit.

— Un autre jour. Quand je serai plus... détaché, dit Conner. C'est agréable de ne plus être le seul télépathe, mais il faut un certain temps pour s'y habituer.

Ils mangèrent dans un silence amical, mais David était vaguement gêné à l'idée de la mission indiscrète dont il était chargé. Comment peut-on bien dire à un étranger qu'on a involontairement participé à une expérience émotionnelle manifestement très importante pour lui ? *Maudit Régis, qui m'a mis cela sur le dos ! Ce serait plus simple si cette fille m'inspirait de l'amitié ou de la confiance, mais elle ne nous a dit que des mensonges et elle me met mal à l'aise.*

Et plus je me sens proche de Conner, plus je suis gêné. Elle ne peut pas l'aimer. Il est trop... trop franc. Trop honnête. Ou il a dû l'être, avant cette épreuve qui l'a totalement déboussolé.

Conner leva la tête de son assiette, pleine d'une mixture au goût bizarre — fruits et haricots ? — et regarda David dans les yeux. Il eut un sourire ironique.

— D'après ce que Régis a dit aujourd'hui, je suppose qu'il existe une étiquette assez élaborée concernant l'intimité et la décence dans une société de télépathes, pour éviter les heurts. A l'évidence, aucun d'entre nous n'a encore eu le loisir de se familiariser avec cette étiquette, mais il devrait être évident qu'il est impoli de penser à un homme en sa présence, docteur Hamilton.

David regretta que sa peau ne fût pas aussi sombre que celle de Conner, car il se sentit rougir.

— Désolé. Je n'ai pas encore appris à vivre avec ce problème. Pourquoi ne m'appelez-vous pas David ?

Conner, continuant à manger, dit :

— Je n'ai pas tout saisi, mais soyons francs. Pourquoi pensiez-vous à moi ? Je trouvais que c'était une bonne chose qu'un médecin participe à ce projet, et qui me considérerait comme autre chose qu'un « cas ». De fait, ce que j'ai pu capter tout à l'heure n'a rien à voir avec le point de vue médical... pour autant que je puisse en juger. Car je n'y ai pas compris grand-chose. Il était question de confiance, de mensonges, d'amitié. Seriez-vous jaloux, David ?

Conner finissait son plateau. David, très embarrassé, sauta sur cette occasion de gagner du temps.

— Voulez-vous venir chez moi ? Nous pourrons bavarder tranquillement.

— Volontiers.

En se levant, il reprit un paquet qu'il avait apporté, et auquel David n'avait pas fait attention.

— Vous avez acheté des souvenirs ?

— Non. C'est Danilo qui me l'a donné. Il m'a conseillé de l'installer dans ma chambre. Il n'en a pas dit plus long. Ce n'est pas plus mystérieux que tout ce qui m'est arrivé depuis que je suis sur Ténébreuse. Néanmoins, j'ai l'impression que ça fait partie de l'expérience ; à la première occasion, j'examinerai soigneusement cet objet.

A la sortie, Conner s'arrêta encore à un distributeur de confiserie et acheta quelques barres d'une pâte sucrée. Il dit d'un ton d'excuse :

— J'ai l'impression d'avoir tout le temps faim. Ce doit être l'air.

David acheta aussi un peu de confiserie. Il en avait déjà goûté ; c'était, à l'évidence, un produit local, comme toutes les nourritures du Q.G. Il dit :

— Les participants au projet semblent tous avoir un

métabolisme anormalement élevé, ce qui pourrait indiquer que la télépathie provoque une grosse dépense d'énergie. Il en est de même, paraît-il, pour les états de transe.

— En silence, ils montèrent les longs escalators menant à la petite chambre de David. David posa ses diagrammes sur son bureau pendant que Conner défaisait son paquet et en sortait une petite machine. Il actionna un levier et une vibration sourde emplit la pièce ; David eut l'impression qu'elle lui martelait le cerveau, faisant chavirer sa vision et son ouïe…

Non. Il voyait et entendait aussi bien que d'habitude. Ce que la vibration brouillait, c'était la perception télépathique. Comme une migraine qui interfère avec la vision sans vraiment la supprimer…

— Bon sang ! s'exclama Conner, remettant précipitamment le levier au point mort.

David se sentit redevenir normal.

— Et on dit, reprit Conner que les Ténébrans n'ont pas de technologie ?

David dit, sans savoir exactement comment il était au courant, mais avec autant d'assurance que s'il le lisait dans un livre :

— Pas de technologie que l'Empire Terrien puisse comprendre. Mais je parierais qu'ils ne savent pas eux-mêmes pourquoi cette machine agit ; ils savent seulement la construire. C'est typique des sociétés de faible niveau technologique. Pensez pendant combien de temps les Terriens ont utilisé l'électricité avant de comprendre sa nature, dans les débuts de l'ère spatiale.

— Peut-être.

Conner examinait la machine d'une main experte.

— Je parie que c'est ce truc-là qu'ils appellent un amortisseur télépathique. J'ai entendu le mot dans la cité. Je me demande bien pourquoi Danilo me l'a donné à moi.

David leva les yeux, souriant soudain. Il tenait l'entrée en matière idéale, et il s'en servit sans attendre.

— Eh bien, en tout cas, j'imagine qu'il a dû chercher

à vous donner... comment disiez-vous ? *L'intimité*. A vous et à Missy.

L'instant suivant, la tête de David heurtait brusquement le mur. Il se retrouva les quatre fers en l'air, tout étourdi, et se mit en devoir de se relever, furieux, criant mentalement qu'il n'avait pas voulu offenser Conner, pas voulu, pas voulu... puis, confusément, il entendit le cri de son compagnon, stupéfait et consterné, qui l'aidait délicatement à se remettre sur pied.

— David, je jure que je n'ai pas bougé ! J'ai seulement *pensé* à vous envoyer un cou de poing dans la figure. J'ai réalisé tout de suite que vous n'aviez pas l'intention de m'offenser, mais vous étiez déjà par terre ! Mon Dieu, mon Dieu — *que suis-je...* Oh, mon Dieu, mon Dieu...

Conner tremblait. *Je devrais être mort...*

David éprouva le besoin impérieux de le rassurer. Il avait tant souffert lui-même à sa manière.

— Conner... Dave ! dit-il d'un ton pressant. Du calme, je ne suis pas blessé. Cela fait simplement partie de ce que nous sommes.

Conner hocha lentement la tête. Son visage sombre était devenu grisâtre, comme celui des Noirs exsangues et malades. Il dit :

— J'ai lu quelque chose sur les esprits frappeurs à l'hôpital de Capella IX. Ils semblent être associés, chez certains, avec la... euh, la sexualité, la sexualité perverse. Je suppose que nous venons d'en avoir une démonstration.

— Bien sûr. Demain, nous tâcherons de voir comment vous pouvez contrôler cela, dit David. Nous avons décidé d'être francs l'un envers l'autre, vous vous rappelez ? Ne saviez-vous donc pas que vous diffusiez partout vos émotions, vous et Missy ?

— Je le savais pendant l'acte. Je vous sentais tous, dit Conner. Mais ça n'avait pas d'importance. C'était la première fois depuis mon accident que... que je n'étais pas seul.

Il baissa les yeux.

— Maintenant, je suis embarrassé. Je ne l'étais pas

sur le moment. Je n'avais pas besoin de penser à cet... aspect de la situation. Ce n'était pas un problème.

— David dit, avec plus de gentillesse qu'il ne s'en serait cru capable :

— Alors, nous devrons tous apprendre à ne pas être embarrassés. Jusqu'à ce que nous en apprenions davantage sur la vie des télépathes. Mais je suis sûr d'une chose : nous allons tous être obligés de renoncer à des tas d'idées préconçues, et je ne parle pas seulement du sexe. Rien que cette conversation nous a déjà modifiés tous les deux.

La tension se relâcha. Ils avaient reconstitué leurs fragiles défenses. Peu après, Conner regagna sa chambre. David s'assit, sans aucune envie de reprendre ses diagrammes, grignotant machinalement ses confiseries ténébranes.

Que se passera-t-il quand il découvrira que Missy n'est pas humain ?

Il se sentait désespérément inquiet pour Conner, sans vraiment savoir pourquoi. *Je change aussi*, pensa-t-il, *j'apprends à connaître cette chose que je suis.*

Qu'est-ce qu'elle fera de moi ?

Il s'était endormi sans éteindre la lumière, quand il s'éveilla soudain, tous ses sens en alerte, en pleine panique. *Des lumières ! Des gens ! Visages étranges, regards critiques, ils viennent pour me prendre, David, David, au secours...*

Le cri s'évanouit, il se demanda si Keral savait seulement qu'il l'avait poussé, mais il s'était levé d'un bond et courait dans le couloir, impatienté de la lenteur de l'escalator, montant trois ou quatre marches à la fois. Vaguement, machinalement, comme un détail sans importance, il réalisa qu'il savait exactement où il allait, que le cri de panique le dirigeait comme un phare, bien qu'il ne fût jamais sorti du bâtiment...

Dehors, la nuit tombait ; le soleil avait disparu, les étoiles n'étaient pas encore levées au-dessus des lumières de l'astroport. *Confusion... pas de lunes... rien pour m'orienter...* l'air était glacé, le vent soufflant à courtes rafales pénétrait la mince blouse de David, mais il continua à courir sans penser au froid. La panique de Keral n'était plus qu'un tourbillon d'angoisse désordonnée, informulable en paroles. David tourna le coin d'un bâtiment, déboucha sur une petite place brillamment éclairée. Elle était noire de monde, avec des gens qui murmuraient, marmonnaient, interrogateurs, étonnés, distillant cette curiosité malveillante que David associait aux attroupements suscités par les phénomènes de foire et les grands désastres. *Oh, mon Dieu, s'il est blessé...*

David bouscula la foule, disant du ton sans réplique qu'il avait appris dès sa première semaine à l'hôpital :

— Très bien, laissez-moi passer, laissez-moi passer. Je suis médecin, laissez-moi passer...

Il remercia le ciel d'être en blouse. A l'hôpital, son uniforme en faisait un médecin comme les autres ; à l'extérieur, il lui conférait une aura. Les gens s'écartèrent, et David, jouant rudement des coudes, se fraya un chemin dans la foule.

Il vit Keral et, un instant, son cœur s'arrêta. Le chieri effondré se protégeait la tête de ses bras, si pâle et livide que David se demanda un instant avec horreur s'il n'était pas littéralement mort de peur. Cette créature si délicate et sensible, si peu accoutumée à la société, qu'est-ce qui l'avait fait sortir dans cette foule ? Puis les paupières frémirent, et David, approchant, posa la main sur l'épaule de Keral et dit d'une voix contenue :

— C'est fini ; je vais faire évacuer ces gens en quelques secondes.

Il se tourna vers la foule.

— Circulez, il n'y a rien à voir. Ou dois-je demander la Force Spatiale par radio pour vous disperser ?

La plupart étaient des Terriens, et David réalisa qu'ils ne pensaient pas à mal, ils regardaient simplement une chose étrange, par désœuvrement. Soudain, il se sentit honteux et consterné d'être humain. Lentement, ils commencèrent à se disperser, et David, prenant le chieri par le bras, l'aida à se relever. Il dit :

— Ils sont partis. Mais vous devriez rentrer avec moi un moment.

Keral avait le visage livide, la respiration précipitée. Il dit :

— Je venais vous voir. J'étais sûr de pouvoir trouver mon chemin. Mais je me suis perdu dans l'astroport, et on a commencé à me regarder et à me suivre. Quand je me suis mis à courir, c'est devenu pire. Certains ne savaient pas pourquoi cette foule était rassemblée, ils ont dû croire qu'on poursuivait un... un fugitif.

— Enfin, ils sont partis.

David voulut rentrer par le même chemin, mais son sens de l'orientation l'avait abandonné maintenant qu'il ne suivait plus les signaux transmis par la panique de Keral. Il fut obligé de demander deux fois son chemin. Le froid était glacial, le vent soufflait plus fort de minute en minute et David réalisa qu'il était transi jusqu'aux os. D'un geste vif, le chieri lui jeta un pan de sa cape sur les épaules.

La chaleur du Q.G. les enveloppa enfin et David se détendit avec bonheur. Il sentit, venant de Keral, une nouvelle onde de panique, et se tourna vers lui, plein d'une sollicitude anxieuse, mais Keral dit simplement d'une voix mourante :

— Je n'ai pas l'habitude de vivre entre des murs. Ça ne fait rien ; c'est quand même préférable à la foule.

Une image étrange et merveilleuse fulgura dans son cerveau, multi-dimensionnelle, multi-sensorielle :

— Brise légère agitant les feuillages ; mille fragrances connues, acceptées, aimées ; toit caressant les feuilles et oscillant doucement dans le vent, tout en protégeant de la pluie ; eaux gazouillantes, douceur sous les pieds...

— Votre maison ?

David ne demandait pas de réponse, et il eut envie de s'excuser en guidant le chieri dans le dédale d'escalators qu'il avait toujours acceptés sans réfléchir dans un grand bâtiment. *Assez, David, assez de romantisme. Vivre dans la forêt, c'est bien et ça sent bon, mais tu es ici, et tu as un travail à faire,* s'insurgea-t-il.

Mais la honte le reprit quand il fit entrer Keral dans sa chambre banale, impersonnelle. Avait-il vraiment vécu des années dans ce milieu aussi sinistre qu'une cellule de prison, absorbé par son travail ? Il s'affaira quelques instants, trouva à son hôte étrange une place pour s'asseoir et, peu à peu, il sentit le chieri tremblant se détendre.

— Keral, vous avez dit que vous veniez me voir quand vous avez paniqué dans la foule. Vous êtes toujours le bienvenu, même à cette heure. Que me vouliez-vous ?

Et David, une fois encore, entendit l'étrange mélodie.

— Vous apprenez à me connaître, et moi aussi, je dois apprendre à vous connaître. Il m'a semblé que je le ferais mieux avec vous que dans la solitude. Je ne parle pas bien votre langue. C'est plus facile si je vous touche...

Il prit la main de David, la serra légèrement, et un flot d'images se déversa dans l'esprit du Terrien :

... une civilisation nouvelle et étrange, et pourtant pas si différente de celle que connaissaient les miens il y a quelques millénaires. Peut-être avons-nous fait preuve d'égoïsme à nous isoler dans nos forêts (sachant que nous mourons, hélas, en psalmodiant nos lamentations pour nous seuls), à attendre et à vivre en silence dans la beauté et dans le souvenir; ceux qui viendront après nous pourront peut-être profiter de ce que nous sommes, de ce que nous savons. Allons parmi eux et assurons-nous que des gens vivront encore sur notre monde quand nous aurons disparu...

La tristesse étrange et désolée de ces pensées suscita chez David un sentiment de solitude angoissée. Il eut peur de pleurer lâcha la main qu'il avait prise et déglutit avec effort. Keral le regarda, surpris mais pas offensé.

— Le contact charnel entre deux êtres est-il inconvenant dans votre culture ? Pardonnez-moi. Je ne pourrais pas le faire avec tout le monde, mais vous êtes... je *peux* vous toucher, et cela ne... ne m'effraie pas, dit-il, cherchant ses paroles avec peine.

David, ému, tendit le bras et reprit la longue main fraîche dans la sienne. Il dit doucement :

— Pourquoi votre peuple est-il mourant, Keral ? Pourquoi êtes-vous entrés dans la légende ? Pourquoi dit-on que vous n'existez pas ?

... tristesse infinie, comme un chant d'adieu né sur des rivages lointains... les feuilles tombent, les bourgeons se flétrissent sans s'ouvrir, les nôtres vieillissent et meurent sans enfants pour renouveler leurs chants... et moi, le plus seul de tous parce que je meurs ici en exil... tenant les mains d'un étranger, d'un étranger compatissant, mais d'un étranger quand même...

David : *Un exil volontaire n'en est pas moins un exil... qui me réconciliera avec la voie que je dois parcourir seul...*

David : *Séparés par des montagnes et un monde de mers immenses... pourtant nous croyons aux rêves...*

La vague s'enfla, déferla, clapota doucement sur un rivage d'infinie douleur. David déglutit avec effort et leurs mains se séparèrent. Un bref instant, ils s'étaient trouvés plus proches que même leur amitié grandissante ne le pouvait supporter, et ils s'écartèrent l'un de l'autre. Keral dit :

— C'est pour cela que je suis venu ; pour que vous connaissiez mon peuple. La plupart des autres sont trop vieux ; loin de leurs forêts, ils mourraient. Je suis prêt à vous donner tout ce que je peux. Mais j'ai envie d'apprendre moi aussi. Laissez-moi participer à vos recherches. Dites-moi ce que vous découvrez, partagez avec moi ce que vous apprenez. Je peux apprendre votre langue rapidement ; les miens sont très doués pour cela.

— C'est certain, dit David, soudain frappé par le fait que la veille encore, quand on les avait présentés, Keral avait eu du mal à bredouiller quelques mots en *casta*, et que maintenant il s'exprimait avec aisance en *cahuenga*, la langue commune parlée sur toute la planète par les Ténébrans et les Terriens, et que David avait apprise sur cassettes dans le vaisseau qui l'amenait. Je n'ai aucune objection ; et je suis certain que Jason et les autorités vous accorderont ce que vous demandez. Et si vous voulez rester ici, je ferai tout ce que je pourrai pour que vous vous sentiez moins... moins enfermé. Si vous voulez savoir ce que nous découvrons, je partagerai volontiers avec vous mes découvertes. Mais accepterez-vous, de votre côté, de répondre à quelques questions ? Vous étiez si désorienté hier ; et il était si difficile de vous contacter et de vous faire comprendre ce que nous voulions. Par exemple : quel âge avez-vous ?

Il a l'air d'avoir dix-sept ans, mais il doit être plus vieux...

— Parmi mon peuple, je suis un jouvenceau, dit Keral, pratiquement le dernier-né. Mais je ne peux pas vous dire combien de révolutions du soleil j'ai vécues. Je crois que votre peuple ne compte pas le temps comme nous. Pour nous, le soleil tourne de nombreuses fois autour du ciel, et c'est comme une nuit de sommeil, le début et la fin d'un chant. Il faut que j'essaye de penser autrement quand je parle à ceux de votre peuple, et c'est difficile, si difficile que nos anciens ne peuvent plus tolérer de venir parmi vous. Le coucher des soleils et la chute des feuilles semblent... semblent régler vos pensées, vos paroles et vos rythmes intérieurs. Je suis né — comment trouver des paroles que vous puissiez comprendre ? — je suis né avant l'époque où la grande étoile au-dessus des glaces polaires a changé de place pour la dernière fois. Cela signifie-t-il quelque chose pour vous ?

— Non, dit David, je ne suis pas astronome. Mais je suppose que quelqu'un pourra déterminer l'époque.

Il était abasourdi. *Etes-vous en train de me dire que vous êtes âgé de plusieurs centaines d'années ? Les légendes parlent de races immortelles !*

— Et pourtant, reprit-il, malgré cette longévité vous dites que votre peuple est en train de mourir ? Je ne veux pas vous faire de peine, Keral. Mais nous devons savoir.

— Nous nous mourions déjà bien des siècles avant la venue des Terriens sur Ténébreuse, dit le chieri, d'un ton calme et sans réplique. Nous n'avons jamais été une race nombreuse et prolifique — est-ce le mot juste ? — mais bien qu'à notre apogée nous ayons crû et multiplié comme un arbre qui bourgeonne, toutes choses finissent par décliner et périr. Le temps a de moins en moins d'importance à nos yeux et nous ne l'avons pas remarqué. Quelque changement extérieur, peut-être le refroidissement du soleil, a pu modifier nos cellules. Nous pouvons engendrer des enfants périodiquement, au terme d'un cycle infiniment long, qui occupe de très nombreuses révolutions solaires. Et je crois que le cycle a encore ralenti à mesure que le soleil se refroidissait. Il est souvent arrivé qu'une personne soit mûre pour porter un enfant et que nul ne soit sexuellement prêt à s'unir avec elle. Et si nous ne mourons pas de mort naturelle, nous sommes vulnérables aux accidents, aux bêtes, au climat ou à la malchance. Il y eut plus de morts que de naissances. Ce processus fut lent, si lent que nous ne l'avons pas remarqué, jusqu'au jour où nos anciens se sont aperçus qu'aucun enfant ne naissait plus, et que les plus jeunes avaient passé l'âge de procréer. Un jour, inévitablement, pas tout de suite mais dans un avenir envisageable, nous disparaîtrons tous.

Il parlait d'une voix égale, clinique, sans émotion.

— Nous avons cherché bien des remèdes. Quand vous comprendrez mieux notre langue, je vous dirai ce que nous avons tenté, au dire des anciens, pour préserver notre peuple. Mais tout fut inutile, et nous finirons par nous en aller au vent comme si nous n'avions jamais existé, comme les feuilles d'un dernier printemps.

Le calme même de ces paroles, l'acceptation morne et désolée d'un sort sans espoir déchirèrent le cœur de David. Il ne put supporter une telle tranquillité, ni l'idée que l'éclat lumineux révélé pour la première fois par Keral s'éteignît dans une telle détresse ; il fallait dire quelque chose, mais quoi ?

— Chez mon peuple, on dit : *Il ne faut jamais désespérer,* dit-il. Régis aussi croit que les télépathes ténébrans sont en train de s'éteindre, mais au lieu de chanter des hymnes mélancoliques à la mort souveraine, il essaye de trouver un remède. Il n'est peut-être pas trop tard, Keral ; en tout cas, nous allons faire l'impossible pour apprendre tout ce que nous pourrons sur votre peuple, en vous remerciant d'être venu parmi nous.

Le sourire lumineux de Keral reparut.

— Ces paroles me font du bien ; voilà trop longtemps que mon peuple se cantonne dans ses forêts à chanter son déclin, attendant que les feuilles nous ensevelissent. C'est pourquoi... je suis là.

David reprit ses dossiers et dit :

— Vous êtes convaincu qu'il n'existe aucune race semblable à la vôtre ?

Confirmation silencieuse de Keral.

David lança sa bombe, doucement, le plus naturellement possible :

— Saviez-vous que Missy est un chieri ?

Il ne s'attendait pas à la violente réaction de Keral, faite de dégoût et de révulsion.

— Impossible ! Cet... animal femelle ? Non, David. Croyez-moi, mon ami, les nôtres n'ont rien en commun avec elle. David, je l'ai *touchée*, comme je vous ai touché il y a un moment. Croyez-vous honnêtement que je pourrais me tromper ?

— Pas selon vos propres critères, dit David, perplexe, mais prêt à défendre les faits établis par sa propre science jusqu'à ce que Keral pût leur opposer des réfutations plus solides que sa propre répugnance physique. En ce cas, il existe une race suffisamment semblable à la vôtre pour être sa sœur jumelle. Je vais vous montrer ce que je veux dire.

David étala sur son bureau les résultats des examens physiologiques. Keral manifesta plus de connaissances anatomiques que David ne s'y attendait ; à l'évidence, la barrière linguistique une fois surmontée, il avait une assez bonne connaissance du sujet. David dut lui expliquer le sens des courbes et des diagrammes, mais une fois que Keral eut compris, il les examina, fronçant les sourcils, avec une agitation croissante.

— David, je ne comprends pas ; mon instinct me dit que vous avez tort et mon intelligence me dit que vous avez raison.

David regardait le chieri avec attention. Il s'était troublé quand on lui avait posé des questions sur sa sexualité. Pourtant, il venait de parler clairement des pouvoirs reproductifs déclinants de son peuple. Et voilà qu'il ne pouvait supporter... C'était un mystère.

— Missy a menti à toutes les questions que nous lui avons posées. A toutes, sans exception. Si c'est une télépathe grande ouverte — et elle l'est incontestablement, nous le savons après ce qui s'est passé avec Conner —, pourquoi ces mensonges ? Comment pouvait-elle espérer nous tromper ?

Keral dit :

— Je ne sais qu'un moyen de tirer cela au clair, et il sera peut-être très dangereux, mais nous n'avons pas le choix. Pouvons-nous faire venir Missy ici sans l'inquiéter ? Il faut découvrir sa vérité. Pourquoi un être ment-il ? Seulement par peur ou désir de profit, et quel profit peut-elle avoir à mentir ? Nous pourrons peut-être découvrir la peur qui se cache derrière ses mensonges, et l'apaiser.

— Je vais essayer, dit David.

Il partit dans les couloirs, laissant Keral dans sa chambre, pelotonné sur son lit, grignotant les pâtes de fruits. Tous les participants au projet, sauf les Ténébrans, avaient été logés dans cette aile. Un instant, il éprouva un grand embarras. Et s'il interrompait Missy et Conner au lit ? Au diable, quelle importance ? Sur Terre, si je surprenais deux amis au lit, je m'excuserais et leur demanderais de venir me voir quand ils auraient fini. Encore ce maudit tabou du voyeurisme ! Il faudra bien que les télépathes s'en débarrassent. Régis n'avait pas l'air choqué ; il avait simplement peur que cela ne trouble les autres, qui ne s'attendaient pas à être témoins de tels ébats.

Pourtant, si Missy peut avoir des rapports avec des humains, peut-on continuer à dire que les chieri ne sont pas humains ? Et s'ils peuvent se croiser avec des humains, pourquoi leur race s'éteint-elle ? Diable, je cherche les réponses avant de connaître les questions. Il vaudrait mieux trouver des faits.

Missy ouvrit la porte de sa chambre, et il vit qu'elle était seule.

David ? Qu'est-ce qu'il veut ? Je l'ai senti venir.

C'est idiot de se déplacer alors que nous pouvons capter nos esprits et nos émotions à distance. Je suppose qu'aucun de nous n'y est encore habitué.

Tout haut, pour atténuer le curieux malaise qu'ils éprouvaient tous les deux, il dit :

— Missy, pourriez-vous venir un moment dans ma chambre si vous n'êtes pas occupée ? Nous aimerions vous poser quelques questions.

Une lueur de curiosité passa dans ses yeux gris clair. Elle dit :

— Pourquoi pas.

Et elle le suivit. Il remarqua de nouveau sa haute taille, sa minceur et sa grâce, moins frappante que la beauté surnaturelle de Keral, mais suffisante pour en faire un être d'exception sur n'importe quel monde. Elle sembla légèrement surprise à la vue du chieri, mais ne fit aucun commentaire. David perçut en elle une étrange méfiance quand elle accepta des confiseries avant de se pelotonner sur le lit près de Keral.

Les gestes, les paroles sont commandés par la culture. Missy agit et parle comme une femme ravissante, sûre de sa séduction, assurée de...

Mais cette assurance va-t-elle très loin ? Elle a quelque chose de désolé. Un air perdu, tout à fait perdu ; elle ne ressemble à personne...

Il se réfugia dans la banalité.

— Désolé, je n'ai rien à boire. Dans quelque temps, nous serons mieux organisés. Il doit y avoir un endroit quelque part où on peut trouver de l'alcool. Car s'il n'y en avait pas, ce serait un cas unique dans l'Empire. Missy, j'ai oublié ; sur quel monde vous a-t-on trouvée ?

... méfiance, méfiance. Brouillard de peur, comme d'un petit animal qui cherche à détaler dans son trou... il y en a tant eu...

— C'est un de ces mondes au nom imprononçable, dit-elle.

Keral leva sur elle ses yeux pâles. Une étincelle jaillit.

— Je suis doué pour les langues, dit-il d'un ton léger. Essayez.

Panique. Recul. Terreur. Elle écarta ses mains d'une secousse.

Elle n'en fit rien. Elle ne bougea pas.

— Je suis née sur Lanach, alors je suppose que je peux me dire lanachane.

David ne perçut pas le petit frémissement qui accompagne mensonge et sentit (ou crut sentir) qu'elle disait la vérité. Il dit :

— J'ai vu Lanach sur des cartes célestes, mais je croyais qu'elle avait été colonisée par des ethnies à peau sombre.

— En effet, dit Missy. Je m'y suis toujours sentie un peu anormale.

Haletante, elle reprit sa respiration et ajouta :

— C'est pourquoi je l'ai quittée pour n'y plus jamais revenir.

— Etiez-vous une enfant trouvée ?

Méfiance, méfiance... prudence... qu'est-ce qu'ils veulent...

Elle dit :

— Je le suppose, sans en être sûre. Je ne me souviens pas de mes parents.

De nouveau elle leva les yeux sur Keral, et de nouveau cette curieuse étincelle jaillit entre eux, puis Keral détourna vivement la tête. David sentait sa gêne, sa répulsion presque palpables. De nouveau, la tension monta. Bon sang, comment une fille qui ne semblait pas avoir plus de quinze ans pouvait-elle l'embarrasser à ce point ? Est-ce la conscience de ses exploits sexuels antérieurs qui bouleversait ainsi Keral ? A l'évidence, c'était un sujet sur lequel ils devraient se montrer très circonspects avec les chieri. Code sexuel archaïque ? Fertilité raciale déclinante qui suscitait des malaises et des tabous ?

Keral se domina et dit d'une voix égale et calme :

— Pourquoi nous avez-vous menti, Missy ? Quel âge avez-vous ?

Panique. Violence... pars / cours / disparais / lutte / contorsions désespérées d'une chose prise au piège...

L'image se brouilla. D'autres ondes de conscience la submergèrent. Missy se tortilla suggestivement sur le lit, s'étirant, les mains derrière la nuque. David se demanda pourquoi il l'avait trouvée immature. Elle dit doucement, avec un sourire lumineux :

— C'est le privilège de la femme de garder le secret sur son âge. Mais je ne suis plus mineure.

Elle ne bougea pas, mais, un instant, le temps s'arrêta, et David eut l'impression qu'elle lui tendait les bras ; profondément ému, il allait l'attirer à lui...

Keral émit un cri étranglé d'horreur et de répulsion.

L'une des nôtres ? Dans cet état ? Elle est folle, et pourtant, je sens que c'est vrai, mais comment... une enfant trouvée ? Oui, mais fille, transformée en chienne en chaleur... séduisant tous les hommes de tous les mondes...

David, vivement ramené à la raison par le dégoût de Kéral, s'écarta de Missy et dit froidement :

— Vous avez essayé cela sur Conner, mais ça ne marchera pas avec nous, Missy, pas maintenant en tout cas. Vous êtes d'une beauté stupéfiante, mais ce n'est pas pour ça que nous sommes là. Tout ce que nous voulons de vous, Missy, c'est la vérité. Pourquoi vous mentir ? Quel mal la vérité peut-elle vous faire ? D'où venez-vous ? Quel âge avez-vous ?

Peur. Panique. Inquiétude. Assurance douloureusement disparue. S'ils ne me veulent pas, à quoi suis-je bonne, comment me cacher... cacher, cacher...

Sans avertissement, la pièce explosa. Les brosses de David, posées sur la coiffeuse encastrée, volèrent à travers la chambre et s'écrasèrent sur le miroir. Missy, comme un chat pris de folie, tourbillonnait au milieu d'un vortex qui entraînait chaises, corbeille à papier, crayons, et les projetait dans toutes les directions ; Keral se recroquevilla en se couvrant le visage, mais, telles des serpents, les couvertures se mirent à ramper sur lui et le serrèrent à l'étrangler. Une langue de feu lécha le mur...

David entendit des cris de rage et de terreur, et pourtant, à un autre niveau, la chambre demeurait silencieuse, dans une sorte de cocon intemporel.

Brusquement, Missy se figea, comme pétrifiée. Elle se contorsionna, luttant contre une poigne invisible, sans bouger vraiment, maintenue, semblait-il, par des mains vigoureuses.

Un peu de tenue ! C'était comme une voix véritable, froide, impérative et coléreuse, et elle apportait avec elle la présence réelle de Desideria. *Je sais que vous n'avez ni manières ni pratique, mais il est temps d'apprendre à vous maîtriser. Un tel don naturel incontrôlé peut s'avérer dangereux, mon enfant, et plus tôt vous apprendrez à vous en servir, mieux ça vaudra.*

Missy tomba, libérée par la main invisible. Les objets volant autour d'elle se posèrent doucement. La présence de Desideria se retira, avec une nuance d'excuse ironique. Keral et David, le souffle coupé, se regardèrent.

— Ouf ! soupira longuement David. Qu'est-ce qui, en cent galaxies, a pu provoquer *ça ?*

— Nous l'avons effrayée, dit Keral sans humour. Je lui ai posé la question qu'il ne fallait pas ; je lui ai demandé son âge.

Brusquement, David vit les images dans l'esprit de Keral, qui contrastaient violemment avec son univers idyllique et intemporel :

... fuyant de monde en monde quand ils s'apercevaient qu'elle ne changeait jamais, qu'elle ne vieillissait jamais ; recherchant instantanément un nouveau protecteur, qu'elle abandonnait quand il vieillissait et mourait ; toujours un nouveau monde à conquérir et à fuir ; son don ravalé au niveau le plus bas, juste bon à séduire, à soumettre un homme à son charme, esclave de son corps...

Keral dit d'une voix tremblante :

— Désolé. J'avais la nausée, c'est tout. Qu'un membre de notre race... — car elle est des nôtres, elle doit l'être, bien que je ne sache pas comment. Nous... notre peuple *ne peut pas,* c'est tout. Le... le changement doit venir de très loin ; non, je sais que vous ne comprenez pas.

Il semblait effrayé, hagard, comme à leur première rencontre, cloîtré dans une demi-folie.

— Keral... Keral... non...

David voulut lui reprendre les mains, espérant le calmer comme il l'avait fait tout à l'heure, mais Keral recula avec un spasme de refus.

Ne me touchez pas !

David recula, désolé et blessé, mais Keral se força au calme. Il dit :

— Il y a tant à raconter, et je ne peux pas tout dire. Mes aînés doivent savoir. Mais nous avons échoué avec Missy. Je peux quand même vous dire ceci : je vous ai dit que notre race se mourait déjà avant l'arrivée des hommes sur ce monde que vous appelez Ténébreuse. Nous n'avons pas toujours vécu dans les forêts. Nous avions des cités, des planètes, des vaisseaux qui allaient d'étoile en étoile, et quand nous avons su que notre race se mourait, nous avons abandonné cette planète, et pendant bien des années, nous avons parcouru tous les mondes à la recherche d'un remède, essayant de découvrir le moyen de continuer à vivre... mais il n'y avait pas de remède ; et à la fin, nous sommes revenus ici, nous avons abandonné nos vaisseaux à la rouille du temps et nos cités à la ruine ; et nous nous sommes retirés dans les forêts profondes, en l'attente de la mort et de l'anéantissement...

« Mais certains des nôtres doivent être restés sur d'autres mondes. Inconnus. Ignorés. Perdus pour nous parce qu'ils avaient vécu avec d'autres races qui ne pouvaient pas les connaître ou les comprendre.

« Je suppose que Missy est de ceux-là, mais je ne sais pas... »

Il se cacha la tête dans les mains et se tut. Il dit d'une voix faible :

— Je suis fatigué. Laissez-moi dormir.

Les chambres de l'hôpital avaient des canapés transformables. Réalisant que Keral était arrivé au bout de sa résistance, David lui installa un lit et regarda le chieri sombrer immédiatement dans un sommeil profond comme une transe. Pour lui, il continua à étudier ses notes pendant des heures, l'esprit encore agité de tout ce qu'il avait découvert.

Le lendemain matin, ils s'aperçurent que Missy avait disparu.

7

LINNEA, Gardienne et *leronis* de la Tour d'Arilinn, avait peu de loisirs, et quand elle avait quelques heures de liberté, elle ne voulait pas être dérangée. Les Gardiennes travaillaient sur les écrans de matrices fournissant le peu de technologie connue sur Ténébreuse : une tâche fatigante et mentalement pénible. Entraînée depuis l'enfance à un travail télépathique difficile, elle essayait comme toutes les Gardiennes de s'isoler des contacts avec les non-télépathes, conservant jalousement son énergie pour sa mission.

Aussi, quand l'un des rares serviteurs de la Tour lui annonça que deux Amazones Libres des montagnes sollicitaient une entrevue, elle fut à la fois incrédule et offensée.

— Je ne reçois ni invités ni voyageurs. Je ne suis pas un phénomène de foire qu'on voit en payant. Dis-leur de passer leur chemin.

Quelques années plus tôt, pensa-t-elle, personne ne se serait permis une telle insolence.

Le serviteur sembla tout aussi embarrassé.

— Croyez-vous que je ne le leur ai pas dit, *vai leronis* ? Et rudement, encore ? Mais l'une d'elles a dit qu'elle est de votre propre village, de votre propre région, que votre grand-mère avait quitté les montagnes et qu'il n'y a plus personne à mille kilomètres à la ronde pour l'aider. Elle a dit qu'elle attendrait toute la nuit, toute la journée s'il le fallait, pour vous voir un moment à votre convenance.

Linnea dit, stupéfaite :

— Alors, je suppose que je dois les recevoir.

Mais que fait une femme de mes montagnes à Arilinn, si loin des Kilghards, si loin de Storn...

Elle descendit lentement le grand escalier. Franchissant le voile bleu de forces magnétiques qui protégeait les Gardiennes au travail des pensées extérieures, elle se prépara à une entrevue avec des étrangères. Après des semaines et des mois passés uniquement avec des télépathes dont on partageait les humeurs et les sensations, c'était si incroyablement difficile de contacter et de toucher des gens du dehors ; des corps et des esprits froids, barricadés, étrangers...

Immédiatement, elle perçut une sensibilité rudimentaire émanant de la grande rousse aux cheveux tressés (télépathe ? neutralisée ? Linnea, célibataire par la force des choses comme toutes les Gardiennes, ressentit de la répulsion devant cet être asexué) et cela donna de la froideur à sa voix :

— Quelle nécessité urgente vous amène ici, au bout du monde, ma compatriote ?

La plus jeune, une jolie fille potelée enveloppée de fourrures, leva les yeux et répondit :

— Dame Linnea, je vous ai connue enfant au Château des Tempêtes ; je suis Menella, de la Forêt de Naderling. Et voici ma compagne, Darilyn. Nous sommes venues parce que...

La timidité la terrassa et elle leva des yeux suppliants sur la grande Amazone rousse. Darilyn reprit d'une voix rude :

— Nous n'aurions pas dû vous déranger, *leronis,* mais aucune autre personne au monde n'aurait pu nous comprendre ou nous croire. Vous savez ce que je suis.

Elle leva un instant ses yeux gris vers Linnea, presque avec défi, et, en un bref éclair, elles se reconnurent.

Comme vous, j'ai vécu protégée, vai leronis. *A cause de ce que je suis, à l'abri du contact de l'homme, vulnérable, comme toutes celles de notre espèce décli-nante.*

Linnea baissa les yeux ; il ne s'y lisait plus aucune trace de condamnation. Elle était née dans une noble famille ; si elle n'avait pas choisi de travailler dans une Tour en qualité de Gardienne, elle aurait pu épouser un autre télépathe, de même nature et de même sensibilité. Darilyn, née dans un village, avait grandi (anormale ? dégénérée ?) entourée d'êtres qui ne pouvaient ni comprendre ni respecter ce qu'elle était, et elle avait choisi de détruire sa féminité par l'opération de la neutralisation, plutôt que de se soumettre à un homme qui n'aurait été pour elle qu'une bête brute.

— Soyez les bienvenues, mes payses, dit Linnea avec bonté. Vous a-t-on offert des rafraîchissements ? Notre pays est-il prospère, Menella ?

— Aussi ruiné qu'il est possible, *vai leronis,* dit Menella. Mais nous ne sommes pas venues vous répéter ce que vous avez entendu par d'autres bouches. Vous savez que le feu et la faim ont ravagé nos terres. Darilyn, dis-lui ce que tu as vu.

Darilyn, cachant sa nervosité sous un calme de façade, dit :

— Ma compagne et moi, nous voyageons actuellement avec une femme d'outre-planète. Ce n'est pas une Amazone Libre, mais elle se comporte à peu près comme nous. Elle nous a engagées comme guides et trappeurs pour passer les montagnes. Elle est étrange, comme une Gardienne qui a perdu ses pouvoirs, mais les gens d'outre-planète sont tous fous, et cela ne nous a pas surprises. J'ai lu un peu dans ses pensées, et cela n'a pas semblé la gêner, alors j'ai cru d'abord qu'elle n'avait rien à cacher.

Soudain, Darilyn se mit à trembler.

— Elle est *diabolique,* dit-elle avec une totale conviction. Traversant les forêts ravagées, elle les regarde comme si elle les avait incendiées elle-même. Elle m'a regardée, et j'ai su qu'elle veut notre mort. C'est sa volonté. Et une fois, je l'ai vue de loin enterrer un charme dans les bois, et j'ai su que, par sa volonté,

117

le sol dépérirait et mourrait. Je sais que cela semble fou, Dame Linnea. J'ai appris avant l'adolescence que les sorcières n'existent pas et que les mauvaises pensées ne peuvent pas plus nous nuire que les bonnes intentions ne peuvent nous aider. Mais c'est plus fort que moi. Je sais que le mal qui brûle en cette femme peut tuer notre monde. C'est une énigme que je n'arrive pas à résoudre, *vai leronis,* et personne ne le pourra si une Gardienne ne le peut pas non plus.

— C'est superstition et folie, dit Linnea sans conviction.

Un complot contre notre monde?

Que disait donc Régis?

L'œuvre d'une sorcière? Impossible. Pourtant, ces filles, à l'intérieur de leurs limites, avaient-elles une vérité à proclamer? Une vérité, ou une croyance, on ne pouvait s'y tromper : cela se lisait sur leurs visages têtus et garçonniers. D'ailleurs, aucun Ténébran n'oserait mentir à une Gardienne, Linnea le voyait bien, et elle reprit d'une voix plus douce :

— Je ne vois pas comment ce serait possible, et pourtant vous devez avoir vu quelque chose qui vous a convaincues. Avez-vous quitté le service de cette femme?

— Pas encore, Dame Linnea. Mais comme nous passions près d'Arilinn, nous lui avons dit que nous devions venir vous présenter nos respects, et elle ne s'y est pas opposée.

— Je vais tirer cela au clair, dit Linnea d'un ton décidé. Vous savez que je dois avoir un objet appartenant à cette personne.

— J'ai coupé un morceau de ses vêtements sans être vue, dit Menella.

Linnea faillit éclater de rire au contraste entre tant de superstition et tant d'esprit pratique. Chacun savait cela : sans un objet appartenant au sujet, ou ayant au moins été en contact avec lui, il était difficile de capter ses vibrations mentales. Et elles pensaient que l'étrangère était une sorcière !

Cessant de parler de l'étrangère, elle leur offrit une

collation et évoqua des souvenirs de leur enfance commune pendant encore une demi-heure avant de les faire reconduire, mais à l'audition des mauvaises nouvelles de son pays natal, son cœur se serrait de plus en plus.

Régis Hastur était au courant.

Un complot. Mais pourquoi ? Et qui ? Ces filles s'étaient-elles involontairement trouvées au cœur de la machination ?

Il fallait absolument tirer cela au clair.

Mais un désir lui rongeait le cœur. Régis en savait tellement plus qu'elle sur tout cela. Cherchait-elle simplement un prétexte pour le revoir ? Car elle savait qu'elle devait lui communiquer ce qu'elle venait d'apprendre.

Régis...

Linnea ! Mon aimée, où es-tu ? (Si loin de moi, si proche...)

A Arilinn, mais il faut que je te rejoigne, même s'il faut pour cela fermer tous les relais ; c'est extrêmement important.

Qu'est-ce, ma bien-aimée ? (Tu es effrayée. Puis-je partager tes peurs ?)

Pas sur ce canal, où tout le monde peut nous entendre. (Non seulement effrayée, mais terrorisée pour notre monde et tout notre peuple.)

Linnea, je peux envoyer un avion terrien pour te ramener si tu n'as pas peur d'y monter, et si tu peux faire face à la colère des autres. (Je me languis de ta présence. Je pourrais te voir cette nuit même, mais de moi-même je ne te le demanderai jamais.)

Je n'ai pas peur (pour te revoir, j'affronterais plus que la colère, mais je ne viendrais pas te voir dans mon propre intérêt) et je dois te dire ce que j'ai appris.

Régis laissa le contact se rompre et soupira, de nouveau accablé du fardeau écrasant de ses inquiétudes et de ses responsabilités. Il lui tardait de revoir Linnea, mais la peur qu'il avait sentie dans ses pensées faillit le paniquer. De plus, il était vidé de ses forces et affamé après cette communication télépathique à très longue distance. Il pensait aussi à autre chose ; un contact direct d'Arilinn, à deux mille kilomètres de distance, aurait été impossible pour la plupart des télépathes ; Linnea devait avoir des pouvoirs plus extraordinaires qu'il ne l'avait cru tout d'abord. A cette époque de pouvoirs amoindris et mal cultivés, la plupart des Gardiennes seraient passées par deux relais intermédiaires entre Thendara et Arilinn, sans même essayer de le contacter personnellement. C'était un signe de la panique de Linnea qu'elle eût tenté ce contact direct, et une marque de son pouvoir qu'elle eût réussi.

Il savait qu'on ne lui poserait pas de questions s'il demandait aux autorités terriennes d'envoyer un avion à Arilinn ; et il n'y en eut pas. Néanmoins, il était inquiet. Il y aurait encore des critiques, envers lui et envers Linnea. Pas de la part des Terriens (ils étaient ravis que les Hastur soient leurs obligés, maudits soient-ils !) mais de la part de leur propre peuple. Honnis par les uns pour frayer avec les Terriens, honnis par les autres pour ne pas frayer assez avec eux. Honnis de tous les côtés.

A ce moment même, il avait un problème navrant. Il retardait l'instant de se rendre à l'hôpital du Q.G. terrien, où pourtant un heureux événement l'attendait. Et Missy ? Où était-elle allée ? La Cité du Commerce était immense et semblait s'être refermée sur elle comme si elle n'avait jamais existé. Il savait bien qu'elle rechercherait l'anonymat, pas les problèmes, mais cela le tracassait quand même.

Il y avait aussi l'entrevue qui l'attendait. Il s'attardait dans les couloirs de l'hôpital, bravant les regards curieux des docteurs et des infirmières qui se demandaient ce que faisait là un homme en costume de noble ténébran.

Finalement, il frappa à la porte du Projet Télépathes, espérant retarder un peu sa visite. Jason et David étaient là ; Keral aussi, qui avait pris l'habitude de passer le plus clair de son temps à l'hôpital, à observer ce qu'ils faisaient. Régis était surpris de la vitesse à laquelle le chieri avait assimilé les connaissances techniques qui l'intéressaient.

Jason l'accueillit d'un sourire cordial, mais Régis n'en fit pas moins une grimace lorsqu'il lui dit :

— Régis ! Quel plaisir de vous voir ! Je ne pensais pas que vous auriez du temps pour nous ce matin ! Le Dr. Shield me dit que des félicitations s'imposent. Un beau garçon, paraît-il. Six livres, et en parfaite santé.

Régis dit :

— J'allais voir Melora et l'enfant... si elle accepte de me recevoir. Elle doit être furieuse. Elle ne m'a fait parvenir aucun message.

— Vous n'auriez rien pu faire pour elle, dit David ; pourquoi vous seriez-vous privé de sommeil ? Elle était en bonnes mains ; j'ai fait la connaissance de Marian Shield, et je ne crois pas que nous ayons de meilleure obstétricienne sur ce monde.

— Je suis sûr qu'elle a été parfaitement soignée, et je vous en remercie, dit Régis. Avez-vous des nouvelles de Missy ?

— Pas la moindre, Régis, répondit Jason. On l'arrêtera si elle tente de quitter la planète, naturellement, mais à part ça... Ténébreuse est sacrément grande, et, à l'évidence, elle a l'habitude de fuir et de se cacher.

Une des nôtres ! Fugitive !

Les pensées de Keral étaient presque palpables, et Régis ressentit le besoin obscur de le réconforter sans savoir comment. Il vit David tendre la main, et, sans un mot, prendre celle de Keral, et leurs doigts enlacés l'emplirent d'une curieuse mélancolie ; comme s'il avait perdu quelque chose de précieux sans avoir jamais réalisé qu'il le possédait avant que cela eût à jamais disparu hors de sa portée.

Il secoua la tête pour écarter ces pensées. Absurde ! Puis une idée plus réconfortante lui vint ; Linnea serait bientôt là ; Melora penserait qu'elle venait à la requête personnelle de Régis, et cela compliquerait encore la situation, mais il s'en moquait.

Keral dit inopinément :

— Je n'ai jamais vu un nouveau-né humain. Puis-je venir avec vous voir votre fils, Régis ?

— Naturellement ; je suis toujours heureux et fier de montrer mes enfants, dit Régis.

David décida de venir aussi, et ils partirent tous les trois dans les couloirs de l'hôpital, le grand et mince chieri attirant des regards curieux, mais amicaux ; la plupart des gens avaient déjà parlé avec Keral et, pour eux, ce n'était qu'un étranger, pas un être surnaturel aux pouvoirs inquiétants.

Melora occupait une chambre particulière avec fenêtre sur les montagnes, souvent utilisée pour les Ténébrans de marque. Une sage-femme et une infirmière de ses domaines avaient été autorisées à l'assister. Elle était assise dans un fauteuil, en longue robe de chambre bleue duveteuse, les joues un peu fiévreuses. Elle était jolie, grande et digne, mais en cet instant, avec ses longues tresses tombant sur ses épaules, on aurait dit qu'elle était encore une enfant. Régis regarda vivement, en proie à sa terreur ancienne, le berceau où dormait l'enfant — petit visage rouge émergeant d'une couverture blanche d'hôpital —, mais il reporta tout de suite son attention sur Melora, lui faisant signe de ne pas se lever et se penchant pour l'embrasser sur la joue.

— Il est magnifique, Melora. Merci. Si j'avais su, je serais venu près de toi.

— Tu n'aurais rien pu faire, et j'ai été très bien soignée, répondit froidement Melora, détournant la tête pour éviter son baiser.

Dans la chambre, la tension était palpable ; les trois hommes debout devant elle, tous télépathes à un degré plus ou moins grand, sentaient sa colère. Régis comprit soudain qu'il avait accepté leur compagnie par lâcheté, espérant sans doute que Melora ne ferait pas de scène devant des étrangers ; elle s'était affligée de la nécessité de mettre son enfant au monde dans cet étrange endroit ; elle ne comprenait pas pourquoi Régis le lui avait imposé ; et, réalisa Régis, elle avait le droit de faire une scène si elle voulait, sans se soucier des tierces personnes.

Keral s'approcha du bébé, faisant diversion ; Melora, le voyant se pencher sur son enfant, poussa un petit cri ; puis, sous le regard lumineux de Keral, elle se détendit. Elle sourit même au chieri en disant :

— Oui, prenez-le si vous voulez, Noble Ami ; vous nous honorez.

Keral enveloppa le petit corps de ses longues mains expertes, comme s'il avait l'habitude de manipuler des nourrissons ; pourtant, David sentait qu'il voyait et touchait un enfant pour la première fois.

Keral eut un sourire lointain, fasciné.

— Ses pensées sont étranges et informes. Et pourtant, comme c'est différent du contact avec l'esprit d'un petit animal !

A part lui, David pensa que le bébé était comme tous les nourrissons, petit et informe, mais il savait qu'il se conformait là au cynisme acquis par tous les étudiants pendant leur formation médicale. Un instant, il essaya de voir l'enfant par les yeux de Keral, petite merveille, miracle de nouveauté. C'était trop intense ; il se retira du contact et dit à Régis :

— Comment l'appellerez-vous ?

— C'est à Melora de le dire, dit Régis, souriant à la jeune mère. A moins qu'elle ne me demande de lui donner son nom.

Le visage de Melora s'adoucit et elle mit sa main dans celle de Régis.

— Tu le peux si tu le désires, dit-elle.

David toucha l'épaule de Keral qui remit l'enfant dans son berceau, et ils sortirent, laissant les jeunes parents seuls avec leur enfant.

Par la suite, David pensa que c'était cet instant de contact avec l'enfant et avec Régis qui l'avait sensibilisé, mais sur le moment, il n'y pensa plus et passa le reste de la journée avec les autres membres du projet. Rondo était morose et coopérait le moins possible à leurs tentatives pour mesurer le contrôle qu'il exerçait sur de petits objets, répugnant à parler de sa carrière de joueur et à manipuler mentalement les babioles que lui présentaient Jason et David. Desideria était cassante et apparemment pleine d'appréhension. Conner avait de nouveau sombré dans l'apathie et ne voulait pas parler, et encore moins coopérer. David sentait, presque physiquement, son chagrin et sa solitude maintenant que Missy avait disparu.

Régis n'était pas avec eux ; Danilo fit une brève apparition pour l'excuser, invoquant des affaires personnelles urgentes, puis se retira aussitôt.

A la fin, Rondo prétexta la fatigue et la migraine et se retira ; Conner paraissait prêt à faire de même ; alors David demanda simplement à Desideria de leur parler de la formation d'une Gardienne.

— Quand nous étions toutes petites, on nous a d'abord entraînées avec des jeux, comme ces manipulations d'objets, leur dit Desideria, montrant de la tête les dés, plumes et autres babioles rassemblés à l'intention de Rondo. Il y avait aussi des jeux où l'on cachait des bonbons et des confiseries que nous devions trouver, et, plus tard, des jeux beaucoup plus compliqués avec des indices dissimulés, ou un groupe qui se cachait des autres. Plus tard encore, il a fallu suivre un pénible entraînement des influx nerveux, avec respiration, concentration, des heures de contrôle respiratoire et de méditation pour apprendre à sortir de son corps et à y rentrer. Le tout, bien entendu, avant même que nous ayons vu une matrice. Quand nous arrivions à contrôler tous nos dons naturels, nous commencions à travailler avec les bijoux-matrices, en commençant par les petits...

David se dit que cela ressemblait fort aux exercices du yoga traditionnel, encore utilisé par certains groupes de Terriens à des fins hygiéniques ou religieuses. Il fit taire sa curiosité, la réservant pour le moment où il aurait le temps d'étudier le problème en détail.

Pendant toute la soirée, David eut la même impression d'ennui pénétrant et d'expectative. Keral était muet et renfermé. On lui avait donné une chambre à l'hôpital, près de celle de David, et, comme ils en avaient pris l'habitude, ils allèrent dîner ensemble à la cafétéria, mais Keral ne prononça pas une douzaine de mots et ne proposa pas de venir bavarder avec David dans sa chambre. Conner aussi se taisait, mais son silence, contrairement à celui de Keral, inquiétait David. Cette apathie allait-elle aboutir à une nouvelle tentative de suicide ? Missy lui avait redonné goût à la vie. Sa disparition allait-elle lui ôter à nouveau toute envie de continuer ? Maudite Missy ! Mais David fortifia son cœur contre ces faiblesses. Il ne pouvait et ne voulait pas prendre la responsabilité du bien-être physique et mental de tous les membres du groupe ! Ce projet, c'était une idée de Jason, et c'était à lui d'y veiller !

Néanmoins, David eut du mal à s'endormir ; il était poursuivi par une curieuse illusion auditive où des voix murmuraient juste au seuil de sa conscience, comme des cris et des sanglots lointains continuent à résonner longtemps après avoir cessé, tandis que le sujet s'épuise à craindre qu'ils ne reprennent.

Finalement, il s'endormit quand même, de ce sommeil léger où le dormeur a conscience d'évoluer sans cesse du rêve à la somnolence. Deux ou trois fois, il s'assit brusquement dans son lit, éveillé par la sensation de tomber dans une apesanteur horrible, et il comprit que ses rêves s'étaient mêlés à ceux de Conner ; le visage de Missy, cauchemardesque et déformé par les pleurs, flottait dans ses songes et s'évanouissait ; Keral, de ses longues mains expertes, prenait la petite forme rose du bébé dans son berceau, et une étrange berceuse s'insinuait dans son rêve.

Brusquement, un éclair de conscience fulgura comme un coup de poignard, interrompant le rêve, et il se retrouva debout, à demi vêtu, et courant...

Couloirs déserts. Course de Keral rejoignant la sienne. Visage livide et stupéfait, pupilles dilatées ; *on n'entre pas ici...*

Porte enfoncée brusquement ; silhouette sombre d'un étranger menaçant ; souffle imperceptible de Melora, pupilles dilatées, décolorées...

Silhouette de Keral qui se penchait, se soulevait, se relevait, cri terrible, silhouette de l'intrus projetée contre le mur, craquements d'os qui se cassent et cèdent — et quelque chose mourut. Visage pâle et défait de Melora ; pressions expertes des doigts sur un globe oculaire ; appels au secours.

La chambre s'emplit d'infirmières et de docteurs ; l'infirmière ténébrane pleurait, abrutie par un somnifère. Bouche-à-bouche, respirer, respirer, respirer...

— Très bien, docteur Hamilton ; je prends la relève.

Debout à l'écart, respirer normalement. Keral, livide, le bébé dans les mains. La voix de Keral, irréelle et désolée :

— Il aura besoin d'aides respiratoires ; sa poitrine n'est pas enfoncée, mais je crois qu'il a quelques côtes cassées...

... et la sensation des côtes minuscules sous sa main, les pleurs étranglés d'un bébé revenant lentement à la vie...

Des formes penchées sur le mort, par terre dans le coin ? Mains tremblantes de Keral, visage pâle de terreur ; questions, tumulte, uniformes. Voix officielle dominant les autres :

— Là, dans sa poche ; des ampoules de la même drogue qu'il a administrée à la mère. Il doit avoir drogué l'infirmière Conniston aussi. Docteur Hamilton, comment êtes-vous là ? On dirait que vous êtes arrivé juste à temps pour prévenir deux meurtres.

David entendit sa propre voix, qui lui sembla irréelle :

— Je ne sais pas au juste. J'ai sans doute entendu Keral — avez-vous appelé, Keral ? Je sais que je me suis réveillé avec une impression d'urgence. Je ne sais pas comment, mais je savais que Melora et le bébé étaient en danger.

— Qui est-ce ?

Des fonctionnaires firent cercle autour du mort.

— Toujours la même histoire, un parfait inconnu. Un vagabond de l'astroport — même ses empreintes digitales ont été chirurgicalement modifiées.

— Nous avons une sacrée chance. Imaginez le scandale : Régis Hastur nous confie son fils pour le protéger, et l'enfant et la mère sont assassinés en plein Q.G. terrien ! Imaginez les bénéfices politiques qu'ils pourraient en tirer !

Toujours étourdi, David se demanda vaguement qui étaient ces « ils », quel bénéfice politique pouvait sortir de la mort d'un enfant, et quels monstres avaient imaginé ce scénario délirant. Il dut encore raconter son histoire deux fois, toujours plus incrédule et désorienté. La vie de l'enfant n'était pas en danger, mais les fonctionnaires du Q.G. triplèrent la garde autour de la nursery. Debout à l'écart, David regardait l'équipe de réanimation qui s'affairait autour de Melora. (Il fallut plus d'une heure avant qu'elle se remette à respirer normalement, sans aide ; on lui avait administré une dose de somnifère presque fatale.) Jason Allison arriva et prit à l'écart les hommes de la Force Spatiale qui questionnaient David (Keral ; où était Keral ? David ne percevait plus sa présence, se sentait froid et désolé...) et les soldats, après avoir entendu Jason, regardèrent David comme une bête curieuse.

Régis Hastur se présenta peu après, blanc comme un squelette. Il essaya de dire quelque chose à David, mais sa voix s'étrangla dans un sanglot ; alors il prit le Terrien dans ses bras et le serra sur son cœur.

A ce contact, le monde de David s'éclaircit soudain et reprit couleur et réalité, comme un paysage marin quand le brouillard se lève. Il sut brusquement qu'il était bien éveillé et que tout cela n'était pas un horrible cauchemar. Il revint à la réalité, sentant les mains de Régis qui serraient les siennes, et il dit, reprenant ses sens :

— Tout va bien, Régis ; ils vivront tous les deux et maintenant que tout le monde est sur ses gardes, il ne leur arrivera plus rien. Mais... Mon Dieu ! Où est Keral ?

Soudain, avec une terrible impression de déjà-vu, il aperçut Keral, bouleversé d'horreur, debout devant l'homme qu'il avait tué.

Aucun chieri n'a jamais tué une chose vivante. Il ne mange même pas de viande !

David retourna dans sa chambre, certain, sans savoir comment, d'y trouver Keral ; et il l'y trouva en effet. Pelotonné sur le lit, le visage enfoui dans ses mains, le chieri était l'image même de la désolation, et sa respiration était si faible qu'un instant David craignit que le choc ne l'eût tué. Il leva son beau visage livide, sans avoir l'air de le reconnaître, même quand David lui adressa la parole. David le tourna doucement vers lui, et, de nouveau, la beauté presque féminine du chieri le frappa, l'émut ; son propre rêve lui revint à l'esprit, avec sa curieuse sensualité, et David en fut choqué et honteux. Puis, soudain furieux contre lui-même, il chassa cette pensée de son esprit.

Keral a besoin de toi, et tu ne peux pas le juger en termes humains ni selon tes propres fantasmes sexuels !

Keral était rigide et glacé comme un mort. David s'agenouilla près de lui sur le lit, le prit dans ses bras et le berça doucement, en murmurant tendrement :

— Keral, Keral, c'est moi, David. Reviens. Je suis là. Tout va bien ; tout va s'arranger. Keral, Keral, ne meurs pas.

Ces paroles n'étaient qu'une mélopée rassurante qui l'aidait à concentrer son esprit, toute sa personne, sur un appel plus profond, une recherche plus intense :

Où es-tu, Keral ? Reviens. Reviens, et reste avec moi.

Je t'appelle de toute mon âme, cherchant dans le néant où tu t'es réfugié, te recherchant dans les silences de la peur...

Puis il perçut l'horreur ténébreuse et informe au fond de laquelle Keral s'était réfugié et à peu près noyé.

La mort. J'ai donné la mort à un être vivant. Il avait l'enfant dans les mains ; il le tuait. Comment peut-on tuer un enfant ? Comment quelqu'un peut-il donner la mort ? Et mes propres mains... elles ont donné la mort... Je meurs de cette mort, noyé dans ces ténèbres...

— Que Dieu me vienne en aide, murmura David. Comment l'atteindre ?

Mentalement, il évoqua avec force l'image de l'enfant revenant peu à peu à la vie, le sentiment de gratitude et d'amour de Régis le serrant dans ses bras.

Lentement, comme un cœur malade se remet à palpiter sous l'influence d'un stimulateur, il sentit Keral revenir à la vie et remonter lentement des profondeurs ténébreuses où il avait sombré. Il continua à bercer doucement Keral, lui murmurant constamment des mots tendres (comme à un enfant, comme à une femme), et enfin, le chieri ouvrit ses grands yeux gris lumineux et regarda David avec une insondable affliction.

— Je ne voulais pas le tuer malgré sa méchanceté. Mais je ne réalisais pas qu'il était faible et que mes bras sont très puissants dans la colère.

Il tremblait de tous ses membres.

— J'ai froid. J'ai si froid.

— C'est le choc, dit doucement David. Bientôt, tu te sentiras mieux. Il n'y avait rien d'autre à faire, Keral.

— L'enfant… ?

— Il va bien, dit David, avec un émerveillement renouvelé.

De son propre aveu, la race de Keral se mourait. Keral n'avait jamais vu un enfant de son peuple. Comment donc pouvait-il s'attacher si profondément à un enfant d'une autre race ? S'identifier à ce point…

Keral se réchauffait peu à peu, le froid et la raideur provoqués par le choc s'estompant lentement, et David s'aperçut avec quelque embarras qu'allongé près de Keral, il le serrait toujours dans ses bras, comme un amant. Il desserra son étreinte et s'écarta, retrouvant son esprit pratique en se levant. Il dit :

— Tu as encore froid ? Je vais te chercher une boisson chaude. Enroule-toi bien dans les couvertures.

Avec un douloureux regret, il eut l'impression d'être passé à côté de quelque chose, à côté de la clé qui aurait pu ouvrir le mystère de Keral ; et maintenant, il n'avait plus aucun moyen de lever le voile.

Keral s'assit :

— Je veux m'informer…

— Reste où tu es, dit David. Ordre du docteur. J'irai prendre des nouvelles de Melora et du bébé en allant te chercher à boire.

Ignorant le métabolisme du chieri, il n'osait pas lui administrer un sédatif, mais une boisson chaude ne pouvait pas lui faire de mal. Il y avait toujours du café quelque part au Q.G., ou la boisson au goût de chocolat amer qui semblait en être l'équivalent sur Ténébreuse.

La nuit avait été épuisante, et, regardant par la fenêtre, il ne fut pas surpris de constater que le soleil se levait.

Un peu plus tard dans la matinée, il ne s'étonna pas non plus outre mesure que Conner fût au courant de tous les événements de la nuit. Il commençait à s'habituer à vivre avec des télépathes, et après tout, pensa-t-il, cela avait ses bons côtés.

Il commençait aussi, lentement, à formuler les questions qu'il devrait tôt ou tard, il le savait, poser à Keral. L'enquête scientifique sur le chieri était au point mort. Il allait être obligé de se fier à ses intuitions et de les suivre là où elles le conduiraient.

Régis Hastur sortit dans la lumière rouge et brumeuse de l'aube, et leva les yeux vers le ciel sans comprendre. Melora était hors de danger, et, grâce à l'intervention rapide de Keral, la vie de l'enfant n'avait jamais été en péril. Ils dormaient tous les deux maintenant, ils ne couraient plus aucun risque. Mais Régis était mortellement las et terrifié de ce combat incessant.

Il était bien placé pour dresser la liste des questions posées par l'attentat. Etait-ce l'œuvre d'un Ténébran du virulent parti anti-Terra qui s'employait à discréditer les Terriens en faisant assassiner un héritier Hastur sous leur nez ? Etait-ce un élément du complot, dont il sentait depuis longtemps l'existence, pour assassiner tous les télépathes ? Et comment affronter maintenant les parents de Melora, après la lutte qu'il avait dû mener pour les faire consentir à cette chose inouïe pour une noble ténébrane — accoucher dans un hôpital de l'Empire !

Si cela vient de notre peuple, nous ne valons pas la

130

peine d'être sauvés ! pensa-t-il avec amertume, et il bloqua ses perceptions extérieures pour ne pas sentir les gardes terriens qui le suivaient, essayant de ne pas faire intrusion dans les pensées de l'étrange individu qu'ils protégeaient.

Il perçut, avec la certitude d'un télépathe entraîné, qu'il y avait des étrangers chez lui, et, debout dans la pénombre du hall, il essaya de déterminer s'ils représentaient pour lui une menace. Il sonda mentalement l'étage supérieur où, dans la nursery gardée nuit et jour, se trouvaient ses deux aînés avec leurs nurses. Ils dormaient paisiblement. Il avait envoyé son plus jeune fils survivant, sous bonne garde, au Château Hastur chez sa grand-mère. Pourtant, l'impression de présence étrangère persistait…

Linnea ! Avec les affreux événements de cette nuit, j'avais oublié ta venue ! Tu es déjà là ?

Il sentit qu'elle dévalait le long escalier en courant et ne leva les yeux que pour la prendre dans ses bras, la serrant contre lui ardemment, de toute la force de son amour angoissé, fondant ce corps frêle dans le sien comme si les barrières physiques de la chair s'évanouissaient, comme s'il l'absorbait en lui-même. (Au Q.G., David s'écartait de Keral avec un embarras soudain. Dans la Cité du Commerce, Missy remua en gémissant dans son sommeil agité.) Puis il la reposa, s'écarta d'elle et sourit.

— Je suis bien égoïste, *preciosa,* et je devrais te renvoyer immédiatement. Mais je suis très heureux que tu sois là.

— Ma grand-mère a été contente de me revoir, elle aussi, tout en se prétendant choquée que j'aie abandonné les relais, et en demandant quel genre de filles on entraîne de nos jours, dit Linnea en riant. Je me réjouis que Melora et l'enfant soient hors de danger. J'irai voir Melora si les Terriens me le permettent et ne me prennent pas pour une tueuse machiavélique !

— Je n'ai pas fini d'entendre : « Je te l'avais bien dit ! », dit Régis. Mais j'ai honte de cette préoccupation mesquine alors qu'ils ont tous deux frôlé la mort.

131

— Tu es trop fatigué pour réfléchir clairement, dit Linnea. Je vais te faire apporter à manger. Et puis... je regrette de t'accabler d'un fardeau supplémentaire, Régis, mais il faut que tu saches ce que j'ai vu.

Journal intime d'Andréa Colson (rédigé en code).

Les incendies de forêts ont atteint leur but, et il est inutile de continuer tout effort en ce sens, la couverture arable étant passée au-dessous du niveau critique dans au moins trois grandes régions. Etant donné la démoralisation des combattants du feu dans les montagnes, les incendies spontanés en cette saison devraient suffire pour parachever notre action.

Avec le début des pluies de printemps dans les secteurs IV et VII, l'érosion devrait commencer dans les Hellers et s'étendre aux contreforts. La réduction de la nappe d'eau, due aux prélèvements massifs dans les zones incendiées, devrait bientôt atteindre le niveau critique. Et le début de la saison sèche à Carthon devrait provoquer des tempêtes de sable, réduisant dangereusement les récoltes.

On peut s'attendre à une aide alimentaire de la part des villes et des basses terres bien arrosées, mais cela ne suffira pas. Des demandes de secours présentées à l'Empire Terrien pourraient provoquer des décisions politiques allant dans le sens désiré.

(N.B. : l'Empire a soumis une requête d'agrandissement de l'astroport qui a été refusée par le Conseil l'année dernière. La question doit être reposée dans cinq mois. La décision fera date.)

Les désastres agricoles devraient débuter cet été, mais ils ne seront pas déterminants, et il n'y aura pas de véritable famine avant trois ans, sauf dans les cultures non humaines, isolées dans les forêts. Néanmoins, on peut s'attendre à un début de panique.

On devrait commencer à envoyer des agents provocateurs chez les non-humains, afin de susciter la terreur et la révolte. Si l'on pouvait provoquer des attaques de villes par les non-humains, cela nous rapprocherait beaucoup de la solution ultime, vu qu'une guerre entre humains et non-humains, même non concluante, drainerait des ressources qui ne pourraient plus s'employer au sauvetage des régions agricoles.

Il faut redoubler d'efforts pour éviter toute interférence de la part des Hastur. Les relais télépathiques des Tours sont sans doute imprenables, mais le niveau de sophistication relativement bas de la politique interplanétaire devrait empêcher toute prise de conscience de nos attaques et toute coordination des défenses avant qu'il soit trop tard. Heureusement, le système social hautement individualiste de ce monde prévient toute synchronisation des efforts.

Si mes calculs sont justes, le point de non-retour devrait être atteint dans quelques mois. Ensuite, nous n'aurons plus besoin de garder le secret sur notre action, car le processus sera irréversible, et Ténébreuse, simplement pour survivre, sera obligée de négocier avec les experts technologiques en restauration planétaire. Il est possible que ce stade soit déjà atteint, car le niveau apparent de la technologie ténébrane ne permettra sans doute pas de régénérer ce monde sans aide afin que la vie y reprenne comme auparavant. Pour obtenir cette aide, ils seront contraints de faire des concessions politiques qui atteindront tout aussi bien le but désiré. Il est possible que j'aie sous-estimé les Hastur, mais, en ce moment, ils semblent préoccupés de problèmes mineurs de gouvernement. En fait, il n'y a pas de gouvernement central. Ce monde est grand ouvert.

8

— CETTE planète est grande ouverte, répéta lentement Régis, les yeux fixés sur Linnea. J'aurais dû m'en apercevoir plus tôt. Je connais suffisamment l'histoire de l'Empire — quand j'étais adolescent, je voulais partir outre-planète, dans l'espace — pour savoir ce que c'est que de casser un monde. Je ne sais pas pourquoi je croyais Ténébreuse à l'abri de ces conspirations.

— Je n'ai jamais eu la moindre confiance en ces canailles de l'Empire, dit Danilo Syrtis, son jeune visage dur, implacable. Ce sont les montagnards qui avaient raison. Il faudrait nous soulever et chasser ces maudits Terriens de notre monde, démolir l'astroport et semer du sel sur ses ruines.

— Tu divagues, *bredu,* dit doucement Régis. Ces attaques ne viennent pas de l'Empire. Ils ont honnêtement joué le jeu avec nous, et ils ont rempli leurs engagements. S'ils voulaient ouvrir ce monde par la force, ils auraient pu le faire depuis des centaines d'années, et ils l'auraient fait.

— Alors qui, Régis ? Qui, si ce ne sont pas les Terriens ? demanda Linnea.

— Tout ce que je peux dire, c'est que la Galaxie est immense et compte d'innombrables mondes habités, répondit Régis. Autant chercher une noix dans une forêt ! Ou même chercher une personne déterminée sur une seule planète... le fait est, Linnea, que nous

134

n'avons pas l'*organisation centralisée* (il se servit ici de la lingua franca, car l'ancienne langue ténébrane ne comportait ni ces mots ni ce concept) pour nous opposer à ce genre de péril. C'est la guerre ; et il y a longtemps que nous ne savons plus ce que c'est. Des bagarres, oui, des rivalités, oui, des raids, oui. J'ai participé à mon premier raid avant d'avoir de la barbe, à l'époque où Kennard Alton nous a menés combattre contre Kadarin et sa bande. Mais nous haïssons ou combattons par groupes de deux ou de dix. Il n'est pas *raisonnable* de haïr des groupes importants d'individus qui ne nous ont rien fait, simplement parce qu'ils *sont là*. C'est pourquoi nous n'avons jamais vraiment combattu la présence de l'Empire, et pourtant, peu d'entre nous désiraient un astroport sur Ténébreuse. Notre monde est grand, et il y a place pour toutes les idées ; voilà ce que nous pensions. Nous avons beaucoup appris des Terriens, et ils nous ont beaucoup donné. En retour, nous avons imprimé notre marque sur l'Empire. Cette façon de raisonner est la seule sensée à long terme ; et pourtant nous devons maintenant considérer le court terme. Notre monde est conditionné contre la guerre. Notre peuple est pacifique dans son ensemble, et nous sommes très vulnérables à ce genre de sabotage.

— Veux-tu dire qu'il n'existe aucun moyen d'arrêter cette destruction ? demanda Linnea.

— Nous pouvons nous battre s'il le faut, dit Danilo, serrant les poings.

— Ce n'est pas ce que je veux dire, dit Régis, mais nous ne sommes pas équipés pour riposter. Nous n'avons qu'un seul espoir, et il est compromis.

— Et c'est ?

— L'ancienne technologie télépathique de Ténébreuse, dit Régis. Mais nous sommes affaiblis par la consanguinité, notre fertilité décroît, et l'on nous assassine à un rythme effrayant, comme en témoigne l'attaque de cette nuit. Nous ne sommes plus assez nombreux pour l'effort coordonné qui serait nécessaire pour stopper cette agression. Oh, nous avons eu suffisamment d'avertissements ! Depuis cent ans, les Terriens essayent de travailler avec nous, d'apprendre à utiliser les matrices, d'encourager la formation de télépathes et de techniciens des matrices. Si nous disposions de quelques centaines de télépathes fonctionnels, avec des Tours et des cercles de relais opérationnels, nous pourrions ratisser toute la planète, découvrir la nature de l'agression et inverser le cours des événements. Mais nous devons nous en remettre pour cela à des technologies étrangères, et tout notre mode de vie s'y oppose.

Il ferma les yeux et réfléchit. Les premières semaines du Projet Télépathe ne leur avaient amené que quelques individus isolés, sans formation ; et jusque-là, les recherches restaient improductives. David avait sauvé la vie de Melora, c'était vrai ; et ils avaient acquis quelques connaissances nouvelles et fascinantes sur les chieri légendaires. Mais c'était une goutte d'eau dans la mer. Une douzaine de télépathes découverts sur d'autres mondes étaient en route pour Ténébreuse, mais combien d'entre eux se révéleraient névrosés, comme Rondo et Missy, incapables d'endurer ne serait-ce qu'un interrogatoire ?

— Combien Ténébreuse compte-t-elle de télépathes ? demanda Danilo.

Régis dit avec lassitude :

— Par Aldones ! Crois-tu que je sois un dieu pour le savoir ?

Puis une idée le galvanisa :

Mais si, je peux le savoir !

Imbécile que je suis ! J'ai étudié les pouvoirs de tous, sauf les nôtres !

Il dit, avec un calme apparent qui démentait son excitation intérieure :

— Réfléchissons. Combien y a-t-il de Tours en fonction actuellement, Linnea ?

— Neuf, dit-elle, largement dispersées sur la planète. A Arilinn, nous sommes huit. Dans les autres Tours, ils sont entre sept et douze ou quatorze.

Régis dit :

— A la Cité du Commerce, nous avons quarante techniciens des matrices patentés. Je sais qu'il y a d'autres télépathes nés dans les anciennes familles — des dégénérés, pas même entraînés, qui possèdent en partie les anciens pouvoirs du *laran*. Personne ne s'est jamais soucié de les compter ou de leur demander d'utiliser leur don. Mais si nous travaillons tous ensemble...

— C'est fascinant, dit Linnea. Et sans doute impossible. Tu sais ce qu'un cercle de Tour doit endurer avant que tous les participants puissent travailler ensemble, en groupe, et accomplir quoi que ce soit. Chaque fois qu'un nouveau membre se joint au cercle, il nous faut des semaines pour simplement tolérer sa présence mentale et le laisser entrer en contact avec nos esprits. Sept ou huit semble le maximum supportable.

Régis dit à mi-voix :

— Trois d'entre nous, en rapport télépathique profond, ont pu détruire la matrice de Sharra. Que ne pourrions-nous pas faire à cinq cents ?

Linnea frissonna.

— Voilà des années que tous les anciens écrans de matrices supérieurs au neuvième niveau ont été détruits. On les a déclarés armes illégales, trop dangereuses à manier pour des humains, Régis.

Elle leva lentement les yeux sur ses cheveux blancs comme neige.

— Tu t'en es servi une heure... et... tu as blanchi.

Il hocha lentement la tête.

— Oui, c'est trop dangereux à l'échelle humaine. Mais si l'alternative est la destruction d'un monde ?

— La question est académique de toute façon, dit Linnea, puisque les matrices n'existent plus et que plus personne ne sait les construire. Et c'est aussi bien.

— C'est quand même le seul espoir qui nous reste, dit Régis. La seule chose de Ténébreuse que l'Empire ne puisse pas produire. Pour l'obtenir, l'Empire pourrait nous aider sans exiger les concessions politiques qui détruiraient la Ténébreuse que nous connaissions. Ce sera une course ; une course contre la montre. Mais je suis prêt à m'y engager, affirma-t-il, l'air décidé. Je n'ai pas demandé à être le chef du Conseil. Je n'ai jamais désiré cet honneur. Mais puisque je le suis et que je détiens le pouvoir qui s'y attache, pour le meilleur ou pour le pire, je vais m'en servir.

— Je ne comprends pas, dit Linnea. Pourquoi l'Empire désirerait-il des télépathes ? D'après ce que je sais, ils croient à peine à notre existence !

— Réfléchis un peu, Linnea, dit Régis avec véhémence. Une matrice, utilisée par un télépathe suffisamment entraîné, produit de l'énergie, non ? Le peu d'extraction minière que nous avons sur Ténébreuse se fait par l'intermédiaire des cercles de matrices qui localisent et téléportent les minerais jusqu'à la surface — exact ? Nous utilisons peu les métaux, parce que nous ne voulons pas d'usines, et pour les petites quantités qu'il nous faut, notre technologie suffit à nos besoins — ou suffisait jusqu'à une date très récente.

— Oui, mais la fatigue humaine...

— Peut être compensée. Une matrice, utilisée par un télépathe entraîné, peut remplacer un avion conventionnel. En sorte que nous ne prenons l'avion qu'en cas d'urgence ; nous ne nous en servons pas à tort et à travers. Et il y a les communications sur Ténébreuse. Nous n'avons pas besoin d'installations de communication à longue distance.

— En effet.

Sur Ténébreuse, la fonction principale des relais, surtout à l'époque présente, était la transmission des messages.

— L'Empire a réalisé depuis longtemps à quoi pouvaient servir les télépathes, dit Régis : dans l'espace, pour les communications ; pour contrôler les équipements mécaniques lorsque la machinerie ordinaire tombe en panne ; pour la lévitation et le contrôle de l'énergie. Et tout enfant possédant une matrice peut voir suffisamment la structure de la matière pour inverser l'oxydation ou la fatigue des métaux, par exemple. Le goulot d'étranglement, c'est le manque de télépathes — et la répugnance des Ténébrans à collaborer avec l'Empire. Aucun de nous ne s'est mis à leur disposition pour étudier le phénomène. Nous ne savons pas nous-mêmes comment nous utilisons ces antiques sciences. Les rares efforts pour en pénétrer la nature ont échoué. Mais il doit exister un moyen, et le moment est venu de le chercher.

— Que vas-tu faire ? dit Linnea.

— Je vais demander aux relais de lancer un appel à tous les télépathes de Ténébreuse, dit Régis. Me réclamant de toute l'autorité des Hastur, et *de tout ce qu'elle signifie*.

Linnea rencontra brièvement son regard et rompit le contact. En cet instant, Régis semblait presque surhumain. Elle pensa aux vieilles légendes sur le fils d'Hastur, descendant des dieux — et au passé proche où Régis avait plusieurs fois manié l'Epée d'Aldonès, forgée pour la main d'un dieu. Une autre façon de dire que Régis était parvenu à apprivoiser et à utiliser des forces de l'esprit incompréhensibles à l'homme ordinaire.

Linnea considéra l'aspect pratique de la situation.

— Est-il possible de fermer toutes les Tours et tous les relais pour réunir ici tous les télépathes ? Nous ne pouvons pas nous passer du peu de technologie qui nous reste. Nous serions des barbares, Régis.

— Nous le pouvons, dit brusquement Danilo. Ténébreuse se repose trop sur les télépathes et les relais. Fermons les Tours quelques mois ou quelques années, et ils verront ce que serait la vie sans les pouvoirs télépathiques. Ils auraient tôt fait de se soulever pour empêcher qu'on continue à nous massacrer un par un. Il fut un temps où quiconque portait la main sur une Gardienne était torturé jusqu'à ce que mort s'ensuive. Aujourd'hui, on peut égorger femmes et enfants sans coup férir.

— Veux-tu dire que nous pourrions stopper l'agression dirigée contre notre monde uniquement par nos pouvoirs télépathiques ? demanda Linnea.

— Non, je ne le crois pas, dit Régis. Les dommages sont déjà trop importants. Mais nous pouvons découvrir les coupables et arrêter leur action. Peut-être aussi pourrions-nous traiter d'égal à égal avec l'Empire, pour qu'ils nous accordent l'aide nécessaire. En tout cas, il faut cesser de faire joujou et commencer à prendre le Projet Télépathe au sérieux ; il n'est que temps. Sinon, nous disparaîtrons comme les chieri ; et beaucoup s'en réjouiraient dans l'Empire. Notre disparition laisserait Ténébreuse ouverte au genre d'exploitation qu'ils désirent. C'est nous qui en défendons l'accès, dit Régis, et nous ne pouvons pas reculer.

C'était une chambre ordinaire, morne, sombre et malodorante, et Missy restait prostrée sur son lit, muette, pendant des heures d'affilée, à peine consciente de ce qui se passait en elle et autour d'elle. Le temps n'avait plus de sens, bien qu'elle eût depuis longtemps ralenti ses perceptions pour voir le monde, au moins partiellement, tel que le voyaient les autres, ceux avec qui elle devait vivre par la force des choses.

Tant de changements, tant d'étrangetés. Et maintenant, ce contact extraordinaire. Pour la première fois, un être lui avait rendu cette caresse tâtonnante, cette chose qu'elle n'avait jamais comprise en elle-même. Jusque-là, les hommes n'avaient été pour elle qu'un moyen de survivre. Elle se savait étrangère, anormale, incapable de trouver un homme qui puisse s'unir à elle, se fondre en elle. Son corps, elle l'avait donné libéralement à quiconque le voulait (même maintenant, elle ne pouvait se souvenir sans horreur de cette découverte qu'elle avait faite : ce qui comptait tant pour elle était pour eux insignifiant). Mais maintenant :

Conner. Emotions mortes depuis longtemps, mais qui, incompréhensiblement, se réveillaient et la troublaient (elle sentait ce qui se passait en lui, les frayeurs et la solitude étrange qui l'avaient façonné). Ses propres émotions lui étaient mal connues. Elle n'avait jamais osé fouiller au fond d'elle-même, mais elle sentait que, si elle y jetait un coup d'œil, elle verrait et sentirait le tourbillon d'horreur qui avait modelé la folie de Conner. Et maintenant, loin de lui, elle percevait encore la détresse impuissante de sa solitude (comment arrivait-elle à se retenir de courir, de voler le rejoindre...)

Missy, j'ai besoin de toi, Missy, reviens ; sans toi, je sombre de nouveau dans la folie et l'abandon...

Et la répétition incessante de son nom, ce nom qui ne signifiait rien pour elle (elle le portait depuis quelques années seulement), mais exprimait la douleur de Conner. Il l'avait touchée dans les profondeurs de son être, elle ne pouvait pas l'oublier, elle savait qu'elle ne pourrait jamais l'oublier. Mais elle pouvait s'enfuir...

Elle serait volontiers restée indéfiniment avec Conner, jouissant du peu de bonheur permis à l'être étrange qu'elle était (aurait-elle pour autant supporté de le voir vieillir et mourir ?).

Mais le contact avec *cet autre*...

Keral l'avait touchée au plus profond d'elle-même, comme s'il avait physiquement plongé la main dans ses entrailles et tordu quelque chose. Il la haïssait. Il la craignait. Et pourtant, il s'était passé quelque chose entre eux, bien qu'il ne fût même pas humain. Qu'était Keral, qu'est-ce qu'il lui avait fait ? Et l'autre, David, était resté indifférent à ses charmes (pour la première fois, l'ensorcellement n'avait pas fonctionné) alors que, normalement, aucun homme ne pouvait lui résister.

Depuis ce bref instant de rapport, Missy sentait en elle quelque chose couler, se déformer, se métamorphoser ; au plus profond de son corps, au plus profond des abîmes insondables et insondés de son esprit. Elle avait su, alors, qu'aucune planète ne pouvait les abriter tous les deux, et elle n'avait aucun goût pour tuer. Elle avait tué deux fois : d'abord pour protéger sa vie, ensuite pour protéger son secret, mais elle ne tuerait pas davantage, sauf à toute extrémité.

Mieux valait recommencer à fuir.

— Laissez-moi sortir, dit Conner. J'appartiens à la Force Spatiale ; je connais la vie. Ténébreuse a un astroport comme les autres ; quand on en a vu un, on les a tous vus. J'entendrai les commérages de la salle de garde, je saurai tout ce qui se passe. Je la trouverai.

Devant son air perdu et malheureux, David fut déchiré de pitié, malgré sa conviction personnelle que Conner pourrait survivre à la disparition de Missy. Ce fut Rondo qui dit brutalement :

— Regarde les choses en face, Conner. Bon débarras. Cette fille est une pute. Et une névrosée, en plus.

— Rondo a raison, dit David. Et il y a autre chose. Si Desideria n'était pas intervenue, elle aurait très bien pu tuer Keral. Elle est dangereuse.

Jason Allison renchérit :

— On nous préviendra si elle tente de quitter la planète. L'ordre d'empêcher son départ a été communiqué à l'astroport. Mais si elle refuse de coopérer, j'ai peur que nous manquions de l'autorité pour la contraindre...

— Je m'arrangerai pour qu'elle ne blesse personne, supplia Conner, pitoyable. Il faut que je la retrouve. *Il le faut.*

Ce fut Desideria qui, inopinément, vint à son secours.

— Je trouve que Conner a raison, dit-elle. Possédant les dons du *laran,* de la psychokinèse et des esprits frappeurs, une putain névrosée lâchée sur Ténébreuse avec sa haine de toute la race humaine est une perspective que je n'arrive pas à envisager sans au moins une douzaine de frissons. Allez, Dave — et si je peux vous aider, n'hésitez pas à faire appel à moi.

Le soleil couchant colorait de rouge la pénombre de la chambre quand Missy se leva, lissa ses longs cheveux et se prépara à sortir, avec des gestes si automatiques qu'elle avait à peine besoin de se regarder dans le miroir craquelé. Elle resserra sa robe légère autour d'elle et descendit dans la rue, posant avec précaution ses légères sandales dans la boue.

Le quartier « réservé » de l'astroport était le même sur toutes les planètes : bars bon marché et centres de plaisir ; tripots et débits de vin, de tous les genres et de toutes les classes. Missy en avait vu sous deux douzaines de soleils. Ténébreuse était un peu plus froide que la plupart, et un peu mieux éclairée, voilà tout. Elle alla lentement de bar en bar, évaluant chaque endroit dès l'entrée. Généralement, il ne lui fallait pas plus de quatre ou cinq minutes pour juger la clientèle, le salaire moyen des assistants et le style de l'établissement. Presque partout, elle gardait le large capuchon de sa cape rabattu sur sa tête, et prenait une attitude si réservée que peu de gens la remarquaient ; et ceux qui faisaient attention à elle la prenaient pour une pudique jeune fille attendant quelqu'un, peut-être son père, fonctionnaire à l'astroport, ignorant naïvement qu'elle se trouvait dans un lieu de débauche. Même quand elle ôtait son capuchon, elle mettait une sourdine à son charme, et repoussait doucement toutes les avances jusqu'à ce qu'elle ait repéré la proie désirée.

Il avait l'air prospère. Son uniforme apprit à Missy qu'il était commandant en second d'un vaisseau de l'Empire — bref, qu'il avait non seulement de l'argent mais une situation d'autorité.

L'officier leva les yeux de son verre et vit une jeune fille divinement belle, au gracieux visage entouré d'un nuage de cheveux cuivrés tombant sur ses épaules, et qui le regardait de ses yeux gris, profonds et lumineux. L'impact de ce regard fut tel que, par la suite, il en resta troublé et ne sut jamais expliquer pourquoi il s'était avancé vers elle, comme ensorcelé. Il n'était pas novice avec les femmes — aucun astronaute ne l'était, et encore moins un officier portant sur ses galons les sept petites gemmes indiquant qu'il avait servi sur sept planètes — mais les mots lui manquèrent, et il ne sut que dire, comme un adolescent timide et confus :

— Vous n'avez pas froid ? Dans cette robe légère, sur cette planète glacée ?

Missy lui adressa un doux sourire énigmatique.

— Je n'ai jamais froid, dit-elle, mais je suis sûre que nous pouvons trouver quelque part un endroit plus chaud que celui-là.

Par la suite, il s'étonna que le charme de la jeune fille

lui eût fait trouver neuve et fascinante une réplique si classique. Il était resté sous le charme toute l'heure suivante, dont il ne se rappelait presque rien ; et il était toujours sous le charme lorsqu'il l'avait suivie, à travers les ruelles sombres et tortueuses, jusqu'à sa vilaine petite chambre. Elle ne lui avait rien demandé. Une longue expérience lui avait appris que les hommes étaient toujours mieux disposés, plus généreux, après. Elle ne savait pas pourquoi. Elle attribuait cela au charme ensorcelant dont elle s'enveloppait à volonté dans ces cas-là. Après, elle ne doutait pas de pouvoir le persuader de la prendre comme passagère clandestine à bord de son vaisseau. Dix fois un officier ou un capitaine avait risqué sa carrière pour l'obliger, puis l'avait remerciée de lui avoir accordé ce privilège. Pour elle, c'était un baume que de sentir la pression de son désir ardent et impatient — après son échec avec David (venait-il de Keral ?), elle avait désespérément besoin de se rassurer, pour effacer la terrible impression d'avoir changé, de ne plus se connaître elle-même.

Les mains, les caresses, les baisers de l'homme s'étaient faits pressants, insistants. Elle s'allongea, lui permettant de la déshabiller. Ses grands yeux gris, dilatés, brillaient, et l'homme évoluait comme en rêve, la dépouillant maladroitement de ses légers vêtements...

Puis des mains rudes la frappèrent, la projetant de l'autre côté de la pièce, et il hurla, soudain pris d'une fureur démente :

— Maudit pervers ! Sale *ombredin* — on m'avait dit que Ténébreuse était pleine de cette vermine répugnante, mais je n'en avais encore jamais vu...

Le cœur de Missy se glaça de terreur. Dans le miroir craquelé, elle avait à peine regardé son visage, mais maintenant il lui renvoyait avec une netteté implacable l'image de son corps nu, et des altérations incroyables, insensées, qui s'y étaient faites. Elle fixa l'homme nu et furieux qui s'avançait sur elle en levant les poings, et, encore incrédule, elle recula.

C'est impossible ! Impossible ! Puis, sans logique, elle

pensa : *c'est la faute de Keral*... Elle baissa sur son corps des yeux dilatés par la stupeur, comme piégée dans une baraque foraine où un miroir déformant lui renvoyait, non l'image de son propre corps, mais le reflet atténué de celui de l'homme en fureur : ses seins étaient toujours à leur place, mais ils avaient rapetissé, et, au-dessous, petites mais bien reconnaissables, elle voyait les protubérances roses d'organes génitaux mâles...

Missy hurla, moins de douleur que d'horreur et de panique. Et elle hurla encore quand les poings lui martelèrent le visage ; maladroitement, elle leva ses mains fines pour se protéger. Elle ne comprenait pas les coups furieux qui pleuvaient sur elle. Elle n'entendait plus rien, et esquivait à peine la sauvage correction. Elle sentit du sang couler de ses lèvres, elle sentit une côte se briser sous un coup de pied.

Puis, à son tour, Missy entra en fureur.

Elle avait toujours su, sans chercher à analyser, qu'elle était plus forte que n'importe quelle femme. Cela faisait partie de son anormalité physique ; elle n'avait jamais eu peur des sévices corporels et s'était toujours défendue, avec force et habileté, contre les avances importunes en différentes occasions de sa longue vie aventureuse. Aujourd'hui, elle avait été surprise ; mais la panique et le goût de son propre sang lui firent perdre la tête. Elle bondit comme un tigre enragé. Des bras d'une force incroyable jetèrent l'homme à l'autre bout de la chambre. Elle déchaîna sur lui cette force intérieure qui avait soulevé les meubles chez David, et il se mit à hurler en se tenant les parties, rugissant comme un taureau blessé. Un banc se souleva et, traversant la pièce, le frappa à la tête avec une force qui aurait assommé un homme ordinaire. Mais ce n'était pas un homme ordinaire. La vue des meubles volant dans la pièce ne fit qu'accroître sa fureur. Dehors, dans la rue, de sombres nuages s'amoncelaient. On jetait des pierres sur la porte. Missy esquiva coups de poing et de pied, mais quand il saisit le banc au vol et le lui abattit sur la tête, elle s'effondra et ne bougea plus.

Des poings martelèrent la porte, on cria un ordre, puis quatre hommes en uniforme de cuir noir de la Force Spatiale enfoncèrent le battant et s'immobilisèrent devant la scène — l'homme nu, la chose inconsciente et sanglotante qui, au premier abord, avait l'air d'une fille nue — et, prompts et efficaces, ils les emmenèrent à la prison et à l'hôpital de l'astroport.

Puis ils firent des découvertes qui les plongèrent dans la même stupeur horrifiée que l'astronaute.

Après être passé de fonctionnaire en fonctionnaire, le visage parut sur l'écran du visiophone, l'air dérouté.

— Vous êtes bien le docteur Jason Allison ? C'est vous qui dirigez un projet spécial avec des gens d'outre-planète ?

— Oui, c'est moi, Allison.

— Eh bien, nous avons quelque chose pour vous. L'un de vos sujets a-t-il disparu ? Nous ne savons pas ce que c'est et nous ne savons pas quoi en faire. Pourriez-vous venir chercher l'homme, ou la femme, ou la chose, avant que ça mette le feu à l'astroport ou autre chose ?

« Oh, oh ! » se dit Jason, regrettant que le bouton « panique » n'existe pas sur ses appareils.

Il sut sans le demander qu'ils avaient trouvé Missy.

Mon frère de race...

Keral, te trouves-tu bien parmi les étrangers, bien-aimé ?

Je ne me trouve pas bien, et pourtant l'un d'eux m'est aussi cher qu'un frère de race. J'ai appris beaucoup sur notre peuple et sur ce monde. Mais je suis seul et désolé. Je ne pourrai pas endurer très longtemps cette vie entre des murs. Et que ferai-je si le Changement vient sur moi, ou la folie que tu m'as annoncée ? Ici, tout est si étrange que je vis constamment dans la peur. Déjà, j'ai blessé et j'ai tué, les deux fois sans le vouloir. Et il y a ici un être étrange qui me fait peur. Je ne veux pas mourir. Je ne veux pas mourir...

9

JASON avait apporté un sédatif capable de calmer un couple d'éléphants en rut. Mais, en état de choc, Missy, dont seul le visage émergeait des couvertures, n'émit pas la moindre protestation. Elle n'ouvrit ni les yeux ni la bouche quand il la fit transférer sur un brancard et transporter dans l'ambulance. Pendant le court trajet qui les ramenait au Q.G., il resta assis près d'elle en silence, ruminant sombrement ce que lui avait appris la police de l'astroport. Il avait vu de ses yeux les déprédations dans la cellule, et les murs calcinés aux endroits où les couvertures avaient commencé à brûler.

— J'ai déjà vu une sacrée bande de télépathes et de psi en tout genre sur Ténébreuse, se dit-il, mais un esprit frappeur déchaîné et incontrôlé, c'est nouveau. Que le diable m'emporte si je sais quoi en faire. Régis va être obligé de m'aider. C'est sa spécialité, après tout. Moi, je suis médecin, pas magicien.

Le changement survenu chez Missy le consterna, même après un examen très superficiel. Elle avait conservé sa beauté étrange et ensorcelante, mais la peau, plus rude, s'était un peu marbrée. Elle avait les yeux vitreux — le choc, bien sûr, pouvait expliquer ce détail —, mais le changement le plus curieux était intangible. Jason n'était pas resté indifférent à la sensualité exotique qui émanait de Missy par tous les pores de sa peau — mais cette sensualité s'était évanouie sans laisser de trace.

147

Le choc et la correction reçue pouvaient expliquer ce détail aussi. A l'évidence, elle avait été sauvagement battue ; et, à l'évidence, les médecins de l'astroport avaient eu peur de la toucher. *Il les comprenait.*

Heureusement, Missy ne lui avait jamais témoigné aucune hostilité. Quand il l'avait examinée la première fois, elle s'était montrée coopérative et même — dans une certaine mesure — amicale. C'étaient David et Keral qui éveillaient son agressivité.

Il espérait pouvoir gagner la salle des urgences avec elle sans qu'on les voie, mais quand ils y arrivèrent, ils étaient tous là — travaillant avec des télépathes, il faudrait sans doute qu'il s'y habitue. Il fit signe aux brancardiers d'attendre, appela David — au moins, David était médecin comme lui —, et dit à voix basse :

— Je vais vous demander d'attendre. Elle a peut-être un traumatisme crânien ou des blessures internes. David, venez avec moi ; les autres, attendez-nous ici.

Du regard, il parcourut rapidement les visages : Régis, tendu et effrayé — pourquoi ? Conner, gris d'angoisse et de désespoir, l'émut jusqu'à la pitié, et il lui posa la main sur l'épaule.

— Je sais ce que vous ressentez. Je vous laisserai la voir dès que possible. Après une épreuve pareille, elle aura besoin d'avoir près d'elle quelqu'un qui l'aime.

Conner se laissa convaincre, mais David, à la sensibilité de plus en plus fine, sentit sa colère impuissante et ses protestations.

Personne d'autre ne l'aime... elle a besoin de moi ; pour eux, elle n'est qu'un cas... comme moi à l'hôpital après mon accident dans l'espace...
et ses pensées se perdirent dans un désespoir, une rage et un désir incohérents si mêlés que Conner lui-même ne savait plus les distinguer. *Comment peut-il l'aimer à ce point ?* se demanda David en refermant la porte, soulagé de ne plus voir le visage sombre et désespéré de l'astronaute.

Livide et contusionnée, la tête de Missy reposait sur l'oreiller, un œil fermé d'une grosse ecchymose lie-de-vin, ses beaux cheveux collés et emmêlés. David la regarda, profondément malheureux, se demandant si c'étaient les émotions de Missy qu'il recevait ou celles de Conner ; ou si c'était une empathie provoquée par son étrange, insaisissable et douloureuse ressemblance avec Keral. Ce beau visage, intact jusque-là, conserverait des cicatrices aux endroits où les coups avaient déchiré la chair...

Il s'approcha du lit et voulut rabattre les couvertures.

Les yeux de Missy s'ouvrirent brusquement, froids et brillants comme l'acier.

— Non, murmura-t-elle, remuant faiblement ses lèvres tuméfiées. Ne me touchez pas. *Ne me touchez pas !*

Pauvre enfant, pensa Jason ; après tout ce qu'elle vient de vivre, je la comprends.

— N'ayez pas peur, Missy, dit-il avec douceur, personne ici ne vous fera de mal. Il faut que j'examine vos coupures au visage et éventuellement vos autres blessures. Je crois que nous pourrons vous éviter de trop nombreuses cicatrices. Dites-moi, vous souffrez ? Permettez-moi de voir...

Il saisit fermement la couverture, essayant d'en détacher les doigts de Missy qui la resserraient autour d'elle.

Dans une gerbe d'étincelles, Jason s'envola, alla s'écraser sur le mur opposé et retomba lourdement par terre en hurlant.

— *Ne me touchez pas !* siffla Missy.

— Dites donc, protesta Jason en se relevant, stupéfait et consterné. Je ne vais pas vous faire de mal.

Mais Missy avait les yeux mornes et vitreux, le regard froid et métallique. David, debout près de son lit, capta un tourbillon de pensées, une tornade de terreur et de honte trop effrayantes pour les démêler...

— Attendez, Jason, dit-il en se penchant sur Missy. C'est fini, mon enfant. Ce n'est que le docteur ; il veut vous examiner pour juger de la gravité de vos blessures. S'il vous plaît, essayez de nous répondre : est-ce qu'il vous a violée ? Comment vous dire à quel point nous sommes désolés...

Pour la première fois de sa carrière médicale, David essayait de franchir ce mur de terreur aveugle et de contacter l'esprit terrifié de la jeune fille. Il n'avait plus conscience de l'étrangeté de Missy, il lui parlait comme il aurait parlé à un enfant effrayé. Le contenu spécifiquement sexuel de cette terreur, inarticulée mais nettement identifiable, conduisit David à des conclusions totalement erronées.

— Missy, si vous avez peur de nous, préférez-vous être examinée par une femme ? Nous pourrions appeler le Dr. Shield.

Une explosion encore plus violente de rage et de terreur se déchaîna dans la pièce, comme une tempête presque palpable. Missy avait les yeux révulsés, et quand David essaya de toucher les couvertures qu'elle resserrait autour d'elle, sa main fut repoussée par une décharge électrique douloureuse et paralysante.

— Miss Gentry, c'est ridicule, dit Jason, essayant de rester raisonnable. Comment vous aider, ou même soigner vos blessures — votre visage saigne encore — si vous ne nous laissez pas vous approcher ?

— Inutile d'essayer de raisonner avec elle, dit David à voix basse. Je crois qu'elle n'entend même pas ce que nous lui disons, Jason.

La porte s'ouvrit, et Keral dit, d'une voix lente et hésitante :

— Docteur Allison, je crois savoir ce qui s'est passé. Elle est de ma race, vous le savez ; c'est l'une des nôtres. Il s'agit d'une chose que vous ne pouvez pas comprendre. Permettez-moi de contacter son esprit...

Il avait les traits tirés, l'air effrayé, et David sentait, comme de l'électricité statique, sa peur qui ressemblait à celle de Missy : *C'est la folie du Changement... et si elle a grandi sur un autre monde, sans savoir que cela peut arriver, si cela l'a surprise sans avertissement...*

— Ecoute-moi, murmura-t-il, unis-toi à moi. Missy, je ne suis pas ton ennemi. Je suis de ta race...

Elle resta allongée, les yeux toujours vitreux, mais détendue et immobile, respirant à petites secousses. David savait qu'elle entendait Keral, mais ses yeux ne cillèrent pas. La voix du chieri tremblait, et David sentit qu'il faisait un effort terrible pour se contrôler, mais le ton avait une tendresse qui fit douloureusement sentir aux assistants la solitude de la vieille race.

— Missy, ouvre-moi ton esprit et ton cœur. Je peux t'aider. N'aie pas peur de moi, toi qui as grandi loin de notre monde, petite sœur, petit frère, petit oiseau tombé du nid...

Les yeux fixes de Missy s'animèrent brusquement, elle respira convulsivement en un sanglot...

Et la pièce explosa. Keral poussa un cri d'angoisse, frappant violemment les flammes qui jaillissaient sous ses mains. Une tornade s'éleva au centre de la pièce, renversant la table roulante et son assortiment d'instruments médicaux et de pansements, qui tombèrent dans un fracas de verre brisé et de métal. David se baissa pour éviter les éclats de verre volant à travers la pièce ; Jason hurlait de rage et de consternation...

Keral recula, livide, serrant ses mains brûlées en une agonie muette. Il murmura d'une voix rauque :

— Je n'arrive pas à l'atteindre... faites venir Desideria, elle sait contrôler Missy...

Dans le couloir, claquant la porte sur le chaos de la chambre, ils se regardèrent, effrayés et consternés. Les autres se pressèrent autour d'eux, les interrogeant avec inquiétude. Jason fit signe à Desideria et dit d'un ton bref :

— Comment contrôler un esprit frappeur en folie ? Régis, c'est vous le spécialiste ; que faites-vous quand l'un des vôtres perd la raison ?

— Je n'ai jamais été témoin d'un cas pareil, dit Régis. David, occupez-vous de Keral, il est blessé. Desideria, pouvez-vous la calmer ?

Linnea, un peu à l'écart du groupe, intervint :

— Si tu ne réussis pas seule, Grand-Mère, permets-moi de t'aider — si deux Gardiennes ne parviennent pas à maîtriser une folle, à quoi servons-nous ?

Jason s'effaça pour les laisser passer. David entra derrière elles avec Keral ; après tout, c'était la salle des urgences, et le seul endroit où il trouverait tout ce qu'il lui fallait pour soigner les brûlures du chieri. Avec une curiosité détachée, il regarda les deux femmes s'approcher de Missy. A quelques pas du lit, elles s'arrêtèrent, unirent leurs mains et rapprochèrent leurs têtes. Les cheveux de neige de Desideria et les cheveux flamme de Linnea se touchaient, et une sensation de puissance surgissait de leur étonnante ressemblance. Leurs yeux gris, si semblables à ceux de Missy, se concentrèrent, comme un rayon visible...

David se baissa, redressa la table, ramassa les instruments dispersés, poussa Keral sur une chaise et fouilla dans une armoire — *Dieu soit loué pour l'invention des étiquettes médicales universelles,* se dit-il machinalement, cherchant des yeux l'emblème familier de la flamme qui signalait les remèdes contre les brûlures. Puis il ouvrit doucement les doigts de Keral, et considéra ses mains pleines de cloques avec consternation. Derrière lui, il sentait la tension dans la pièce, Missy qui se débattait en silence, tremblant sous la pression mentale conjuguée des deux femmes...

Desideria dit enfin, d'une voix impassible :

— Faites ce que vous avez à faire, Jason. Elle ne bougera pas.

Linnea prit une profonde inspiration et dit :

— Oh, Grand-Mère, non... Miséricordieuse Evanda, pitié pour elle ! Pauvre enfant...

David banda les mains de Keral, puis il dit en s'humectant les lèvres :

— Ce sera guéri dans un jour ou deux, et il n'y aura pas de séquelles. Comment te sens-tu, Keral ? Un peu faible ?

Le chieri était d'une pâleur mortelle et ses lèvres tremblaient encore. Une rage terrible monta en lui, qu'il ne contrôla qu'au prix d'un violent effort. Mais quand Jason lui demanda de venir l'aider, il put s'approcher du corps inerte de Missy, voilant d'un calme tout professionnel sa peur et sa colère.

Jason, contrôlant visiblement sa répugnance et son hésitation, rabattit les couvertures, mais, cette fois, Missy, à demi inconsciente et en état de choc, ne bougea pas. Il dénuda le bras mince et rond, et planta une aiguille dans la chair inerte. Après quelques instants d'attente tendue, Missy ferma les yeux, et sa respiration se fit lente et régulière.

Jason dit aux deux femmes :

— Détendez-vous maintenant ; cette piqûre la calmera. Je ne saurais trop vous remercier ; elle aurait pu nous tuer tous les trois.

Il les considéra, partagé entre l'éthique professionnelle et sa répugnance à rester seul avec une malade dangereuse — dans la mesure du possible, on n'examine pas un patient devant des étrangers.

— Permettez-leur de rester, Jason, intervint David. Elles en savent plus que nous sur les télépathes — et sur les races non humaines.

Curieusement indifférent, il regarda Jason déshabiller Missy, en proie à une pitié effrayante et étrange. Voir ainsi son propre corps devenu étranger... pas étonnant que le Changement l'ait rendue folle. Mais il réprima cette empathie totalement subjective (*Keral ? Quelle influence cela avait-il eue sur Keral ?*) et se mit en devoir d'examiner les modifications subies avec un détachement tout clinique.

Les seins avaient changé de forme et de volume. Sa poitrine, grosse comme celle d'une adolescente, n'avait jamais été opulente, mais elle s'était encore réduite. La texture de la peau, semblait-il, s'était altérée, avait perdu sa luminosité. Tout en aidant Jason à soigner blessures et ecchymoses, il poursuivit ses observations. Les changements génitaux étaient plus marqués. Auparavant, il avait noté quelques petites anomalies, suffisantes pour la classer dans les femelles légèrement anormales ; maintenant, n'importe qui l'aurait, à première vue, prise pour un mâle. Un mâle aux organes sous-développés, sans doute, mais quand même un mâle, incontestablement. *Pauvre enfant ; quelle expérience terrifiante pour elle !* Pour elle ? La force de l'habitude aidant, Missy était toujours pour lui une femme, et quand il pensa à Conner, il en souffrit pour lui. *Voilà que je me tourmente pour Missy ; mais*

153

comment annoncer à Conner que sa bien-aimée n'est même plus une femme ?

— Eh bien, on dirait que nous avons ouvert la boîte de Pandore, dit Jason quelques heures plus tard.

Missy dormait, assommée par les sédatifs. David feuilletait le rapport médical : changements hormonaux massifs, encore en évolution et probablement instables, avec décharges alternées d'hormones mâles et femelles — pas étonnant qu'elle ait été sujette à une telle instabilité émotionnelle !

— Je me demande si tous les chieri sont ainsi ? dit Jason. Vous êtes l'ami de Keral ; vous arriverez peut-être à lui faire raconter toute l'histoire. D'après lui, les chieri sont partis dans l'espace, il y a des milliers d'années, à la recherche d'un moyen de sauver leur race, puis ils sont revenus chez eux pour mourir. A l'évidence, Missy fait partie de ceux qui se sont perdus quelque part. Elle n'a sans doute jamais su qui elle était — si c'est une enfant trouvée, ainsi qu'elle le prétend, on a dû tout de suite la prendre pour une fille ; qui pourrait douter du témoignage de ses yeux ? Mais le même problème va-t-il se poser pour Keral ? Qu'a-t-il dit en revoyant Missy ? *La folie du Changement ?* Au diable, tout cela me dépasse ! s'écria-t-il soudain. Et d'ailleurs, à quoi sert ce projet ?

David, percevant chez lui un désespoir brutal qui n'avait rien à voir avec leur patiente, demanda vivement :

— Qu'avez-vous, Jay ?

Jason secoua la tête.

— Des problèmes personnels. Je viens d'apprendre que les membres de mon peuple meurent comme des mouches — vous ne le savez pas, mais j'ai été élevé par des non-humains, les Hommes des Routes et des Arbres. Vous n'êtes pas sur Ténébreuse depuis assez longtemps pour le comprendre, mais il y a eu de nombreux incendies de forêts ces temps-ci, et le peuple des arbres se meurt... à quoi sert de sauver ce projet ou de sauver quelques personnes, si toute la planète est anéantie ?

David, impuissant à le consoler, dit enfin avec maladresse :

— Je suppose que chacun doit faire tout ce qu'il peut, Jason. Je parlerai à Keral pour voir quelle aide je peux apporter de mon côté.

Il remit pourtant cette conversation à plus tard, sans savoir pourquoi il hésitait à aborder le problème avec le chieri. La nuit était tombée, et les hautes tours de l'astroport luisaient sous la pluie quand il regagna sa chambre où il trouva Keral, renfermé, silencieux et plus pâle que d'ordinaire. Il salua à peine David, et le jeune docteur eut l'impression que toutes les amitiés et les rapports noués depuis son arrivée sur Ténébreuse, ces premiers vrais contacts humains de toute sa vie, se défaisaient autour de lui. Conner, qui se rongeait d'inquiétude pour Missy — David reculait toujours le moment de lui annoncer la vérité —; Régis, barricadé dans sa peur et son appréhension ; Jason, craignant pour ses amis ; tout un monde agonisant et gémissant, ruiné et dévasté... et sa profonde sympathie personnelle pour Keral, lui-même distant et apeuré. Se rappelant le visage livide et terrifié de Missy, il crut voir le reflet de sa peur et de sa folie dans les yeux clairs de Keral. Puis, sursautant d'étonnement, il se rappela le jour où il l'avait connu et qui lui semblait maintenant si lointain. Ne remontait-il qu'à quelques semaines ? Il avait vu Keral pour la première fois en bas, dans le bureau, et il se souvint de son incertitude première sur son sexe ; d'abord, il l'avait pris pour un jeune homme, puis pour une jeune fille, et cette incertitude avait persisté jusqu'à l'examen médical.

— Comment vont tes mains, Keral ?

— Assez bien. Missy ?

— Toujours droguée. J'espère qu'elle aura retrouvé sa raison à son réveil. Nous pourrions sans doute l'aider en lui administrant des hormones, mais ce n'est pas certain.

— Je me sens responsable, dit Keral. C'est le contact avec moi qui a provoqué cette crise.

— Keral, tu cherchais simplement à lui venir en aide, et si elle avait été dans son état normal, elle l'aurait compris.

— Non. Je crois que c'est... le contact avec moi... qui a déclenché le Changement.

— Je ne comprends pas...

— Moi non plus, et j'ai peur, dit douloureusement Keral, parce que cela aurait pu être moi.

David le regarda, stupéfait, mais sans oser l'interrompre, car il sentait que la réticence de Keral à parler venait de céder. Effectivement, Keral reprit bientôt, toujours de cette voix dure et strictement contrôlée :

— Essaye de comprendre. Au cours de toutes les longues saisons de ma vie, j'ai su que j'étais le seul et dernier enfant de ma race. Tous les autres sont vieux, trop vieux... non pas pour s'accoupler, mais pour engendrer. Trop vieux pour donner la vie. Et moi, élevé parmi eux, jeune, jeune... Maintenant, pour la première fois, je me trouve en compagnie d'autres jeunes, de gens qui, compte tenu des différences dans la façon de vivre le temps, ont à peu près mon âge. Pour la première fois de ma vie, je suis entouré...

Il s'arrêta, la gorge serrée, et David ne put qu'imaginer vaguement la terrible charge émotionnelle de ce concept.

— ... entouré de partenaires potentiels. Je sais donc qu'à n'importe quel moment, je peux devenir instable et changer, comme Missy.

David avait souvent vu Keral effrayé, mais maintenant, il le voyait terrorisé.

Il dit doucement, essayant de prendre un ton détaché :

— Tu penses donc que tu réagis à la présence de Missy ? Biologiquement, je veux dire ? Parce que c'est la première fois que tu te trouves en présence d'un membre nubile de ta race ?

Ce serait, pensa-t-il soudain, la solution simple et

parfaite. Que ces deux êtres, les deux derniers de leur race, redonnent vie à leur lignée...

— Non, dit Keral, l'air malade de dégoût. *Je ne pourrais pas*. Je sais que c'est l'une des raisons de la mort de notre peuple, et pourtant... Notre race fut créée avec cette imperfection au commencement du monde ; je le sais. Je l'ai assez souvent entendu dire : pulsions sexuelles trop faibles, sensibilité trop vive. Je n'ai aucun droit de juger Missy, sachant la vie qu'elle a menée. Je la plains ; je la plains à tel point que je suis malade de savoir combien cela a dû être terrible pour elle, de savoir que, pour survivre, elle a dû utiliser ses dons uniquement pour séduire et enchaîner des hommes par ses attraits physiques. Mais elle est... elle est devenue semblable à ses compagnons de débauche, et je ne peux pas... je ne peux pas la toucher.

David, au souvenir de certaines paroles de Régis et d'amères expériences de sa propre adolescence, dit avec ironie :

— Je suppose que c'est assez commun chez les télépathes. Il est rare qu'ils aient beaucoup de rapports — sexuels — avec quiconque ne peut pas communiquer avec leurs émotions profondes dans l'intimité. Pour moi, c'était très difficile, et, en conséquence, mes expériences avec les femmes ont toujours été, disons, minimales. Quelque rendez-vous — et je m'enfuyais. Je suppose que c'était encore pire pour Conner — jusqu'à ce qu'il découvre Missy. Il ne pouvait endurer la présence de personne, et elle a été la seule à pouvoir supporter son contact.

— Tu as dû beaucoup souffrir, dit Keral, avec cette perception immédiate de l'émotion, si nouvelle et si gratifiante pour David.

— Je reconnais que l'idée m'est venue récemment : s'il y a des télépathes sur Ténébreuse, il doit y avoir des femmes capables de...

David rougit légèrement.

— Non que j'aie eu beaucoup le temps d'y penser ; mais quand j'ai vu Régis avec la mère de son enfant — et avec Linnea, tant leur amour est évident...

Il rit avec embarras.

— Vivre parmi des télépathes exige certains changements d'attitude. Je veux dire, les rapports sexuels deviennent tellement ouverts, tellement francs... Keral, est-ce que cela te gêne d'en parler ? Dieu m'est témoin que je ne sais même pas si tu es homme ou femme !

Keral le regarda dans les yeux, très calme.

— Je suis comme tous ceux de mon peuple. L'un ou l'autre ou les deux. Nous... changeons selon l'occasion. Et, comme je te l'ai dit, quand nous... nous unissons... les émotions doivent être très profondes, ou sinon... je ne possède pas encore bien votre langue, mais j'ai appris certaines choses de votre technologie — sinon, la fertilisation n'a pas lieu. Oh, nous avons tout essayé, David. L'insémination artificielle. Nos femmes, ou plutôt ceux d'entre nous qui sont en phase femelle, l'esprit endormi par des sédatifs, se sont accouplés avec des membres d'autres races, en des tentatives désespérées...

— Et vous ne pouviez pas vous croiser avec d'autres races ?

— Pas... volontairement, dit Keral, quoique certaines légendes de Ténébreuse fassent état de croisements avec des humains. Oui, on dit que les télépathes Comyn sont de sang chieri. Selon la légende, une femme de notre peuple... tu as vu Missy...

— Oui. Elle a changé, mais tu dis que cela vient du contact avec toi. Elle était en phase femelle, dis-tu ? Et pourtant, tu...

— Je crois que le contact avec Conner a déclenché le Changement, dit Keral. Après tant de saisons passées avec des êtres si étrangers à sa nature qu'ils lui semblaient des bêtes brutes, sa première expérience avec un homme capable de contacter son esprit et ses émotions l'a fait sortir de la phase que nous nommons *emmasca,* neutre. Dans la phase neutre, elle pouvait avoir des rapports sexuels — passifs — avec n'importe qui. Mais Conner a touché ses émotions et... ses endocrines ? De sorte que l'accouplement avec Conner a été un rapport complet, qui l'a bouleversée profondément, peut-être plus profondément que toute autre expérience de sa vie.

— Je crois comprendre, dit David. Mais d'après l'analyse informatique, ses hormones mâles et femelles sont presque humaines. Si c'est une question de chimie organique, j'aurais plutôt pensé que la virilité de Conner la pousserait plus loin dans sa phase femelle.

— Je ne sais pas, dit Keral. Je ne connais que des théories qui n'ont pas de sens pour moi. Selon l'une d'elles, lorsque le Changement survient pour la première fois, c'est... c'est un état fluctuant jusqu'à ce que les hormones se stabilisent : les anciens m'ont averti que si je dois subir le Changement, il se peut que je devienne fou.

— Je suis médecin, Keral, et si quelqu'un peut faire preuve de détachement clinique, c'est bien moi.

— Le crois-tu, David ? dit Keral avec un pauvre sourire. Je te l'ai dit, nous nous sommes parfois croisés avec d'autres races... par hasard. Quand survient le Changement et qu'aucun des nôtres n'est mûr pour s'accoupler, il arrive que l'un de nous, en phase femelle, ivre de clair de lune et de la folie que le Changement induit dans son corps et dans son esprit, s'enfuie dans la forêt, et, sans savoir ce qu'elle fait, s'unisse avec le premier homme qui la prend dans ses bras. C'est... c'est une chose dont nous ne parlons pas. Certaines se sont tuées ensuite. Mais quelques-unes ont donné le jour à un enfant. On dit que ces enfants, rejetés par nous et élevés parmi les humains, ont apporté les dons du *laran* et les pouvoirs télépathiques aux Comyn de Ténébreuse. Parmi nous, c'est un tel sujet de terreur et de honte qu'on n'en parle qu'à voix basse. Et jamais autrement... jamais autrement...

Keral, livide et tremblant, éclata en sanglots.

David sentit que le savoir, le détachement scientifiques seraient les pires choses dans cette situation. En proie à une émotion intense, il tendit les bras et serra le *chieri* sur son cœur. Keral se dégagea dans un sursaut terrifié.

David ne chercha pas à le retenir, et ils restèrent à se regarder, Keral sanglotant encore, et David, stupéfait et effrayé. Keral dit enfin, avec un sourire douloureux :

— Tu vois ? C'est toi que j'ai peur de toucher.

David chercha désespérément à se ressaisir. Keral, venant d'une race hermaphrodite et totalement isolée de la culture humaine, ne savait rien des perversions et des tabous humains, il ignorait jusqu'à leur existence. Le fait qu'ils étaient tous deux des mâles ne signifiait rien pour lui. Mâles tous les deux ? Au diable ! Il s'était demandé au début si Keral n'était pas une fille ! Mais il fallait quand même le temps de s'habituer à la situation.

Finalement, dominant sa contrariété, il dit à voix basse :

— Keral, je ne comprends pas. Veux-tu dire que toi et moi nous pourrions être... amants ?

— Je ne sais pas, dit Keral, l'air pitoyable. T'ai-je blessé ou offensé, David ?

David s'aperçut qu'il luttait contre le besoin soudain et impérieux de prendre Keral dans ses bras. Ce n'était pas du désir — certainement pas du désir sexuel, quoiqu'il ne fût pas totalement absent, réalisa-t-il tardivement, seulement assourdi et profondément enfoui au fond de sa conscience — mais un besoin irrépressible de rapprochement, une demande presque douloureuse de contact, de fusion désespérée. Il essaya de se dominer et de conserver son détachement, mais l'émotion était si profonde, si intense qu'il parvint tout juste à conserver un calme de surface. Il tendit les mains à Keral, car il fallait absolument qu'il le touche, et dit à voix basse :

— Je ne comprends pas ce qui se passe, Keral. Moi aussi, j'ai peur. Mais, Keral...

Il leva la tête, et, rencontrant les yeux gris et graves du chieri, une joie immense et incompréhensible l'envahit.

— Je me moque de ce que c'est. Je t'aime, tu le sais. Je ferais n'importe quoi pour toi, tu le sais aussi. Mais n'aie pas peur de moi. Je ne te toucherai pas, à moins que tu ne le veuilles. Et si tu le veux... dit-il enfin, très

160

simplement. Nous sommes amis. Et des amis peuvent être aussi des amants.

La main encore bandée de Keral serra doucement celle de David, mais il ne bougea pas. Il dit enfin avec effort :

— J'ai peur, car j'ai l'impression d'être étranger à moi-même. Et je ne peux m'empêcher de me demander si ce n'est pas dans ce but que les miens m'ont envoyé parmi vous. Inutile de te dire ce que cela signifierait pour nous : la vie au lieu de la mort... et pourtant, je me demande si je ne deviens pas fou.

— Nous devons attendre pour être sûrs de nos sentiments, dit David, tenant toujours la main de Keral. Nous devons savoir...

— N'en parle à personne, intervint soudain Keral d'un ton suppliant.

— Je ne dirai rien, mais nos chances de garder le secret sont bien minces. Rappelle-toi Conner et Missy. Pourtant, avant de prendre un risque quelconque, Keral, attendons d'être sûrs...

Il s'interrompit, pris soudain d'un fou rire incongru.

— Je ne ris pas *de* toi, Keral, mais... c'est drôle... oh, mon Dieu, suppose que tu aies un enfant de moi...

Les beaux yeux de Keral rencontrèrent ceux de David, et il dit avec une sincérité totale :

— Comme tous ceux de mon peuple, je risquerais n'importe quoi pour cela. Même la folie. Même la mort. Mais j'ai confiance en toi, David, je t'aime, et je crois que c'est possible.

Malgré la gravité du moment, il ajouta, en proie à une joie inexprimable :

— Comme nous sommes bêtes, David ! Nous sommes ensemble, et au lieu de nous abandonner au bonheur, nous sommes graves, sombres et tristes. Parfois je lis clairement dans tes pensées : *une expérience à froid*. Qu'as-tu compris à ce que j'ai dit ? Je croyais avoir parlé clairement, t'avoir fait comprendre qu'à moins de ressentir des sentiments très profonds... de quoi as-tu donc peur ?

Ils s'étreignirent en riant, comme des enfants, puis Keral s'écarta doucement.

— Tu as raison, murmura-t-il, riant toujours. Nous avons tout le temps devant nous. Il faut d'abord découvrir tout ce que nous pourrons sur nous-mêmes, et aussi, tout ce que nous pourrons sur Missy. Je...

Il eut un éclat de rire et ajouta, comme se moquant de lui-même :

— Je veux savoir ce qui m'attend ! Pourtant, David, c'est une promesse.

Ils unirent leurs mains, et David réalisa soudain que, plus sérieuse qu'un serment d'amour, cette promesse était un engagement.

C'est pour cela qu'il était venu sur Ténébreuse.

C'était peut-être même pour cela qu'il était né.

10

LE dur hiver ténébran s'était installé dans les montagnes autour de Thendara. L'astroport était enterré sous six pieds de neige. Toutes les ressources de la technologie terrienne arrivaient à peine à dégager les pistes, au prix d'un travail incessant, avec des équipes qui se relayaient jour et nuit. Les jours étaient courts et gris, le soleil rouge assombri par les nuages et la neige.

La femme qui se faisait appeler Andréa Colson, ayant accompli sa tâche, avait d'abord eu l'intention de quitter Ténébreuse par le premier vaisseau en partance. Les montagnes maintenant enfouies sous la neige, elle ne pouvait plus rien faire. Le dégel et les pluies torrentielles de printemps, tombant sur le sol déboisé, auraient tôt fait de rendre le processus irréversible, à moins que certaines mesures draconiennes ne soient prises, exigeant d'énormes ressources financières et technologiques.

Non que ces ressources fussent inexistantes sur Ténébreuse, même actuellement, pensa Andréa. Mais aucun Ténébran ne pouvait prendre conscience du processus entropique et utiliser ces ressources où il aurait fallu, en concentrant les efforts sur les régions les plus dévastées.

Elle savait qu'elle pouvait réserver sa place sur un vaisseau et partir.

Partir où? pensa-t-elle avec lassitude et désespoir.

N'importe où dans la galaxie. Tu possèdes tout ce que tu peux désirer, ou les moyens de te l'offrir.

Pourtant, elle s'attardait, elle temporisait, réalisant que rien ne la tentait sur un millier de mondes. *Je suis trop vieille, trop vieille pour avoir encore des désirs.* Elle avait ainsi remis son départ de jour en jour, laissant chaque vaisseau décoller sans elle, pas même consciente de sa répugnance à abandonner le sombre soleil rouge, les hautes montagnes douloureusement familières qu'elle voyait par la fenêtre de sa chambre quand la neige s'arrêtait de tomber. *Si je ne pars pas bientôt, je mourrai ici,* se dit-elle. Car elle en avait vu mourir, des êtres de sa race, simplement parce que rien ne les retenait plus à la vie.

Rejetée, abandonnée, oubliée de tous. Comme j'ai rejeté et oublié mon pauvre enfant...

Le souvenir, enfoui depuis des siècles au fond de sa mémoire, surgit soudain, comme un cauchemar crevant les ténèbres, et fut instantanément submergé par d'innombrables autres souvenirs. Honte, terreur, angoisse, folie, volontairement scellées dans les profondeurs de son esprit ; haine, rage contre toutes ces races prolifiques qui vivaient et mouraient. Et même, remords et honte oubliés depuis cent ans.

Je ne mérite pas de mourir sous mon propre soleil...

Elle avait renvoyé ses assistants après les avoir payés — et bien payés — pour aller se perdre aux quatre coins de la Galaxie et y rester. L'une des beautés techniques du métier de casseur de mondes, qu'elle avait élevé à la hauteur d'un art, c'est que le temps qu'on repère les dommages, tous ceux qui les avaient provoqués étaient dispersés sur une centaine de planètes à travers d'innombrables années-lumière, et ne pouvaient jamais être retrouvés, identifiés et traînés devant les tribunaux. Ils avaient disparu, et elle seule avait une vision d'ensemble des dommages, mais il n'y avait aucun moyen de les lui attribuer. Les seules personnes qui auraient pu la dénoncer cette fois — les Amazones Libres qui l'avaient vue enterrer le virus stérilisateur —, elle les écarta de son esprit avec dédain. Ce n'étaient que des femmes simples et ignorantes !

Elle repoussait donc son départ de jour en jour, de semaine en semaine, se disant qu'elle partirait lors du dégel de printemps. Son ancien amour pour son soleil natal, pour son ciel natal, ne parviendrait pas à la retenir sur cette planète dévastée, pour assister à sa mort.

Pas de sensiblerie. Ténébreuse ne mourra pas. Elle entrera dans une nouvelle phase de développement et deviendra une place commerciale de l'Empire. Une planète comme les autres, sans plus rien de particulier qui la distingue au sein de la Galaxie.

Partout où elle allait, c'était devenu pour elle une habitude de s'entourer d'espions qu'elle payait grassement. Trois semaines environ après le début de l'hiver, l'un d'eux se présenta, porteur de nouvelles légèrement inquiétantes.

— Généralement, les gens voyagent peu en cette saison, et pourtant il circule des caravanes dans toutes les montagnes, dont chacune comporte un, trois ou cinq télépathes. Elles semblent toutes converger sur Thendara et l'antique Château Comyn, désaffecté depuis que le Conseil Comyn a été dissous, il y a cinq ou dix ans. Je ne sais pas ce que ça signifie, mais vous avez demandé qu'on vous informe de tout ce qui concerne les télépathes.

Andréa réfléchit longuement. Elle savait aussi, par la rumeur publique, que le Q.G. terrien avait lancé un appel dans toute la Galaxie pour rassembler tous les télépathes fonctionnels. Elle avait même cyniquement taquiné l'idée de se proposer pour les étudier. Ils auraient eu des surprises, se dit-elle. Mais l'habitude profondément enracinée en elle, si profondément que c'était devenu une seconde nature, de garder le secret sur l'existence même de sa race, l'avait fait renoncer à cette idée fugitive. D'ailleurs, tous les autres membres de son peuple étaient morts, disparus depuis longtemps ; pourquoi attiser inutilement la curiosité ?

Pourtant, si quelqu'un pouvait découvrir les dommages que subissait Ténébreuse, c'étaient bien ces télépathes. Elle pensa à Régis Hastur avec une rage surprenante, presque viscérale. Comment ce jeune homme était-il parvenu à échapper à quatorze assassins successifs ? Etait-il possible qu'elle eût sous-estimé les télépathes Comyn ?

Enfin, une chose était certaine : s'ils se rassemblaient tous en un même lieu, pour quelque raison que ce fût, ils constitueraient une cible commode.

Autant en profiter : attendre qu'ils soient tous réunis, et, d'un seul coup final, abattre le dernier obstacle qui empêchait Ténébreuse de devenir une planète de l'Empire.

Pourtant, même en disposant de toutes les ressources de Casseurs de Mondes, Inc., une pareille entreprise exigeait une préparation soignée, donc du temps. Eh bien, elle avait tout le long hiver ténébran pour parfaire ses plans.

Assise devant sa fenêtre, elle contemplait pendant des heures les lointaines montagnes où les tempêtes de neige faisaient rage. Au-delà de ces montagnes, d'autres montagnes, d'autres forêts, et dans ces forêts...

Rien. Personne. La mort et la ruine. Aucun survivant. Sauf moi, et pas pour longtemps.

L'interdiction de visite était encore affichée sur la porte de Missy, et le personnel hospitalier, docteurs et infirmières, était fatigué de répéter sans cesse à Conner :

— Désolé. Visites interdites pour cette patiente.

Le septième jour, Conner, au désespoir, finit par forcer la porte du bureau de Jason et de David.

— Pourquoi est-elle toujours droguée et isolée ? demanda-t-il. Vous m'avez promis de me laisser la voir ! Vous avez dit qu'elle allait mieux. D'ailleurs, même si elle a été très affectée, elle doit être remise, depuis le temps ! Elle a besoin de moi ! Il faut que je la voie !

— Conner, dit doucement Jason, ne comprenez-vous pas qu'elle n'a besoin de *personne* ? Elle ne réagit à aucune présence — tout contact est coupé. Missy est *folle*.

— Moi aussi, selon le diagnostic officiel de l'Empire Terrien, dit Conner. Vous n'avez donc pas lu mon dossier ? Il faut peut-être un fou pour en aider un autre.

Jason lui indiqua un siège.

— Asseyez-vous, mon vieux — ne restez pas debout comme ça ! Je suis de votre côté. Mais il ne faut pas se dissimuler que cette créature a failli tuer Keral ; ses mains commencent à peine à guérir. Et elle a dévasté une cellule de la prison et notre salle des urgences.

— Oui, dit David. Et elle aurait pu vous tuer aussi, Jason ; si votre tête avait frappé le chambranle de la porte au lieu du mur, elle aurait éclaté comme une coquille d'œuf. Desideria et Linnea, en unissant leurs forces, ont tout juste pu la maîtriser le temps de lui administrer un sédatif. Franchement, nous n'osons pas la laisser reprendre connaissance.

Conner s'entêta.

— Elle ne me fera pas de mal, à moi. Elle a besoin de moi. Et je l'aime.

David ressentit comme un coup le choc et le bouleversement de sa propre ambivalence. L'esprit de Conner lui était grand ouvert, et il éprouvait toute la souffrance de cet homme désespérément seul, qui avait enfin trouvé un contact humain reperdu aussitôt. Partagé entre la pitié et la consternation, David reprit :

— Conner... nous avons voulu vous cacher son état, justement parce que vous l'aimez. Nous ne vous avons pas dit ce qui lui est arrivé. Elle a changé. Elle n'est même plus une femme !

— Je ne comprends pas...

— Je vous épargnerai les détails techniques, dit David. Je sais comment vous avez réagi à Missy. Nous le savons tous, n'est-ce pas ? Mais je vais vous montrer quelques photos d'elle. Vous verrez comme sa nudité est sexy !

Il parlait avec brutalité ; dans un mélange confus de pitié et de rage, il assumait la souffrance infligée à son aîné. Il prit dans un dossier les photos de Missy endormie et les lui tendit.

Conner les regarda, et, graduellement, le sang se retira de son visage, qui prit la teinte verdâtre des peaux noires qui pâlissent. Il s'humecta les lèvres, déglutit avec effort, et dit d'une voix dure et rauque :

— Je ne sais pas comment c'est arrivé. Vous pouvez peut-être l'aider, vous. Mais... après ce qui s'est passé entre nous, elle... elle a plus besoin de moi que jamais. Elle a besoin de mon amour.

— Vous ne comprenez pas, s'écria David. Vous parlez encore d'*elle*. Mais ce n'est plus une femme ; c'est... ou peut-être avez-vous une attirance secrète pour les hommes ?

Le visage de Conner se congestionna de rage, et, un instant, ils se défièrent du regard, David sentant comme une force tangible qui cherchait à se libérer, à tuer. Il soutint sans ciller le regard de Conner et celui-ci finit par prendre une profonde inspiration, maîtrisant sa fureur.

— Ecoutez-moi bien, espèce de salaud, dit-il d'une voix égale. C'est Missy que j'aime, pas le corps dont j'ai joui dans un lit. Je ne renie pas cette jouissance, mais j'aurais pu la trouver n'importe où si j'en avais eu vraiment besoin. Il se trouve que j'aime Missy — je l'aime, *elle*. Ou lui. Ou cela, si vous préférez. Ce qui signifie que ce qui lui arrive me concerne, que je la baise ou non. Sentiment que vous semblez ignorer, espèce de salaud, et je vous plains. Mais si vous continuez à m'interdire de la voir, je vais vous faire votre fête, et, à côté, la colère de Missy vous paraîtra un caprice de fillette !

Ces paroles continuèrent à vibrer dans la pièce, comme écrites dans l'air en lettres de feu. David dit, avec l'impression d'une capitulation sans conditions :

— Dave, je ne comprenais pas. Je... je m'excuse. Pardonnez-moi. Jason, ajouta-t-il en se tournant vers l'autre docteur, je crois qu'il faut le laisser voir Missy. S'il parvient à l'atteindre, s'il peut lui faire comprendre son état, peut-être n'aurons-nous plus de problèmes.

— C'est un risque à prendre. Mais supposez qu'elle vous tue avant que vous soyez parvenu à établir le contact ?

— C'est un risque que *je* dois prendre, dit Conner. Vous ne réalisez pas que Missy m'a sorti de l'enfer et ramené à la vie. Croyez-vous qu'on puisse m'empêcher de la sortir de son enfer à elle, quel qu'il soit ?

La neige projetait un jour blafard dans la chambre où gisait Missy, pelotonnée sous ses draps, pâle, immobile, ses cheveux répandus sur l'oreiller. Son visage paraissait étroit, livide, inhumain, osseux.

Non, se dit Conner, le cœur serré, elle n'est plus belle. L'avait-elle seulement jamais été, ou l'avait-elle aveuglé par un enchantement ?

Jason lui avait dit qu'on laissait l'effet des drogues se dissiper ; bientôt, elle se réveillerait naturellement. Conner s'approcha en silence et s'assit près de son lit pour attendre. Immobile, elle dormait, la respiration régulière, gémissant un peu dans son sommeil, et, à travers ses rêves agités, Conner percevait sa douleur, sa stupeur, et une honte écrasante. Tendant le bras, il prit sa main molle dans la sienne. La peau lui en parut rude et rêche, légèrement décolorée. Conner avait reçu l'enseignement médical élémentaire de tous les astronautes susceptibles d'avoir à soigner des passagers en l'absence d'un médecin, et il comprenait dans une certaine mesure les explications que Jason lui avait données. Extrême déséquilibre hormonal, récession des hormones femelles et surabondance des androgènes, déséquilibre pituitaire et thyroïdien impossible à contrôler. Cela provoquait des problèmes dermatologiques. Récession des glandes mammaires, atrophie partielle des organes génitaux féminins, le tout accéléré…

— L'instabilité est provoquée par les hormones, avait dit Jason, mais le choc émotionnel est considérable, lui aussi ; je suppose qu'elle ignorait que ce changement pût survenir.

Conner contacta l'esprit effrayé de Missy, il sentit sa

peur et le choc éprouvé à la perte de la seule chose stable de son univers, la fascination qu'elle exerçait sur tous ceux qu'elle voulait séduire. (Son incapacité à séduire David avait-elle déclenché ses premiers doutes ?) Conner se mit en devoir de l'atteindre, de la façon qu'il avait apprise...

...tourbillonnant dans l'espace, un point dans le néant, il abandonna son propre corps derrière lui et la chercha de son moi intérieur, qui n'avait rien à voir avec son corps :

Missy, Missy, je suis là. Je suis avec toi. Les corps sont pour nous peu de chose ; nous pouvons nous en servir ou les rejeter, en jouir ou les oublier ; mais quand nous pouvons nous contacter ainsi, nous sommes plus unis que nous ne le serions dans l'amour...

Il revint lentement à la conscience. Missy avait ouvert ses grands yeux gris et le regardait.

— Dave ? murmura-t-elle en souriant.

La main noire serra la longue main blanche. Les paroles n'étaient pas nécessaires, mais il les murmura quand même en se penchant sur elle :

— Peu m'importe ce que tu es, Missy. Je t'aime et j'ai besoin de toi. Peut-être qu'ils peuvent t'aider, mais qu'ils le puissent ou non, nous nous appartenons l'un à l'autre, et nous sortirons de cette situation ensemble, d'une façon ou d'une autre. Maintenant que nous avons trouvé quelqu'un à qui appartenir, rien d'autre ne compte.

Trop faible pour bouger, elle tourna vers lui son visage et pressa ses lèvres sur sa paume. Puis elle s'endormit, sa main toujours dans celle de Conner.

11

JOUR après jour, ils arrivaient dans la cité, seuls ou en caravanes, les télépathes de Ténébreuse : Comyn et roturiers, citadins et villageois, nobles et paysans, avec une seule chose en commun : les cheveux de flamme qui, depuis des temps immémoriaux, étaient liés sur Ténébreuse aux gènes de la télépathie et aux pouvoirs du *laran*.

Non, ils avaient autre chose en commun. Ayant traversé cols enneigés et plaines desséchées, tous apportaient des nouvelles de ruines et de désastres.

— Aux labours d'automne, la terre s'est transformée en une poussière noire suffocante, dit avec amertume un homme des basses terres. Même les mauvaises herbes ne poussent plus. La terre est stérile comme une femme de cent ans.

— Le soleil nous brûle à mort, dit un seigneur des montagnes, le visage hagard, vêtu de la longue cape de cuir brodé abandonnée dans les villes depuis plus d'un siècle. Pas de brouillard dans les collines, pas de pluie. Les fumées des arbres résineux empoisonnent nos bêtes au soleil.

— Jaunis et desséchés, les arbres ont perdu toutes leurs feuilles et n'ont pas de semences à répandre cet automne, dit un digne aristocrate qui avait le visage des Hastur et les yeux gris du peuple de la forêt. Les Hommes des Routes et des Arbres meurent tous dans leurs villages ; ils viennent à l'orée de leurs forêts, leurs

171

yeux rouges pâlis par le soleil, sans crainte des hommes. Nous les ravitaillons comme nous pouvons, mais nous aussi sommes menacés de privations et de famine.

— Il n'y a pas de Vent Fantôme, et pourtant les Ya-men descendent de leurs montagnes, dit tristement une jeune fille aux cheveux nattés, sa robe décorée de papillons d'argent et portant autour du cou la pierre-étoile bleue d'une Gardienne. Aucun humain vivant n'en avait encore vu un seul, et maintenant, nous trouvons leurs cadavres à l'orée des forêts les plus profondes. Nous les avons toujours redoutés, car lorsque le Vent Fantôme les faisait sortir de leurs repaires, ils pillaient, ravageaient et tuaient sans merci, en proie à une rage épouvantable. Mais c'est terrible de savoir qu'eux aussi se meurent et qu'ils disparaîtront.

— La terre dénudée par les incendies est entraînée par les pluies...

— Les arbres ne donnent plus de fruits, plus de noix, plus d'huile...

— Même la voix des hommes-chats s'est tue dans les montagnes...

— Nous nous mourons...

— Nous nous mourons...

— ... mourons...

Les Terriens mirent sur pied des programmes d'aide alimentaire, mais étant donné l'absence de moyens de transport sur Ténébreuse, il était difficile d'atteindre les districts les plus reculés. Régis avait mis sa fortune personnelle à la disposition des organismes de secours, mais il fallait d'abord déterminer ce qui se passait. A mesure que ses semblables affluaient dans la cité — semblables parce qu'ils appartenaient à la même famille, et semblables également par ce curieux trait génétique qu'ils possédaient tous —, Régis devenait de plus en plus silencieux et désespéré. Comment trouver le moyen de les faire travailler ensemble au salut de leur monde ? Toutes les ressources et les richesses de Ténébreuse suffiraient-elles à la sauver ?

Il avait abandonné le Projet Télépathe à Jason et à David, n'ayant plus le temps de s'y consacrer. Si le

172

programme pouvait leur être d'une aide quelconque, Jason le saurait et le préviendrait. Sa vie personnelle était comme en suspens, et il se consacrait entièrement à la sauvegarde de ses enfants survivants.

Linnea n'était pas retournée à Arilinn ; elle demeurait à son côté, et sa présence était à la fois un réconfort et une torture, la torture de l'amour et du désir. Mais il ne voulait pas l'exposer au danger que Melora et son enfant avaient couru dans l'enceinte même du Q.G. terrien. Si un assassin avait pu frapper en ce lieu, alors, même la Tour d'Ashara ou les sanctuaires de Hali ne pourraient garantir la sécurité d'une femme portant la semence d'Hastur. Et il ne voulait pas exposer Linnea à ce péril.

Régis s'en étant retiré, la responsabilité du programme incombait presque entièrement à David, mais ces recherches semblaient avoir perdu leur sens et il avait abandonné les tests de routine. A quoi servait d'établir que Desideria pouvait manipuler à distance des objets d'un poids allant jusqu'à dix-huit grammes, mais pas au-delà ? En proie à de vagues remords, il tuait le temps en étudiant les curieux changements survenus chez Missy. Un après-midi qu'il se trouvait dans sa chambre en compagnie de Keral, ils s'en entretinrent avec intérêt.

— Tu parlais de chocs émotionnels capables de provoquer le Changement, et j'avais du mal à y croire, dit-il. Mais il semble bien que le contact avec Conner agisse sur Missy. A l'évidence, le retour à la phase femelle est pratiquement terminé, bien que nous lui ayons aussi administré des hormones. Son état était désespéré ; il y avait blocage partiel des glandes surrénales et de la thyroïde. Nous étions contraints d'essayer.

Il considéra Keral et n'eut pas besoin d'énoncer sa pensée. La délicatesse croissante de la peau de Keral et une certaine passivité lui faisaient suspecter que des changements subtils survenaient chez le chieri. C'était assez troublant. Keral, qui suivait sa pensée avec cette précision toujours étonnante pour David, dit :

— David, pourrais-tu... provoquer ce changement en moi ? Tu as dit que les hormones étaient similaires.

— Dans le cas de Missy, c'était une question de vie ou de mort, dit David. Sinon, nous ne serions jamais intervenus, même chez des humains. Le traitement hormonal est imprécis et risqué, et pourtant nous l'étudions depuis trois mille ans ! Les quantités nécessaires pour obtenir un résultat quelconque sont infimes, et la moindre erreur peut signifier la folie ou la mort. Il nous faut attendre et voir, c'est tout... Généralement, combien de temps prend le Changement ?

— Avec les stimulus adéquats, c'est assez rapide. Comme tu le sais, nous autres chieri ne sommes pas aussi dépendants que vous des pendules et des révolutions solaires ; mais je dirais, pour un Changement total de phase, une nuit et un jour... au juger.

— D'habitude, qu'est-ce qui déclenche le Changement, Keral ? Les saisons ? Les phases de la lune ?

Il y en avait quatre sur Ténébreuse, pensa David, et le calcul de leurs phases et de leurs éclipses devait être un cauchemar d'astronome.

— Je ne sais pas au juste ce qui nous fait passer à la phase fertile, dit Keral. Comment le pourrais-je ? Mes anciens m'ont dit que je suis en âge de porter un enfant.... non, cela ne me gêne pas d'en parler maintenant. Avant, je ne vous connaissais pas assez, toi et ta langue, pour me faire comprendre. Normalement, bien des choses que nous trouvons difficiles de... d'analyser à votre façon... peuvent amener les changements nécessaires à l'accouplement. Le plus courant, ce sont... les préliminaires de l'amour, le stimulus même du contact. Je ne sais pas moi-même comment cela agit.

David dit avec un peu d'ironie :

— Je n'aurais jamais pensé faire partie moi-même d'une enquête sur la vie sexuelle de ton peuple. Ce serait peut-être plus facile si je n'étais pas moi-même impliqué !

— Tu le regrettes ? dit Keral.

— Non, je suis engagé corps et âme.

Il rit soudain, se représentant mentalement Keral sous la forme d'une femme. C'était difficile à imaginer, et encore plus difficile à croire. L'image femelle qu'il se faisait du chieri était inévitablement influencée par son souvenir de Missy, telle qu'elle lui était apparue au début, avec sa séduction un peu vulgaire.

— Je sais, dit Keral. Moi aussi, j'en ai peur. Et c'est peut-être cette peur même qui inhibe le Changement.

Un coup frappé à la porte amena une interruption qui fut la bienvenue au moins pour David, mais Keral eut un mouvement de recul en voyant Missy debout sur le seuil.

La seule trace visible de la crise aiguë qu'elle venait de traverser était une certaine rudesse et décoloration de la peau. Sa sensualité exacerbée avait totalement disparu, mais elle avait conservé une séduction féminine assourdie, ce dont David se réjouit pour Conner. A l'évidence, elle était toujours en phase neutre, et David ne savait pas si elle avait repris ses rapports sexuels avec Conner. Il supposait que non, car, dans le cas contraire, il l'aurait su. Il percevait la tension que créait l'abstinence entre Régis et Linnea, et c'était assez éprouvant. Régis n'avait-il pas dit que des rapports sexuels ouverts dans un groupe de télépathes pouvaient se révéler gênants ? C'était un euphémisme. A certains moments, regardant Desideria, il voyait encore l'image vague et troublante de la jeune fille exquisement sensuelle qu'elle avait été, et ne pouvait maîtriser une flambée de désir, assez incongrue si l'on contemplait la Desideria actuelle, avec son grand âge et sa dignité asexuée. Mais elle avait une personnalité extraordinaire et resterait féminine jusqu'à sa mort ! Il ne l'aurait touchée pour rien au monde — elle aurait pu être son arrière-grand-mère ! —, mais le sentiment était là, ils le savaient tous les deux, et il donnait à leurs rapports quelque chose de chaleureux et de doux, comme une amitié amoureuse...

Revenant vivement à Missy, il se réfugia dans la banalité des courtoisies d'usage.

— Vous désirez quelque chose ?

Keral était livide de peur, et Missy dit vivement à David :

— Je ne vous ferai aucun mal à tous les deux.

Elle arrêta sur Keral un regard curieusement voilé de mépris et dit :

— Tu as mené une existence très protégée, n'est-ce pas ?

— Je n'ai aucun droit de te juger, Missy, dit Keral.

Le visage de Missy s'adoucit légèrement.

— Je sais ce que tu as tenté de faire, Keral, dit-elle. Je suis désolée de ne pas avoir pu... y répondre. Je n'avais plus ma raison. Mais je te remercie, et je suis revenue te demander de faire autre chose pour moi.

Keral baissa la tête.

— Je ferai ce que je pourrai pour t'aider, tu le sais.

— Tu m'as dit que j'appartiens à ta race. Mais je ne sais rien de mon peuple. J'étais une enfant trouvée, rejetée, portant encore les stigmates sanglants de la naissance, jetée comme un fœtus avorté, dit-elle avec une profonde amertume née de son ancienne angoisse.

Keral secoua la tête, consterné.

— Je n'arrive pas à comprendre moi non plus. Chez nous, les enfants sont précieux au-delà de toute expression, aimés, choyés, et leur venue suscite une joie incroyable. Qu'une femme des chieri ait abandonné son enfant à la mort... à moins qu'elle n'ait été elle-même folle ou morte...

— Je t'ai prouvé que nous pouvons devenir fous, dit Missy avec un sourire ironique. Oh, je crois ce que tu dis ; je t'ai vu avec l'enfant dans les bras, le fils de Régis Hastur, et, à l'évidence, cela t'a profondément affecté. Mais je veux en savoir plus sur ton peuple.

— Tu sauras tout ce que je sais moi-même, promit Keral.

David dit :

— Il y a aussi des légendes racontant des amours de chieri avec des humains. Desideria les connaît, et elle a promis de nous les raconter, à Keral et à moi. Pourquoi

176

ne pas venir avec nous, Missy ? Je suis sûre qu'elle serait contente de parler en ta présence.

Missy cilla légèrement, puis elle se mit à rire. Comme Keral, elle avait un rire magique et cristallin qui tintait comme des clochettes.

— J'ai encore un peu peur d'elle, avoua-t-elle. Pourtant, je sais qu'elle n'avait pas l'intention de me faire du mal, et je dois apprendre à ne plus avoir peur.

— C'est vrai, dit gravement David.

Il savait que des liens puissants étaient en train de se tisser entre eux tous, et que tout ressentiment devait s'évanouir... de plus, il ne savait pas très bien pourquoi, mais cela faisait partie de ce qu'il devait devenir un jour.

Maintenant, sa répugnance passée à venir sur Ténébreuse lui paraissait incroyable.

Avant de venir sur cette planète, il n'était qu'à moitié vivant. Ce qu'il avait jusque-là considéré comme une infirmité était devenu l'élément majeur de sa vie. Et, recherchant le contact familier de Keral, il sut que s'il en était privé maintenant, il aurait l'impression d'être victime d'une infirmité pire que la cécité.

12

— C'EST une histoire qu'on racontait à la grande époque des Comyn, bien longtemps avant que les Terriens n'arrivent avec leurs vaisseaux et leur Empire. Je l'ai entendue dans ma jeunesse, quand je m'appelais encore Desideria Leynier, et que j'apprenais au Château Aldaran à devenir Gardienne et technicienne des matrices.

« Autrefois, quand les seigneurs de la vallée tenaient leur cour à Thendara et allaient à cheval d'Arilinn à Carthon, habitait à Carthon un seigneur de l'Ancien Peuple, roi de tous ceux qui y vivaient. A l'époque, les sept Domaines n'existaient pas encore, non plus que les Comyn.

« Il y eut une vierge du Blond Peuple de la Forêt, nommée Kierestelli, ce qui veut dire *Cristal* dans la langue de la vallée. Les légendes parlent beaucoup de sa beauté, mais la beauté réside dans l'œil de l'amant plus que dans les traits du visage. A cette époque vivait dans la forêt une méchante reine, qui attira Kierestelli à l'écart dans les bois et la chassa dans la vallée, où, aux sources de Reuel, elle rencontra le Seigneur de Carthon. Il l'emmena dans son château de l'ancienne cité, aujourd'hui submergé dans la Baie des Rêves, au-delà de l'île de Mormallor, et elle y vécut dans la joie. Mais la rumeur courut qu'elle y était retenue prisonnière, et les seigneurs chieri envoyèrent pour sa rançon un riche trésor en or et en bijoux — car ils savaient que le

Peuple de la Vallée plaçait très haut ces choses, que les chieri méprisaient. Mais Kierestelli choisit de demeurer avec le Seigneur de Carthon, parce qu'elle l'aimait ; le Seigneur de Carthon renvoya donc la rançon, ne conservant qu'un anneau d'or, longtemps considéré comme un trésor dans la Maison de Hastur.

« Le trésor du Peuple de la Forêt est devenu légendaire dans les Monts de Venza, car, lorsque le Seigneur de Carthon le renvoya, la caravane fut attaquée et ne parvint jamais jusqu'à la Forêt Jaune. Alors, le père de Kierestelli dit : " Ces gens ont gardé le trésor et la femme ", et il rassembla son peuple pour aller la délivrer. Mais avant qu'on ne lance la première flèche, Kierestelli sortit du château assiégé, pieds nus, en chemise, les cheveux dénoués, traversa les rangs des assiégés et des assiégeants, s'agenouilla devant son père et, mettant sa main dans celle de son seigneur, les conjura de se réconcilier.

« " Je ne porterai pas un enfant dans la guerre et dans la terreur ", lui dit-elle, et quand le seigneur chieri vit qu'elle était grosse de l'enfant du Seigneur de Carthon, il posa sa lance et pleura. Il renvoya ses hommes dans la forêt, puis ils se jurèrent une amitié éternelle et il y eut un grand banquet — dans les montagnes, on dit encore de quelqu'un qu'on veut honorer qu'on lui " offre un banquet digne du Seigneur de Carthon ".

« Par la suite, l'amitié fut rompue et les chieri retraversèrent la Kadarin et se retirèrent dans les montagnes au-delà de Carthon. Mais des fils de Carthon naquit Cassilda, qui épousa Hastur, de qui descendent les fils des Sept Domaines. »

Desideria se tut, et ses auditeurs gardèrent le silence. Puis, relevant un détail de son récit, David remarqua :

— La légende parle d'une *femme* des chieri...

— C'est ainsi qu'elle apparut à votre peuple, dit calmement Keral. Pour moi, ce qui est important dans ce conte — et c'est sans doute vrai —, c'est qu'un enfant naquit d'un homme et d'un chieri, sans folie et sans peur. Je sais depuis longtemps que le sang de mon peuple coule dans les veines des Comyn. Nous autres chieri, nous vous considérons comme des parents éloignés. Et ainsi, bien que notre peuple se meure, une partie en survivra en vous.

— Mais d'où viennent les cheveux roux ? demanda David.

— Je ne sais pas exactement, dit Jason. Mais selon une théorie, Ténébreuse fut colonisée par l'un des « vaisseaux perdus » — ces vaisseaux des XXIe et XXIIe siècles, avant l'Empire Terrien et l'hyper-propulsion, qui se perdaient si souvent et dont personne n'entendait plus parler. Les cheveux roux — liés à la fonction adrénaline — sont communs chez une ou deux souches terriennes, surtout chez les Celtes des Highlands dont on dit aussi qu'ils possédaient des dons parapsychiques. Il est possible que ces traits se soient fixés dans la lignée des télépathes.

Desideria intervint :

— Je crois avoir déjà mentionné une croyance répandue parmi les travailleurs des matrices : plus roux les cheveux, plus puissant le *laran*. Mais il existe une autre théorie selon laquelle un travail psychique intense fait prématurément blanchir les cheveux. Les miens ont blanchi presque du jour au lendemain après les contacts avec Sharra.

— Les miens aussi, dit Régis à voix basse.

— Epuisement partiel de l'adrénaline ? interpréta Jason.

— Dans les montagnes où j'habitais, reprit Desideria, j'ai entendu beaucoup de contes sur les chieri et leur blondeur. Il est une vieille chanson... Je n'arrive pas à me la rappeler...

Elle fronça les sourcils, concentrée sur l'effort du souvenir.

— Une chanson racontant l'histoire d'une femme chieri partie à la recherche de son amant mortel, sans savoir — tant leur vie est longue — que depuis leur séparation, il avait vieilli puis était mort.

Sans lever les yeux, Missy dit en un souffle :

— Avant de savoir ce que j'étais, il m'est arrivé

d'aimer — une seule fois. Je restais jeune, d'années et d'apparence, et lui vieillissait, vieillissait...

Sa voix mourut. Par-dessus Conner, Keral tendit le bras et lui toucha la main. Elle sourit tristement sans rien dire. Régis prit la main de Linnea et la glissa sous son bras.

— Il est toujours question d'une *femme* des chieri, murmura David, à peine conscient d'être entendu.

Linnea, levant les yeux sur Keral, dit :

— Ce n'est pas une vaine curiosité qui m'anime, croyez-moi. Mais j'ai entendu d'étranges choses dans la légende. Or, les légendes mentent. Un de nos vieux proverbes affirme : *mentir comme une vieille ballade.* Dites-moi donc s'il est vrai que les vôtres ne peuvent s'accoupler qu'une seule fois, et que, si la mort ou le malheur vous sépare, vous ne cherchez jamais un autre partenaire ?

— Ce n'est pas tout à fait vrai, dit Keral ; pourtant, une fois que notre cœur a choisi un partenaire, il est rare que nous en changions. Je parle d'après la longue mémoire de mon peuple, et non d'après ma propre expérience, Dame Linnea. Rare est le chieri qui n'arrive pas vierge dans les bras de son amante ou de son amant. Ce n'est pas une obligation, juste le fait que tout arrive en sa saison ; nous disons que nous ne cherchons pas le fruit au printemps, ni la fleur sur le rameau d'hiver...

Il soupira.

— Ce n'est pas que nous ne désirions personne d'autre ; c'est que nous ne pouvons supporter personne d'autre. C'est pourquoi notre race se meurt... C'est sans doute la façon qu'a trouvée Evanda de contrebalancer le don de longue vie qui nous fut imparti à la création du monde. Nos femmes ne peuvent porter d'enfant que... je ne connais pas votre mot... un *cuere*... une révolution des saisons ? Une année ? Oui, une année sur cent, et parfois, pendant de nombreux *cuere* successifs, ceux d'entre nous qui sont en phase mâle sèment sur un sol stérile. Il arrive rarement que ceux qui s'unissent, *raiva*... soient mûrs ensemble pour donner la vie : l'un pour engendrer, l'autre pour concevoir, dans la même saison. Si bien que les naissances se sont raréfiées. Il y a des exceptions. Il y a des moments où l'un de nous, tourmenté du désir d'enfant, recherche un autre partenaire. Pourtant, c'est toujours une amère expérience, et peu des nôtres s'y résignent. Comme je vous l'ai dit, quelque chose dans notre sang ne le permet pas.

Linnea dit :

— Il est donc vrai que les vôtres ne s'unissent...

Elle usa courtoisement du vieux mot casta : *accandir,* mais sans par ailleurs manifester aucun embarras.

— ... ne s'unissent que pour avoir des enfants ?

Keral éclata de rire.

— Cette légende-là est fausse — ou nous serions d'étranges gens ! Non, Linnea. Je suppose que nous nous unissons comme tous les autres êtres de ce monde, de tous les mondes : pour nous consoler dans la solitude, pour le plaisir, pour la joie du cœur. Mais... sauf dans la folie du Changement, ce n'est pas un besoin impérieux. Plutôt un agrément, comme la musique ou la danse.

David dit lentement :

— Race sans sexes séparés, donc sans pulsions sexuelles puissantes...

— Avec un instinct de conservation assez bas, dit Jason.

— Quelque chose de cela est passé dans notre sang, ajouta Régis. Je sais depuis longtemps que, parmi les télépathes, les pulsions sexuelles sont plus faibles que chez les hommes ordinaires.

Conner, assis dans l'ombre et qui n'avait encore rien dit, remarqua de sa place :

— C'est logique. Ceux dont l'esprit est « fermé » n'ont aucune autre façon de s'atteindre que dans le contact du corps et du sexe...

— Et le contact sexuel peut être très profond, dit gravement Linnea. Il peut aussi — si on se livre à un travail télépathique intense — agir comme une sorte de parasite si perturbateur qu'on a cru longtemps qu'une

Gardienne devait être une vierge. De nos jours, la plupart ne le sont plus — je ne le suis pas quant à moi — mais certaines précautions sont néanmoins nécessaires. Les hommes qui travaillent sur les écrans de matrices sont impuissants une bonne partie du temps.

Desideria approuva de la tête.

— Quand j'étais jeune, on croyait qu'une Gardienne devait être vierge, dit-elle. J'ai été bannie de chez moi en compagnie de mon premier amour ; j'ai bientôt découvert que je n'avais pas perdu mes pouvoirs, mais il m'a fallu des années avant de trouver le courage de me remettre à m'en servir.

— Autre chose, dit Linnea, regardant David dans les yeux. Parmi les télépathes Comyn, on ne considère pas les hommes et les femmes comme radicalement différents, et il est courant que les filles tombent amoureuses d'autres filles, et les garçons d'autres garçons.

— Cela n'est pas inconnu chez les Terriens non plus, dit Jason, mais le tabou reste très fort.

Régis dit, tenant la main de Linnea :

— Pour moi, le conflit a été effrayant. Depuis mon enfance, j'ai vécu dans l'idée que j'étais le dernier Hastur mâle ; mon père est mort très jeune, et mon grand-père est très vieux. Dès mon jeune âge, j'ai eu l'impression d'être considéré uniquement comme un étalon. J'en suis venu à haïr les femmes pendant un certain temps. Je ne me sentais à l'aise qu'avec des hommes, mes cousins et parents...

Il regarda furtivement Danilo en souriant.

David éclata de rire.

— L'Empire aurait pu facilement résoudre ce problème, dit-il. On vous aurait fait déposer votre semence dans une banque du sperme.

Régis n'ayant pas l'air de comprendre, il lui expliqua en riant, et s'étonna de le voir rougir. A l'évidence, le tabou sexuel existait parmi les télépathes, contrairement à ce qu'il avait cru jusque-là. Il se dit à part lui que, malgré l'interdit très fort pesant sur les rapports homosexuels évidents dans les cultures terriennes, il s'était senti souvent plus proche de ses amis mâles à l'hôpital que de n'importe quelle femme.

Vous sautez facilement aux conclusions, transmit Régis. *Je ne suis pas homosexuel.*

Et cela aurait-il de l'importance si vous l'étiez ?

Régis les réunit vivement dans un rapport télépathique commun. Conner et Missy, les doigts légèrement enlacés, blancs et noirs, apportaient une note douce-amère au contact. Onde chaleureuse venant de Desideria : *je vous aime tous, même si aucun de vous ne m'a jamais touchée et ne me touchera jamais.* Keral, tendu vers eux, toujours hésitant et apeuré...

— *Les préliminaires du jeu amoureux... comment sortir de cette impasse...*

Il y eut un long silence. Dehors, un vent silencieux charriait des tourbillons de neige qui battaient doucement les vitres, blancs sur le noir de la nuit. Dans l'esprit de Keral se forma l'image d'une forêt dormant sous la neige, avec des formes légères dansant comme des flocons à travers les arbres nus et les vergers... un instant, ils sentirent tous le vent souffler dans la pénombre hivernale des bois.

Puis Régis dit doucement :

— Parmi mon peuple, on dit que lorsque des hommes s'unissent à des hommes, ou des femmes à des femmes, en amants — cela s'appelle chez nous *donas amizu,* le don des amis —, c'est la reconnaissance d'une vérité plus profonde. Car en chaque femme est caché un homme, et en chaque homme, une femme. Et c'est à ce moi caché, diamétralement opposé au moi conscient, que l'on donne son amour.

— L'*animus* et l'*anima,* murmura Jason.

— Et chez les chieri, murmura Missy, le moi intérieur n'est pas caché, mais proche de la surface. C'est nouveau pour moi aussi.

— *... mais cela n'a rien de honteux.*

De nouveau, ils se trouvèrent unis dans un même état de conscience, Régis, Linnea, Desideria maintenant fermement entre eux tous le lien télépathique. Soudain, David sut qu'il venait de trouver sa vérité. Homme ou femme ? Il eut un bref contact avec Conner, et sentit chez lui la paix du retour au foyer ; il perçut Linnea, nichée comme une fleur dans sa conscience, lui tendit les bras, l'attira à lui et baisa ses lèvres ; il se sentit lui-même brièvement embrassé par Jason ; sentit Missy allumer ses sens comme une comète ; sentit l'amour chaleureux de Desideria, puis il retrouva Keral comme on rentre chez soi.

Il savait maintenant que, même s'il leur arrivait encore d'avoir peur l'un de l'autre, l'obstacle de la honte et de la crainte était surmonté, et que lui et Keral finiraient par se trouver.

Le rapport s'amenuisa et ils se séparèrent. Mais David savait qu'il ne serait plus jamais seul.

Même dans la séparation, un arrière-fond de joie persistait dans leurs esprits, encore légèrement liés, tandis que Linnea protestait en riant :

— J'aime ton cousin, Régis ; mais doit-il aller partout où nous allons ? Danilo dormira-t-il à mes pieds ? Nous ne serons donc jamais seuls ?

Et la réponse, rapide, dégrisante :

— Voudrais-tu subir le sort de Melora ? Seule ?

Et, comme les dernières bribes de contact mental se dissolvaient, la pensée fugitive qu'il existait des choses que même un garde du corps ne pouvait pas faire.

13

ILS se séparèrent en silence, sans même se dire bonsoir — pour quoi faire ? Ils savaient maintenant qu'ils seraient toujours unis. Guidés par les lumières du Q.G. terrien, haute tour de clarté dans la nuit, David et Keral traversèrent la ville pour rentrer chez eux, se tenant par la main sans parler. Enfin, une fois franchies les grilles de l'astroport, Keral remarqua, comme répondant à une question inexprimée de David :

— S'ils savent, ça m'est égal maintenant.

— Oui.

— Le contact de Conner a sauvé Missy de la folie du Changement.

Ils se turent et montèrent en silence au logement assigné à David, et qui avait maintenant pour eux la familiarité d'un foyer.

Usant du privilège de sa situation, David fit monter à dîner chez lui, et ils mangèrent dans un sentiment croissant de chaude intimité, encore accru par la neige qui continuait à tomber dehors. Keral était de belle humeur et sa joie se révéla contagieuse ; tout ce que disait l'un ou l'autre leur paraissait spirituel, et ils ne cessaient de pousser de grands éclats de rire, vaguement conscients que leur présence même en ce lieu était drôle, en même temps que solennelle. De quoi avaient-ils eu peur ? Soudain, David se rendit compte qu'il approchait dangereusement de l'ivresse, et il repoussa le troisième verre de ce vin pâle et doux produit dans les montagnes de Ténébreuse. Remarquant son geste, Keral lui dit gravement :

— Je n'essayais pas de t'enivrer. D'ailleurs, quelle importance ?

— Sauf que je ne suis pas sûr des effets de l'alcool sur ton métabolisme — et trop sûr de ses effets sur le mien !

Riant toujours, il écarta fermement le verre.

— D'ailleurs, je ne veux pas avoir l'esprit brumeux, ce qui pourrait tout gâcher.

— Est-il donc si important pour toi que tout soit clair et précis ? Les choses ne sont peut-être pas faites pour être toujours si nettes. Il est parfois bon que les frontières soient un peu floues.

S'approchant de David, Keral se pencha et lui prit la tête dans les mains. C'était un geste étrange, et aussi, David le perçut immédiatement, un geste rare et intime. Il murmura :

— Après tout, il vaut mieux regarder le soleil avec des verres fumés.

— C'est trop sérieux pour ça.

— Et tu crois que ce n'est pas sérieux pour moi aussi ?

Keral lui leva la tête de force, leurs yeux se rencontrèrent, et quelque chose frémit en David. Depuis des semaines, il vivait avec ces sentiments, mais soudain, désir et tendresse, trop mêlés pour qu'on pût les distinguer, prenaient la limpidité du cristal.

— Si je ne prenais pas notre situation plus sérieusement que tu ne peux l'imaginer... je ne serais pas là, dit Keral.

S'agenouillant par terre, il posa sur les genoux de David sa tête aux longs cheveux doux et soyeux ; David le sentit frissonner et eut envie de le prendre dans ses bras, mais sa raison lui dit d'attendre. Pour Keral, l'émotion devait monter lentement, arriver progressivement à son point culminant, et toute précipitation pouvait arrêter ou dévier le processus.

Keral leva la tête, et David, qui percevait maintenant

ses émotions les plus subtiles, sut qu'il était au bord des larmes.

— J'ai peur, David. Missy était dans les bras d'un homme quand le Changement l'a surprise, et il s'est très mal passé. Comment être sûrs ?

David faillit paniquer à ces paroles. Tout à l'heure encore, Keral était certain que tout se passerait bien. S'il perdait confiance, qu'allaient-ils devenir ?

Mais peut-être était-ce inévitable ? A mesure que la polarité fluctuait, de mâle à femelle, de passive à active — David découvrit qu'il était reposant de penser en termes cliniques —, des changements hormonaux massifs devaient survenir, d'où l'instabilité émotionnelle de Keral. La fatalité même du processus devait angoisser Keral, comme s'il avait lui-même provoqué un changement qu'il ne pouvait ni modifier ni contrôler... un changement aussi inévitable et irréversible que la naissance...

Il est probable que l'usage du pronom masculin me perturbe aussi, pensa David. Pourtant, malgré tous ses efforts, il n'arrivait pas à penser à Keral comme à une femme ; pas plus qu'il ne percevait, psychologiquement, Missy comme un homme, quoiqu'il l'ait vue de ses yeux avec des organes masculins.

Pourtant, il y avait une femme en Keral...

La femme cachée...

Il devait l'accepter, l'aider à émerger.

David se pencha sur Keral, et, imitant son geste, il prit dans ses mains le visage délicat et pâle du chieri.

— N'aie pas peur. J'essaierai de ne pas aller si vite que tu ne puisses me suivre.

Keral sourit sans répondre. David, pensant toujours en termes cliniques, passa délibérément en revue ses connaissances sur la physiologie des chieri. La phase neutre actuelle de Keral, avec une légère dominance masculine, pouvait, si le stimulus était adéquat, pencher peu à peu vers la féminité, avec psychologie, hormones et organes génitaux féminins.

Du strict point de vue anatomique, des rapports

sexuels seraient possibles ; même en ce moment, ils devaient l'être. C'était l'unique chose qu'ils savaient.

Mais le gouffre était large entre la théorie et la pratique. Je n'ai jamais fait l'amour de façon hypothétique jusqu'ici, pensa-t-il, réalisant qu'il devait être à un cheveu de l'ivresse. De nouveau, il se demanda combien de temps prenait le Changement.

— Je ne sais pas, dit Keral, et David ne sut jamais s'il avait posé la question tout haut. Nous ne sommes pas aussi conditionnés que vous par le temps. Je n'ai jamais compté. Au juger — avec un partenaire de ma race —, peut-être deux ou trois heures, ou moins. Mais avec toi... je voudrais être plus précis... mais je ne sais pas, voilà tout !

— Aucune importance, dit vivement David, sentant l'hystérie toute proche. *Les hormones sont identiques. Théoriquement, il devrait réagir à moi comme à l'un des siens. Mais le facteur psychique est également très important.*

David éprouvait une tendresse farouche et infinie. Pour difficile et effrayante que fût la situation pour lui, elle devait l'être bien davantage pour Keral. Après tout, David ne violait qu'un tabou superficiel avec un être pourvu d'organes similaires. *Tabou idiot, d'ailleurs.* Au moins, David conserverait son sexe et son rôle familier. En revanche, Keral, après d'innombrables années où il avait vécu en mâle — quel âge avait-il ? Trois, quatre siècles, ou plus ? —, devait changer. Et le plus déroutant, pour David, c'est qu'il avait appris à aimer le Keral mâle. L'étrangeté du Keral femelle ne ferait-elle pas s'évanouir tout son amour ?

Keral continuait à frissonner violemment ; David le tenait dans ses bras, se demandant, avec un curieux détachement, si un stimulus sexuel plus direct aiderait ou inhiberait les changements psychiques et même physiques en cours. Cela pouvait atténuer la tension ou l'accroître. Il ne savait pas. Il ne pouvait que supposer. Hésitant, il embrassa Keral, qui accepta passivement le baiser, sans le refuser ni le rendre, et David voulut s'écarter, mais les mains de Keral le retinrent.

Bon sang, quelle cruauté dans ces essais psychiques !
On dirait une expérience de laboratoire !

Finalement, David retrouva sa voix.

— Keral, moi aussi j'ai peur. Je ne sais pas comment tu réagis ni ce que je dois attendre de toi à un moment donné, ni même ce que tu ressens actuellement. Si nous voulons réussir, il y a une chose à éviter absolument : présumer que l'autre *sait*. J'ai parfois constaté que notre capacité à lire dans les esprits nous fait défaut au plus mauvais moment ! Si l'expérience que nous tentons est physiquement possible, même sans parler de la réussite que nous recherchons, il nous faut être totalement francs l'un envers l'autre. Totalement. Si je vais trop vite, ou si je fais une chose pour laquelle tu n'es pas prêt, tu dois m'arrêter ; et ne te trouble pas que je fasse de même à ton égard. Parce que nous ne pouvons pas prendre le risque de tâtonner en aveugles dans le noir.

Keral dit, avec un sourire presque surnaturel :

— Il faut garder nos esprits ouverts au cas où nous tâtonnerions dans le noir, pour nous donner la possibilité de nous retrouver. Je n'arrive pas à imaginer ce que tu pourrais faire pour me détourner de toi. Ce serait seulement une erreur, pas une catastrophe.

— Etait-ce une erreur de t'embrasser ? Certaines ethnies terriennes ne...

— Non, ce n'était pas une erreur. Simplement un peu prématuré, peut-être.

David sentit l'effort que cela coûtait à Keral de s'exprimer en paroles et dans une langue étrangère alors que s'accomplissait en lui un tel bouleversement physique et émotionnel. C'était cruel de l'obliger à ce jeu de la vérité, mais David ne voyait aucun autre moyen de s'en sortir sans se déchirer mutuellement, sans s'infliger des blessures psychiques susceptibles de les séparer.

Mais comment faire diversion pendant que Keral avançait à son propre rythme vers quelque but inimaginable ? Ils ne s'étaient vus nus que dans les circonstances les plus ordinaires, pensa David ; peut-être feraient-ils bien de s'habituer l'un à l'autre, pour éviter d'être surpris plus tard par leur étrangeté mutuelle ? A la suggestion de David, Keral répondit avec le plus grand naturel que les siens ne s'habillaient que par grand froid et en présence d'étrangers. Il se dépouilla de ses vêtements, sans le moindre embarras ni le moindre érotisme. David fut un peu plus gêné ; pour lui, la nudité, marquant une intimité accrue, avait une charge sexuelle. Il perçut la nudité de Keral et la sienne avec une sensibilité nouvelle. Il se félicita qu'ils se soient accoutumés à voir leurs corps dans des circonstances plus banales, mais il lui sembla voir Keral pour la première fois. David était grand, mais Keral le dépassait de plusieurs pouces, et son corps frêle et menu était pâle et presque glabre, à l'exception d'un fin duvet argenté sur le pubis. Malgré la petitesse des seins, il n'était pas difficile de l'imaginer maintenant sous la forme d'une femme. A côté de lui, David se sentit lourd, grossier, simiesque.

Ils se contemplèrent un moment, essayant de retrouver leur ancienne personnalité pour l'adapter au moment et au lieu ; puis Keral lui tendit les bras en frissonnant et ils s'enlacèrent doucement. David se surprit à rire, mais se domina, conscient que l'hystérie menaçait. Il tenta de nouveau de donner un baiser à Keral, et, cette fois, il sentit une réaction hésitante et infiniment timide. Quand ils s'écartèrent, Keral remarqua timidement :

— Je ne sais même pas... quel préliminaires amoureux... sont coutumiers ou permis chez vous.

David ressentit soudain une violente flambée de désir, et lutta contre l'envie de serrer Keral sur son cœur, farouchement, brutalement, pour l'obliger à réagir... ce rythme lent, avec avances et reculs, était une vraie torture, un supplice de Tantale... mais il se domina, sachant qu'il tâtonnait en aveugle au plus noir des ténèbres. Il soupçonnait qu'un viol devait être physiquement possible, mais qu'en résulterait-il, sinon l'angoisse et l'aliénation ? Il dit avec une tendresse infinie :

— Qu'importe ce qui est coutumier ? Nous ne sommes pas dans une situation coutumière. Tu m'as dit que rien de ce que je pourrais faire ne parviendra à te détourner de moi. Je ressens la même chose à ton égard. Nous devons donc simplement prendre notre temps et voir ce qui arrive.

Et David réalisa que cela représentait une victoire décisive. A mesure que la polarité délicate changeait, passant du mâle à la femelle, Keral devenait plus timide, plus passif. C'était à son tour de prendre l'initiative.

Une femme expérimentée peut la prendre avec un mâle jeune ou timide. Mais il ne savait pas quelles expériences Keral avait vécues avec ceux de sa race, et, d'ailleurs, elles n'étaient peut-être pas applicables à leur cas. David devait prendre l'initiative, guider, tout en tenant compte des réactions et des refus.

Il fit allonger Keral près de lui, ils s'enlacèrent et s'embrassèrent, d'abord doucement, puis passionnément. David dit enfin d'une voix rauque, en reprenant son souffle :

— Ce n'est pas trop rapide pour moi — mais pour toi, Keral ?

Il prit doucement la main du chieri dans la sienne et la guida vers son sexe, mais Keral la retira vivement.

Un instant, une violente colère monta en lui. Rien ne l'avait préparé chez Keral à ce qui semblait bien être de la pruderie. Puis, revenant à la raison *(il fallait réfléchir. Erection ou pas, désir ou pas, il ne pouvait pas laisser son corps penser à sa place)*, il réalisa que Keral avait peur. Physiquement peur. Et si cette peur s'amplifiait et échappait à leur contrôle, ils étaient perdus. Tout le corps de Keral tremblait des efforts qu'il faisait pour dissimuler sa frayeur, mais elle émanait de lui comme une odeur.

David s'écarta de lui et s'assit.

— Tu vois, je me contrôle, Keral. Rien à quoi tu ne sois pas prêt, je te l'ai promis. Mais tu aurais dû me prévenir avant d'être dans cet état. Je ne peux pas lire dans ton esprit en ce moment ; tes émotions brouillent tout. Alors, il faut que tu m'avertisses.

— Ce n'est rien ; j'avais envie que tu me caresses, mais...

Pris d'une intuition soudaine, David demanda :

— Suis-je tellement différent des tiens en phase mâle ? Assez différent pour t'effrayer ?

— Pas vraiment, bien que... je crois que tu es plus fort que je ne pensais. J'ai toujours — c'est difficile à dire —, j'ai toujours un peu peur dans les premiers stades. Mais ce n'est pas seulement ça. Chez nous, le changement est plus lent, plus continu, et si tu es déjà ainsi, j'ai peur que plus tard, quand je serai prêt...

Il tremblait comme une feuille, au bord des larmes, et David comprit soudain. Il faillit éclater de rire, tant cela ressemblait à une blague grivoise, mais il berça doucement le chieri dans ses bras, le serrant sur son cœur.

— Non, non, Keral, dit-il doucement. Nous atteignons rapidement le stade de l'excitation complète. Tel que je suis maintenant — tel je serai quand tu seras prêt.

Bien sûr. Si Keral avait l'habitude d'un changement sexuel lent et progressif, étalé sur une période de plusieurs heures, comment pouvait-il croire que David eût déjà atteint le stade de l'érection complète ? Après tout, réalisait maintenant David, ils étaient plus étrangers l'un à l'autre qu'un civilisé et un sauvage ; et même parmi les hommes de la même race et de la même planète, il y avait toujours d'innombrables malentendus et tabous.

Maintenant, Keral était plus calme. Il dit :

— Bien sûr ; ma peur était stupide. Mais je regrette de n'être pas encore prêt.

— Je peux attendre.

— Tu t'efforces tant de faire la moitié du chemin à ma rencontre ; j'ai honte.

— Il n'y a pas de honte à avoir, Keral.

Keral se fit souple et docile dans les bras de David, qui, incertain des changements physiques à attendre chez son ami, se sentait, de son côté, rude et grossier. David dit enfin :

— Je suis toujours... en terre inconnue, sans boussole. Je veux être sûr...

Keral dit immédiatement :

— Oui. Il le faut. Nous devons absolument savoir ce qu'est l'autre... ce serait plus sage, même si nous étions de même race, et, pour nous, il n'y a pas d'autre issue.

David se félicita de son détachement clinique lorsque Keral se mit à explorer son corps de ses mains. La caresse était excitante, mais l'excitation supportable, et la curiosité mutuelle relâchait leur tension. *Au diable les spécimens théoriques et les généralités anatomiques ! Je veux être certain de ce qu'est ce spécimen spécifique.* Commençant à caresser Keral, il se demanda, incertain et gêné à la fois, si l'étrangeté de ce corps serait suffisante pour lui répugner ? Pouvait-il ressentir du dégoût pour le chieri ? Il avait encore à l'esprit les croquis faits après les premiers examens de Missy et Keral. A ce moment, imaginait-il la situation présente ? Il effleura la fente génitale, se disant machinalement qu'elle était mieux conçue que les organes humains, plus exposés.

— Promets-moi de m'arrêter si je te fais mal.

Keral se mit à rire.

— Je ne crois pas que tu me feras mal. Je ne suis pas si fragile. Je ne t'ai pas fait mal, quand je t'ai touché ?

David réalisa qu'ils avaient fait du chemin ; maintenant, Keral pouvait le toucher sans embarras et sans peur. Le changement devait être très avancé, et cela lui rendit courage.

La conformation de Keral n'était pas très étrange et n'avait rien de répugnant. Devant la fente, rétracté maintenant comme un bourgeon, l'organe mâle, plus petit que celui d'un bébé. Pourtant, se disant qu'il devait accepter le mâle en Keral, David le caressa doucement, et Keral murmura de plaisir. Derrière, légèrement gonflé et plus coloré, l'organe femelle ; et David, perdant son détachement, trembla légèrement en le sentant doucement pulser sous sa main. Il ferma les yeux et s'écarta, craignant encore de précipiter les choses. Mais Keral se mit à trembler violemment et l'attira à lui.

— Je ne suis pas sûr ; ce n'est pas la même chose — je ne peux pas supporter ça, dit-il avec véhémence. Ne rien savoir... il faut que ça change, ça me tue...

Nous aurions dû nous y attendre, pensa tristement David. *C'est l'impasse.* Jusque-là et pas plus loin ! et les tabous culturels sont si forts que nous ne pouvons les enfreindre ni l'un ni l'autre. Il lui fallait faire une tentative avant de perdre son audace, et, pourtant, la crainte de ce que signifierait un essai prématuré le paralysait. Il s'allongea doucement sur Keral, qui ferma les yeux et lui serra les épaules, toujours tremblant, et dit :

— Je ne sais pas — j'ai peur...

David était lui-même si effrayé qu'il faillit en perdre ses moyens. *Mon Dieu, pourquoi avons-nous voulu cela, nous étions déjà tant l'un pour l'autre...* Et il s'aperçut qu'il pleurait avec abandon sur la poitrine de Keral, qu'il sanglotait comme un enfant. Il n'avait jamais connu une telle terreur. Keral pleurait aussi ; ils s'étreignaient, se cramponnaient l'un à l'autre, en proie à une panique aveugle. Finalement, David parvint à haleter :

— Que faire ? Que faire ?

Lentement, Keral se calma. Il étreignit David plus fort, la bouche dans ses cheveux, et pour la première fois de la soirée, David remarqua la douceur de la peau, la délicatesse féminine de la caresse tandis que Keral lui murmurait quelque chose en sa langue, que David ne comprit pas mais dont il savait que c'étaient des paroles de tendresse. A la fin, il murmura :

— David chéri, nous aurions dû nous y attendre. Nous étions tous les deux trop... tendus, trop conscients du risque. Peut-être que l'amour exige un peu d'insouciance ? Rappelle-toi ce que tu as dit sur les impasses ?

— Alors, c'est sans espoir ?

— Non. Non. C'est une erreur, pas une catastrophe. Nous étions effrayés et... gênés.

Il se souleva sur un coude et embrassa David en repoussant ses cheveux en arrière.

— Reste allongé près de moi, David. Nous étions trop pressés. Comme si nous étions obligés de nous prouver tout de suite.

— J'ai honte, murmura David.

— J'avais honte aussi tout à l'heure, mais c'est plus facile pour moi quand je sais que toi aussi tu as peur, dit Keral avec simplicité. Tu semblais si sûr de toi. Je me demandais si tu te doutais à quel point c'était difficile pour moi...

— Je faisais semblant, murmura David, la bouche contre sa gorge. Je voulais te donner confiance.

Allongés côté à côté, ils se calmèrent peu à peu, chacun écoutant battre le cœur de l'autre. Ce n'était pas la première fois qu'ils reposaient ainsi, mais c'était la première fois qu'ils étaient si honnêtes l'un envers l'autre. La tendresse et la confiance firent leur œuvre. Sentant Keral tiède et confiant près de lui, David s'aperçut qu'il était prêt à le posséder. Keral sourit et le serra contre lui.

— N'aie pas peur, nous pouvons essayer.

D'abord, David tâtonna avec maladresse, et Keral dut l'aider. *Lui? Elle? Au diable!* Nouvelle peur et gêne momentanée ; halètements de Keral ; tension qui faillit de nouveau réduire David à l'impuissance. Puis il réalisa qu'il l'avait pénétré. Il avait le vertige, résistant au désir de bouger, et il murmura, se maîtrisant strictement :

— Keral ?

— C'est bien...

Mais sa voix n'était qu'un souffle.

— Tu... n'as pas peur ?

— Un peu mais... continue, je veux que tu...

Ce fut difficile et embarrassant, et pendant un moment, ils se débattirent l'un contre l'autre, repris par des spasmes de peur et de colère ; Keral se remit à sangloter, essayant de le repousser dans un dernier accès de panique. Soudain, ils se trouvèrent unis, et David ressentit un si grand soulagement qu'il faillit presque se remettre à pleurer. Il se reposa une minute, se pencha pour embrasser le visage de Keral en larmes, puis le désir le submergea soudain, anéantissant la tension et la peur.

S'étreignant étroitement, ils s'aimèrent presque sauvagement, chacun se familiarisant avec les rythmes et les mouvements de l'autre. Keral continuait à sangloter, mais ce n'était plus de peur. Puis tout se termina pour David en une extase qui fut comme une explosion de lumière.

Quand il retrouva son souffle, il se pencha et embrassa Keral ; puis, plein de remords de le voir pleurer, il le serra dans ses bras.

— Non, ne pleure pas ! Je t'ai donc fait si mal ? J'ai pourtant essayé...

— Non, non, tu ne m'as pas fait mal, mais j'avais peur d'un nouvel échec, et maintenant... maintenant, j'ai envie de chanter, de rire, de voler...

Ils se turent, écoutant le doux murmure de la neige contre les vitres. David n'avait pas réalisé à quel point tout sentiment d'étrangeté avait disparu. Et cependant, c'était toujours Keral. Il ne pensait toujours pas à Keral comme à une femme ; et pourtant... Oh, au diable ! Pourquoi s'obstiner à lui mettre une étiquette ? Keral était Keral, voilà tout, et il l'aimait et il se moquait de tout le reste. Et il s'endormit dans les bras de Keral, se moquant toujours de tout le reste.

14

VERS la fin de l'hiver, Jason s'arrêta un jour au laboratoire et dit :

— David ? Je viens de recevoir un message de Régis Hastur. Il nous demande de venir tous au château. Il ne dit pas pourquoi. Voulez-vous m'accompagner ?

David enfila son manteau le plus chaud — un manteau ténébran. Ceux qu'il avait portés sur d'autres planètes auraient ici tout juste suffi pour l'été — et il le suivit. Jason demanda :

— Comment ça va ?

— Beaucoup de travail, comme d'habitude. Au fait, j'avais raison ; tous les autres télépathes du nouveau groupe ont les yeux gris, et tous les Comyn et les Ténébrans présentent les mêmes ondes cérébrales ; pas aussi prononcées que chez les chieri, mais identiques à moindre échelle.

Jason gloussa.

— Avez-vous jamais vu tant de rouquins ?

— Non. J'ai lu un jour une vieille histoire — datant de la préhistoire — intitulée *La Ligue des Rouquins*. Stupide récit d'un temps où c'était un crime d'être roux. Je ne me souviens que d'un passage — j'y pensais encore ce matin : « J'espère ne jamais revoir cela. De tous les points cardinaux arrivaient tous les hommes ayant le moindre reflet roux dans les cheveux. Je n'aurais jamais cru qu'il y en eût tant dans le pays. Toutes les nuances de rouge étaient représentées :

paille, carotte, orange, brique, bordeaux, argile et rouge flamme. »

— Eh bien, vous avez l'air d'appartenir à la confrérie, dit Jason.

David se mit à rire.

— Quand j'étais enfant, sur Terra, les cheveux roux n'étaient associés à rien, sauf aux gens qui avaient mauvais caractère, ce qui était mon cas. C'était avant que je réalise que ceux qui m'entouraient ne pouvaient pas deviner ce que je pensais aussi facilement que je le devinais pour eux. Mais d'où diable tenez-vous le don, Jason ? Vous n'êtes pas roux.

— Je l'étais quand j'étais petit, mais j'avais oublié. Ma mère était rousse, dit Jason. Elle était ténébrane, mais elle est morte avant que je sois assez grand pour me souvenir d'elle. Quant à être télépathe, je ne m'étais jamais douté que je l'étais avant de me trouver parmi vous. Où est Keral ?

Ils avaient atteint les grilles de l'astroport, qu'ils franchirent, puis montèrent les vieilles rues abruptes menant au château construit en haut de la falaise. David dit :

— Il est sorti se promener dans les champs. Je crois que les rues et les maisons l'étouffent.

— Seul ?

— Non. Conner est avec lui, et plusieurs gardes — j'avais du travail à finir.

— Keral n'a pas l'air aussi... aussi féminin que Missy. Je remarque que vous dites toujours « il ».

David haussa les épaules.

— Je pense toujours à Keral sous la forme où je l'ai connu. Peut-être que Missy a tant changé parce qu'elle mimait les humains. Beaucoup de comportements que nous pensons liés au sexe le sont en fait à la culture. Je ne sais pas.

— Autrefois, j'ai aimé une Amazone Libre, dit Jason. A bien des égards, c'était comme aimer un homme, et plus encore à la fin qu'au début.

— J'ai entendu Linnea parler des Amazones Libres,

mais je croyais qu'elles n'aimaient que d'autres femmes.

— Oh, pas du tout ! Mais elles font ce qui leur plaît, et aucun homme ne peut en retenir une bien longtemps. Kyla est restée trois ans avec moi, et c'est considérable pour une femme sans enfant. Puis elle s'est fatiguée de la ville, mais mon travail était ici, et j'ai décidé de rester. Je ne sais pas si j'ai eu tort ou raison, mais je suis médecin, pour le meilleur et pour le pire...

Jason se tut, et David dit :

— Je comprends.

— Le travail que nous faisons actuellement, une étude fiable des télépathes et de leurs pouvoirs, sera très important pour Ténébreuse, dit Jason. On avait déjà essayé, mais rien n'en était sorti, car les Ténébrans ne voulaient pas coopérer. Maintenant, ils participent de leur plein gré.

— Pas tout à fait de leur plein gré, dit David, mais par nécessité. Je crois qu'en voyant Keral et en apprenant le destin de son peuple, ils ont eu peur ; ils voient leur sort préfiguré par celui des chieri ; leur taux de fécondité est en baisse aussi. Effroyablement en baisse. Aucune des femmes ici présentes n'a eu plus d'un enfant ; et les hommes...

Il haussa les épaules.

— Certains, comme Régis, ont senti qu'il était de leur devoir d'avoir des enfants ; les autres n'y ont même pas pensé.

— La nature reviendrait-elle d'elle-même à la normale ? demanda Jason.

— Je ne crois pas. C'est plutôt une question de... sensibilité, dit David. Une fois qu'on est habitué à ce genre de contact, plus rien d'autre ne semble réel. Et il n'y a pas beaucoup de partenaires potentiels non plus. Les mariages se concluent pour des raisons politiques, et les filles sont élevées dans l'isolement, ne voyant que les hommes de leur parenté. Certaines lignées télépathiques se sont diluées au point que le don a presque disparu, et les autres sont si affaiblies par les mariages consanguins que certains traits récessifs épouvantables se font jour.

— C'est vrai, dit Jason. Enfin, il sortira peut-être quelque chose de cette réunion.

Tout en bavardant, ils franchirent les grilles du vieux château. Les gardes de service regardèrent légèrement de travers les deux médecins terriens dans leur uniforme blanc, mais les laissèrent passer. Dans les couloirs de pierre translucide derrière lesquels brillaient des lumières colorées, un serviteur leur dit que le Seigneur Hastur avait donné ordre de les amener à la Salle du Conseil.

David savait déjà que l'appel de Régis Hastur à tous les télépathes avait amené à Thendara deux cent trente hommes et femmes adultes — c'est-à-dire, sur Ténébreuse, au-dessus de quinze ans. Une centaine d'autres s'étaient fait excuser à cause des conditions climatiques, de leur grand âge ou de leur état de santé, et quelques-unes pour grossesse avancée. Ce n'était pas beaucoup pour une population de plusieurs millions d'habitants — on n'avait jamais fait de recensement sur Ténébreuse. David connaissait les anciennes proportions ; autrefois, une personne sur cent environ manifestait des dons télépathiques mesurables.

Régis ne les laissa pas longtemps dans l'expectative quant à l'objet de la réunion. Après avoir de nouveau évoqué les problèmes connus et leur avoir demandé de coopérer au programme terrien pour mesurer leurs dons et entraîner les télépathes latents, il mit fin à son discours officiel et descendit de la haute plate-forme d'où il avait parlé.

David avait assez souvent été en contact avec lui pour savoir que Régis était totalement dévoué au programme, mais il n'avait pas haute opinion de ses dons de chef. Régis lui avait toujours semblé un jeune homme tranquille et presque timide, assumant contre son gré un poste d'autorité qui ne lui plaisait pas. Régis n'était pas très grand, même pour un Ténébran — ce n'était pas une race grande. Il mesurait environ un mètre soixante-dix, et, malgré la beauté de son visage et ses cheveux blancs qui lui donnaient une distinction incomparable, il n'aurait pas de lui-même attiré tous les regards. Mais maintenant, tandis qu'il parlait, David sentit qu'il participait à quelque force supérieure située au-delà de sa propre personnalité.

— Notre monde est tombé au pouvoir de démolisseurs, dit-il, et je ne peux même pas vous demander de rechercher l'aide des Terriens. Peut-être vaut-il mieux mourir en respectant notre mode de vie que de vivre en adoptant le leur. Mais je ne crois pas que ce soient les deux seules possibilités. Nous représentons quelque chose d'exceptionnel parmi les centaines de mondes habités ; et nous devons conserver ce que nous sommes.

« Nos coutumes et nos gouvernements traditionnels ont disparu et rien ne les a remplacés. L'Empire Terrien ne demande qu'à remplir ce vide.

« Les Comyn et le Conseil Comyn, notre ancienne hiérarchie, ne sont plus. Je vous demande de vous joindre à moi pour former un nouveau conseil, un conseil qui ne gouvernera pas Ténébreuse, mais qui la conduira et travaillera à la restaurer.

« Pendant des centaines d'années, ceux d'entre vous qui naissaient, comme moi, dans des familles de télépathes, ont, par tradition, consacré leurs dons au bien de ce monde. Vous vous êtes sacrifiés, vous avez vécu dans l'isolement, travaillant sur les écrans et les matrices pour nous donner le peu de technologie que nous avons. Et ceux d'entre vous qui naissaient dans d'autres familles ont été considérés comme des horscastes, des anormaux, étranges et mystérieux, révérés et craints à la fois.

« Je vous demande de vous unir : Comyn et roturier, paysan et seigneur, Amazone Libre et étranger, homme des vallées et homme des montagnes. Je vous demande de vous consacrer à notre peuple. Et, pour commencer, je vous demande de prêter vos pouvoirs aux Terriens en échange de l'aide dont nous avons besoin pour reconstruire notre monde. Mais, en retour, je garantis que nous ne deviendrons jamais un maillon dans la chaîne de l'Empire. Peut-être pouvons-nous être la levure dans leur pâte. Quand ils constateront qu'ils ne peuvent pas nous refaire à leur image, ils décideront peut-être de se conformer davantage à la nôtre.

« M'accorderez-vous toute votre aide ? »

Il se tut, et, pendant un moment, ne reçut aucune réponse.

Il ne fut pas nécessaire de répondre. Car ce fut comme une tempête dans la salle — chaque homme et chaque femme se levant à son tour — et David se trouva entraîné dans le lien soudain et incroyable qui les unit tous.

Il existait entre eux des différences superficielles ; il y aurait même des antagonismes. Mais en cet instant, ils ne faisaient qu'un ; et David sut que jamais, dans l'histoire de l'univers connu, personne n'avait jamais conduit un groupe uni ainsi dans un même esprit et une même volonté.

Il ne savait pas comment ils résoudraient les problèmes que ce monde devait affronter. Mais il avait confiance en eux pour les résoudre — et il sut, dans cet instant révélateur, qu'il ferait aussi partie de la réponse.

L'hiver s'écoula lentement, jour après jour, tandis qu'Andréa Colson faisait ses plans, écoutait ses espions et méditait le dernier acte du drame qui laisserait cette planète sans défense. Une ou deux fois, elle se dit qu'elle aurait eu du mal à mieux combiner les choses elle-même. Tous ces télépathes assemblés au Château Comyn, comme des lemmings allant se noyer dans la mer, venaient d'eux-mêmes se livrer entre ses mains.

Les rares qui restaient, vieux, insignifiants, malades, ou isolés dans leurs lointains districts, ne comptaient pas, ni même les quelques femmes enceintes qui ne viendraient pas. Néanmoins, et sans s'en rendre compte, elle était soulagée, car elle conservait un préjugé irrationnel contre l'assassinat d'une femme grosse, et leur absence éliminait ce risque. Régis Hastur, qui, lorsque ses assassins étaient encore sur cette planète, avait été sa cible principale, avait, selon la rumeur, une autre maîtresse. Andréa n'avait jamais vu le personnage, mais elle ressentait pour lui une vague admiration ; il avait déjoué tant d'attaques. Eh bien, qu'ils jouissent en paix du peu de temps qui leur restait, à lui et à son peuple. Les rares télépathes survivants après son dernier coup seraient trop peu nombreux et trop faibles pour ranimer leur caste ; dans une génération, ils ne survivraient plus que dans la mémoire des gens et dans le corps de quelques anormaux isolés.

Agissant par l'intermédiaire de quelques agents (comme dans la plupart des Cités du Commerce, on peut acheter tout ce qu'on veut à l'astroport de Ténébreuse, en y mettant le prix), elle était parvenue à se procurer les matériaux nécessaires à son projet.

Un soir, peu avant le début du printemps, on lui apporta la nouvelle qu'elle attendait :

— C'est une de leurs Fêtes spéciales, dit l'homme. Tous les télépathes seront au Château Comyn cette nuit-là, y compris ceux qui sont venus d'outre-planète pour le projet spécial du Q.G. C'est une sorte de danse — pour célébrer le dégel de printemps, les premières feuilles ou quelque chose comme ça. Je ne sais pas pourquoi ils prennent le temps de danser à cette époque de l'année alors qu'ils ont tant à faire et à penser, mais je suppose que je ne comprendrai jamais les Ténébrans.

— A quel point cette information est-elle fiable ? demanda Andréa.

— Aussi fiable qu'un listing d'ordinateur, l'assura l'homme. L'un des types du Projet Télépathe est un joueur invétéré. Sa langue se délie facilement quand il gagne — et je m'arrange pour qu'il gagne souvent.

— Imbécile, dit froidement Andréa. S'il est télépathe, il sait sans doute que vous lui tirez les vers du nez.

— Qu'il le sache ou non, il s'en soucie comme d'une guigne, rétorqua l'espion. Et comme je ne sais pas ce que vous complotez ou manigancez, il ne peut pas lire grand-chose. Quelle importance qu'il sache que je ne les porte pas dans mon cœur ? Je ne suis pas télépathe, mais je n'ai pas besoin de l'être pour savoir que ce Rondo ne les porte pas dans son cœur lui non plus. Il est sans doute bien content que je fasse mon rapport à quelqu'un qui ne les aime pas plus que lui.

Enfin, le mal était fait ; mais Andréa doutait que quiconque, à ce stade, prît la peine de chercher qui se tenait derrière cet unique espion. En tout cas, elle doutait qu'un humain quelconque pût lire dans ses pensées. Certainement pas après tant d'années. (Une fois, dans la forêt, quand une Amazone Libre aux cheveux cuivrés l'avait regardée enterrer le virus noir, elle avait senti un semblant de contact, mais elle l'avait chassé avec mépris. Et, après tout, il n'en était rien résulté, bien qu'une rapide vérification lui eût appris que l'Amazone Libre avait couru chez une sorcière locale pour obtenir un contre-charme. Et voilà pour les télépathes ténébrans !)

Et s'ils lisaient ses pensées trop tard — eh bien, ce serait trop tard. Elle ne laissait jamais affleurer à son esprit la pensée que, après ce dernier coup, elle ne s'était même pas donné la peine de préparer sa fuite. (Pour quoi faire ?)

Son excuse était simple. Elle ne pouvait confier ses plans à personne, car les télépathes auraient pu lire ce projet dans l'esprit de ce tiers.

Ainsi, elle agirait seule, et une autre race mourrait. Comme la sienne.

Sans le savoir, David fit écho aux paroles de l'espion d'Andréa :

— Je ne comprends pas pourquoi, avec tout ce qu'ils ont à faire, ils prennent le temps de danser ce soir !

Jason gloussa.

— Quand vous aurez passé quelques années de plus sur Ténébreuse, vous comprendrez.

D'un accord tacite, ils considéraient tous deux comme certain maintenant que David finirait sa vie sur cette planète.

— Ici, la danse est vitale. Mettez trois Ténébrans ensemble, et ils improviseront une danse.

Régis dit :

— Je crois que ça remonte à la préhistoire ; peut-être un vestige des anciennes fêtes qu'on célébrait aux éclipses. C'est la seule activité purement humaine ; tout autre comportement a son analogue dans le monde animal — les oiseaux chantent, quelques insectes tissent des formes artistiques. Mais un de nos anciens poèmes déclare : « Seul l'homme rit, seul l'homme pleure, seul l'homme danse. »

Il était resplendissant dans un costume bleu et argent constellé de gemmes ; à son côté, Linnea était couverte de fleurs roses, naturelles et artificielles. Il sourit à David et demanda à Keral, debout près de lui :

— Les chieri dansent-ils ?

— Oui, ils dansent, répondit doucement Keral, ils dansent au fond des forêts, sous la rougeur du soleil, sous la clarté des lunes, dans la flamme de l'extase.

David, toujours sensible aux humeurs de Keral, devina que son ami était lui-même prêt à partir pour l'extase. Bien qu'il évitât généralement les foules, il avait revêtu pour la soirée l'un de ses vêtements personnels — une longue tunique de tissu scintillant qu'il disait tissée en fils de la Vierge — et les avait rejoints. Maintenant, le Changement avait fait toute son œuvre en lui, et, pour David, il était plus beau que Missy ne l'avait jamais été ; mais, ce soir-là, il semblait entouré d'un rayonnement visible aux regards, d'un halo affolé de lumière scintillante.

Derrière eux, la salle de bal brillait de toutes ses lumières ; des hommes et des femmes en costume de fête, aux cheveux de toutes les nuances de roux, s'y pressaient en grand nombre. Une douce musique au rythme lent remplissait l'air de ses accords, mais Régis, tournant le dos à l'assistance, sortit dans le jardin et leva les yeux au ciel sur les quatre lunes. Il regarda autour de lui le pâle éclat des cheveux du chieri sous la clarté lunaire et le visage de Conner, simple tache floue dans la nuit.

Conner dit :

— Vous savez que j'ai encore eu une de mes visions « hors du temps ». Attention, Régis ; quelque chose menace ce soir. Je l'ai senti une minute, mais je ne sais pas ce que c'est.

Régis dit lentement :

— Je ne sens rien, mais la prémonition n'est pas un don des Hastur. Qu'est-ce que c'était, Conner ?

Conner plissa le front dans un violent effort de concentration.

— Je n'arrive pas à contrôler, dit-il. Je ne suis pas sûr. On dirait — un feu d'artifice.

— C'est peut-être le passé que vous percevez, et non le futur. Ce château a une longue et sanglante histoire, mon ami.

— Peut-être.

Mais Conner avait l'air troublé, et il chercha dans le noir la main de Missy. Régis les regarda s'éloigner. Missy n'avait pas retrouvé sa fantastique beauté, mais d'après ce que Keral avait dit des chieri, elle avait le temps. Plus de temps que Conner. Elle avait des vies entières. Mais Conner était heureux avec elle telle qu'elle était.

David entra dans la salle de bal, se plaça à l'écart — la danse n'était pas son fort — et observa les figures compliquées des danseurs qui évoluaient en couples, en groupes, en longues farandoles, avec, parfois, un soliste émergeant de la foule. On aurait dit un vol chatoyant d'oiseaux heureux. Régis et Linnea se séparèrent vivement d'un groupe et dansèrent enlacés, entourés d'une aura d'amour presque palpable. Non que leur danse eût rien d'érotique, mais un rayonnement sensuel illuminait leur couple, et David sentit qu'en un sens ils offraient délibérément leur union aux regards de tous. Il est vrai que sur Ténébreuse — au moins parmi les télépathes —, on ne pouvait guère feindre d'oublier le sexe dans la vie de tous les jours. Il aurait été absurde d'afficher un comportement neutre à l'égard d'une jeune fille aussi consciente de vos sentiments cachés que des siens propres. De là sans doute ce code de politesse où, par exemple, il ne fallait jamais regarder une jeune fille dans les yeux comme pour dire : « Je suis une créature sensuelle et vous me plaisez ; mais j'attends votre bon plaisir et votre consentement. » La vie amoureuse des télépathes, infiniment plus simple, avait d'ailleurs déteint sur les autres, et il se demanda quelles rationalisations on avait bien pu inventer pour justifier la spontanéité sexuelle. Quant à l'agressivité... Il savait que le duel était commun sur Ténébreuse — pour compenser l'impossibilité de déguiser son hostilité ? Pour lutter contre une empathie douloureuse ? Pour affirmer une virilité de coq de bataille ?

Keral chercha la main de David, qui la serra dans la sienne, réagissant comme toujours à la toute-puissante empathie. Ce soir, le chieri semblait plus heureux que d'habitude, ses yeux gris irradiaient la joie, son visage, plus coloré que David ne l'avait jamais vu, était brûlant de bonheur. Ses longs cheveux soyeux semblaient flotter dans une brise imperceptible. David dit :

— Tu as l'air comblé, Keral.

Puis il réalisa que cette expression était bien faible.

— Je le suis. Te rappelles-tu ce que je t'ai dit la première fois que nous nous sommes unis — *J'ai envie de rire, de chanter, de voler ?*

— Comment pourrais-je oublier ?

— Ce soir, je suis encore plus heureux. C'est comme un battement d'ailes. Ne me demande pas pourquoi, pas maintenant, pas ici. Je te le dirai bientôt. Mais maintenant... voilà...

Il rejeta la tête en arrière et s'immobilisa, prêtant l'oreille à des voix issues de nulle part, et que David n'entendait pas. Il parut s'immerger dans l'impossible mélodie. Puis il leva les bras, se balança quelques instants comme une fleur pâle oscille dans la brise et se mit à danser.

David sentit la musique se taire, ou peut-être cessa-t-il de l'entendre. Il ne voyait plus que Keral, comme une feuille flottant d'abord doucement au gré des courants aériens, puis tourbillonnant dans un souffle enchanté. La contagion gagna la frêle Linnea, qui, abandonnant son groupe, se mit à tourbillonner derrière lui ; après elle, par deux et par trois, puis par dizaines et par douzaines, tous suivirent, comme des oiseaux enivrés, déployant un ballet de rêve, piquant et remontant d'un léger coup d'aile, évoluant dans la salle de danse comme dans un ciel étoilé. David fasciné vit, à la limite de son champ visuel, Conner se jeter dans le courant mélodieux, il vit Desideria évoluer avec grâce, ses voiles délicats flottant autour d'elle ; puis sa conscience séparée fut emportée par la vague toute-puissante qui déferlait sur lui ; inondé, il sombra dans le ressac des danseurs.

Flux et reflux, dérives et maelströms sur les marées invisibles du monde, puissance irrésistible du printemps dans les veines. Clair de lune, aimant invisible attirant les corps et les âmes, unis dans un même tourbillon, vers les portes béantes et la fraîcheur du jardin sauvage. David sentit ses pieds se mouvoir d'eux-mêmes en mesure, sentit l'air frais sur son visage, et, en une fraction de seconde, se demanda : *Que faisons-nous ?* Puis cette pensée fut balayée par l'attrait du clair de lune, par la conscience partagée, par l'incroyable joie qui les habitait tous. Il avait l'impression de nager sous l'eau, entraîné par d'invisibles courants, et il s'abandonna au mouvement, percevant la scène par éclairs fragmentaires de conscience, dans sa beauté irréelle : les cheveux de Keral, argentés dans la lumière des lunes, son visage extatique levé vers le ciel ; Missy, entraînée comme un pétale de fleur dans l'embrasement des vents ; Conner, suivant aveuglément le flux et le reflux ; Régis, dansant lentement, les yeux clos, comme une flèche en plein vol. *Lentement, comme une flèche en plein vol !* Puis David fut séparé de ses amis et, entraîné au centre de la transe, il se mit à tourner de plus en plus vite dans un vortex de conscience exacerbée. Il croyait vivre un rêve, mais son corps était pleinement éveillé et conscient de la joyeuse liberté du mouvement, de l'attraction des lunes et de la mer humaine. Chaque lune affectait ses nerfs d'une façon spécifique ; chaque étoile dans le ciel lumineux semblait un être vivant, exerçant sur son cerveau une attraction propre ; et chaque danseur de la foule était une force particulière, une sensation séparée. Avec ses sens affinés à l'infini, comme de longs fils scintillants projetés autour de lui, il toucha tous les individus de la foule, percevant l'unicité de chacun et sa joie personnelle.

Et cela continua encore. Et encore. Les feuilles surgissant des bourgeons parmi tout le pays ruiné. Les mousses tranquilles déployées sous la neige. La vie secrète des oiseaux dans le jardin clos, et au loin, dans les montagnes et les forêts profondes, la course des hommes-chats féroces poussés par la peur et la faim ; le sang jeune circulant dans les veines des bêtes entraînées par leur instinct dans les furieux combats de l'accouplement ; partout, partout, le réveil de toutes choses rappelées à la vie dans le flot printanier de la renaissance. Là-bas, dans les forêts, et sans savoir comment, avec une netteté inexprimable, David *les* vit, ceux de la vieille race, grands, immobiles, vieux et sages au-delà de toute expression, avec leurs beaux yeux gris et graves comme ceux de Keral, leurs longs cheveux flottants et leur certitude sans âge : la longue décadence de leur dernier automne, l'antique résignation et brusquement l'annonce d'un nouvel âge et d'un printemps imprévu ; et il sut qu'eux aussi dansaient et tourbillonnaient dans la conscience irrésistible de la saison neuve, de la vie revenue et du monde re-né.

(De son poste d'observation dominant le jardin, Andréa aussi vit la folie de la danse habiter les télépathes roux, et, malgré les siècles de sommeil qui avaient engourdi ses sens, elle reçut de plein fouet le bon vieux délire du flot de la vie et du renouveau, et elle resta paralysée, angoissée, ses vieux instincts pulsant en elle et tambourinant contre les portes fermées de sa vie mal ensevelie. Saisie par une angoisse insoutenable, elle restait pétrifiée, les yeux flamboyants d'une fureur muette et monstrueuse...)

Le flux et le reflux de la musique inexprimée, la vie propre de la planète, les courants magnétiques du printemps lui-même battaient en chacun d'eux, les éveillant à l'extase totale du monde. Les mourants même entendaient l'appel de la vie qui se réveillait en eux pour proclamer sa prééminence sur le désastre et la mort dans un monde luttant désespérément pour survivre. C'est d'abord en Régis que le flot du monde atteignit la force explosive du désir ; soudain, farouche et irrésistible, la fièvre monta en lui, et il tendit les bras, encore aveuglé par l'ivresse de la danse, et attira dans ses bras sa cavalière. Ensemble, ils s'allongèrent dans l'herbe tendre.

Puis, séparés tour à tour du tournoiement de la danse de vie, ils s'écartèrent et s'allongèrent par deux ou trois. David, la vague culminant et déferlant sur sa tête, aveugle et pris de vertige dans le vol de l'oiseau désir, sentit des mains sur son corps, un murmure, la transparence rose d'une ravissante jeune fille aux cheveux de flamme. Il se sentit quitter la danse et tomber dans ses bras. Il eut à peine conscience de ce qui se passait, mais en l'espace de quelques secondes, ils étaient nus, allongés dans l'herbe, et s'étreignaient tendrement. Haleine contre haleine, chair contre chair, dans l'humidité des fleurs parfumées, ils mêlaient leurs soupirs, tandis que les derniers danseurs abandonnaient la ronde pour l'amour, la passion brûlante, les râles de plaisir, l'infini au creux des reins. Entraîné par un désir souverain, il aima passionnément la délicate jeune fille qu'il avait dans les bras.

Et pourtant... aveugle ? Sourd ? Ou plus conscient qu'avec ses sens ordinaires parce qu'il n'en avait plus besoin ? *Je ne suis pas seul,* réalisa-t-il en un instant fugitif et pourtant infini où il se fondait dans la douceur intense et familière de Keral transfiguré par l'amour (*encore, encore ; je suis avec toi, mon bien-aimé...*) ; puis, comme si son dernier vêtement venait de lui être arraché pour la première fois de sa vie, il se perdit dans le flot de la vie renaissante comme dans une mer tumultueuse.

Il sentit comme jamais les douces lèvres de Linnea effleurer son visage (il savait bien qu'elle était dans les bras de Danilo à l'autre bout du jardin) ; il éprouva de nouveau la folle douceur de Keral, si éternellement familière ; il se trouva brièvement en contact avec Jason comme les mains de son ami se refermaient sur les seins d'une inconnue ; puis il entra en rapport intense avec Régis (perception claire d'images confuses : épées croisées, poignets solidement unis comme ceux d'acrobates en voltige ; combat violent et intensément sensuel de lutteurs s'étreignant plus ardemment que des amants). Pendant un instant irrésistible et réconfortant, il sentit ce que ce serait de laisser disparaître la conscience de sa virilité — Keral avait-il dû subir ce mélange de souffrance, de joie et d'humiliation ? — alors que son corps et son esprit fusionnaient avec ceux d'une inconnue, et, levant les yeux, il rencontra ceux de Régis à l'instant même de l'abandon total. Puis David se retrouva dans son propre corps, la jeune fille douce, docile et passionnée au-dessous de lui. L'ange... la chair... le monde... et il n'y eut plus rien d'autre... et tout le reste... pendant un bref instant... à jamais... chaleur... explosion... vagues s'apaisant lentement... étoiles tournant et tourbillonnant en lui et hors de lui, et un univers s'assombrissant lentement dans le silence.

Trois secondes ou trois heures plus tard — personne ne le sut jamais —, David refit lentement surface, comme remontant d'un plongeon en eaux profondes. Le doux corps de la jeune fille était toujours pelotonné dans ses bras, et ses cheveux soyeux l'aveuglaient. Il les caressa doucement et les baisa avant de se dégager le visage, se souleva sur un coude et rencontra le visage souriant et stupéfait de Desideria. Il y eut un instant de choc, d'étonnement et de retour instantané à la conscience, puis le souvenir de ce qui les avait conduits l'un vers l'autre lui revint, et il éclata de rire. Quelle importance ? En cet instant et pour ce qu'ils étaient, l'âge et le sexe ne comptaient pas. Doute et regret passèrent sur le visage de la vieille dame ; il rit, l'embrassa, et vit sa peur s'envoler. Elle dit lentement, dans un souffle :

— Je l'ai toujours entendu raconter dans les légendes ; ce qu'on fait sous les quatre lunes est décidé par la volonté des dieux et étranger au désir des hommes. Mais jusqu'à aujourd'hui, je n'ai jamais su ce que cela signifiait.

Il lui sourit et prit ses mains. Autour d'eux, le jardin était obscur et silencieux, plein des murmures de la conscience séparée, ordinaire, où chacun se retrouvait progressivement. David reprit ses vêtements, car le printemps était frais, et il se fit l'impression d'un chien qui dresse l'oreille à des sons qu'aucun homme ne peut entendre. Tout était paisible et tranquille, mais une appréhension soudaine faisait vibrer ses nerfs. Il regarda autour de lui, saisi d'une crainte vague, et contacta Conner :

David ? Je ne sais pas, ça ne me plaît pas... des feux d'artifice... pour la première fois de ma vie guéri et heureux... sûr de ne plus jamais dériver seul, mais même ici, ici...

Keral hurla soudain, cri insensé de joie et d'horreur mystique, tandis qu'un faible halo de lumière avançait dans le jardin, et huit ou dix formes graciles apparurent dans l'air vibrant, longues et diaphanes, avec de longs cheveux d'argent flottant dans la brise, et ces grands yeux gris et graves qui semblaient luire de leur propre feu intérieur. Il courut à elles, avançant d'un pied divinement sûr au milieu des couples encore allongés sur l'herbe, et tous le serrèrent dans leurs bras, tandis que David, le cœur plein de clarté, reconnaissait, sans les avoir jamais vus, les chieri survivants, sortis du néant — comme l'avaient prédit les légendes — pour voir le plus jeune d'entre eux en cet instant miraculeux de bonheur, de vie et d'espérance retrouvés.

Autour d'eux, les murmures de la nuit ordinaire commençaient à se réveiller ; chacun revenait lentement à soi avec des mouvements de joie, d'émerveillement, de regret rieur et d'union intime trop réels et profonds pour se laisser exprimer en paroles. Ébranlés, abîmés, enchantés, ils voyaient l'avenir trembler comme une fleur fragile au fond des bois. David savait, à un niveau profond (est-ce Régis qui avait lancé cette pensée dans leur réseau invisible?), que rien ne pourrait plus jamais séparer les télépathes de Ténébreuse; ils pourraient avoir des buts séparés en apparence, mais un potentiel perdu ou mal utilisé depuis des années était retrouvé; comme les chieri avant eux, ils étaient un peuple où tous les individus ne faisaient qu'un seul être fusionnel et harmonieux.

Keral riait encore et murmurait, tout à la joie des retrouvailles. Mais dans la ferveur totale de l'instant suprême, une onde d'inquiétude commençait à circuler entre eux, comme un danger sournois, étouffé, innommable et presque palpable. David en eut la chair de poule. Danilo, s'écartant doucement de Linnea, bondit comme un chat sur son épée, instinctivement, en l'absence de péril visible. Conner se leva d'un bond.

Puis, sans le moindre doute possible, ce fut Rondo qui hurla — mais était-ce par la parole — en un puissant cri de rage et d'angoisse:

Oui, je vous ai révélé leurs plans parce que je voulais m'évader de ce monde, mais ils ne m'ont jamais fait de mal, et je ne veux pas voir leur sang répandu, leurs chairs disloquées, je ne veux pas prendre part à ces meurtres...

Une silhouette passa en courant, puis se figea soudain et bondit — non, jaillit vers le ciel, comme un démon volant, entourée d'un halo de lumière de plus en plus intense. Elle saisit quelque chose au vol, en une torsion étrange, comme un athlète surhumain bloquant quelque ballon surnaturel, et, dans une gerbe d'étincelles, comme une fusée, continua son mouvement ascensionnel, plus haut, toujours plus haut...

A mille pieds au-dessus du château, cela explosa, comme un bouquet de feu d'artifice concluant la fête; un cri silencieux de douleur insondable et d'angoisse mortelle vibra dans les esprits, suivi d'un silence de mort, et un trou de souffrance lancinante s'ouvrit dans le monde à l'endroit où venaient de disparaître le corps, la voix et l'esprit de Rondo. Ensuite leur parvint le bruit de l'explosion, étouffé par la distance, lointain et sans danger, mais secouant le château et se réverbérant en écho sur ses murs... puis laissant graduellement place au silence, à l'insondable silence de l'espérance restaurée.

Alors, au milieu des chieri et entourée de la même lumière, ils virent une femme, portant la morne tenue de l'Empire, lutter contre la force invisible qui l'avait fait sortir de l'ombre et propulsée dans la lumière, avec une expression de rage encore triomphante qui peu à peu fit place à la peur, à la stupéfaction incrédule.

Je vous croyais tous morts. Je ne savais pas qu'aucun de vous avait survécu pour revenir sur ce monde, ne fût-ce que pour mourir.

— Non, nous n'avons pas perdu la vie.

La voix du plus âgé des chieri, une femme grande et belle, intemporelle, au-delà de tout ce que l'homme peut vivre, sembla se réverbérer sur toute la planète.

— Nous vivons, bien que nos jours soient comptés. Mais nous ne pouvons pas rendre la mort pour la mort ; nous devons rendre la vie...

— Elle s'appelle Andréa, dit la rousse Amazone Libre, sortant de l'obscurité du jardin, et je savais qu'elle nous aurait détruits si elle l'avait pu, mais je n'avais pas deviné...

— Non, nous n'avons pas perdu la mémoire, répéta le vieux chieri avec une bonté et une souffrance indicibles, s'adressant directement à Andréa. Nous te connaissons, même après tant et tant de révolutions, Narzain-ye-kui, enfant de la Forêt Jaune, qui nous abandonna par désespoir pendant les années de la Quête. Nous t'avons pleurée comme un enfant mort depuis très, très longtemps, bien-aimée...

La femme était hagarde de douleur et d'affliction.

— Et j'ai mis un enfant au monde sur un monde extérieur, engendré par un homme que je n'ai pas connu, dont je n'ai jamais vu le visage — un enfant conçu dans la folie et abandonné à la mort, vous croyant tous disparus...

— Longues, longues années de folie, murmura

Keral, prenant le visage d'Andréa dans ses mains avec une tendresse infinie.

Elle ouvrit brusquement les yeux et contempla l'aura de beauté ineffable, la puissance illimitée qui émanait du chieri et qui était la puissance de la vie potentielle. Keral dit doucement :

— Tout n'est pas fini. Je vis — et tu verras ce qui m'est arrivé. Peut-être même que ton enfant vit encore quelque part ; nous sommes difficiles à tuer...

Du regard, il chercha vivement Missy dans la foule, car la ressemblance était évidente.

— Mais notre race, Andréa, continue à vivre en ces gens ; encore enfant, je savais déjà que notre sang se perpétuait en eux. Et comme tu vois...

La beauté surnaturelle de Keral sembla scintiller, et, pour la première et dernière fois, David le reconnut comme la femme ravissante qu'il était, et connut instantanément la vérité : le chieri était parvenu à l'apogée du Changement et à la féminité totale (que Missy singeait seulement) dans la grossesse. Maintenant, il comprenait la folle joie de Keral qui l'avait entraîné hors de lui-même — et les avait tous sauvés, sauvant aussi sans doute un monde avec eux.

Puis, ses réflexes médicaux toujours en éveil, et oubliant qu'il était encore à demi nu, il bondit et reçut dans ses bras Andréa qui tombait sans connaissance.

EPILOGUE

ASSISE sur un haut balcon du Château Comyn à Thendara, la femme qui pendant des siècles s'était fait appeler Andréa Colson regardait au loin les montagnes verdoyantes. Elle savait, sans avoir besoin de le voir, ce qui se passait dans ces massifs. Le point de non-retour avait été presque atteint, et pourtant, comme elle se l'était dit autrefois, ce monde pouvait être sauvé, mais cela exigeait des ressources non disponibles sur Ténébreuse.

A part elle-même.

Elle ne s'était pas ménagée. Tout le talent déployé pendant des siècles pour détruire des mondes, elle l'avait jeté dans la bataille pour en sauver un seul : l'immense fortune qu'elle avait amassée à cette besogne, elle l'avait entièrement mise à la disposition de ceux qui luttaient sur tous les fronts pour rendre Ténébreuse à elle-même. Ce monde était le sien et lui avait été miraculeusement rendu lorsqu'elle avait appris que certains de sa race survivaient et que leur sang se perpétuait chez ces mêmes télépathes qu'elle avait méprisés. Et maintenant, en l'attente de la naissance de l'enfant de Keral, elle savait que la race continuerait, même si la lignée ne pouvait plus être pure.

Les chieri ne survivraient peut-être pas. Cette unique naissance ne pourrait pas redonner force et vigueur à la race. Il était certain que Missy n'enfanterait jamais ;

elle avait été trop profondément abîmée et transformée par des siècles de lutte pour la vie. Andréa affrontait ses remords, mais ses actes passés lui semblaient d'une autre ; ce qu'on fait dans la folie ne peut se retrouver dans la raison sans une folie encore pire. Mais Keral vivait, et l'enfant de Keral vivait, apportant une nouvelle vigueur et de nouveaux pouvoirs à la caste des télépathes.

— Et ce n'est pas tout, dit David, sortant sur le balcon.

Il avait l'étrange capacité de suivre les pensées d'Andréa, et elle en était venue à l'aimer à sa façon. Jason, Régis et Linnea l'accompagnaient, et David dit :

— Au moins, ici, les télépathes ne mourront pas. Réalisez-vous que... combien sont-elles, Jason ?

— Cent une, dit Jason. Cent une femmes du Conseil Télépathique enceintes. Et sur ce nombre, au moins dix-neuf attendent des jumeaux, et trois des triplés. Il y aura une génération florissante pour prendre la relève.

Il regarda Linnea qui rit en prenant la main de Régis. Elle approchait de son terme, mais elle était plus belle que jamais.

— Nous allons travailler avec l'Empire, dit Régis. La décision a été prise au Conseil. Les Ténébrans ne peuvent pas se couper complètement de la civilisation galactique. Nous entraînerons des télépathes pour les communications dans les vaisseaux. Nous savons, maintenant, que le contact avec des télépathes éveillera des dons télépathiques latents chez ceux qui ne semblent pas en avoir. J'espère que la télépathie, partant de Ténébreuse, se répandra dans toute la Galaxie connue. Et ceux qui naîtront avec ce don ne sombreront plus dans la folie, de sorte que dans quelques générations les télépathes constitueront un levain dans les sociétés de toutes les planètes. Nous les amènerons chez nous, nous les éduquerons à utiliser leurs pouvoirs dans la paix et dans la joie. Et l'Empire, en retour, s'engage à laisser Ténébreuse telle que nous l'avons toujours connue et aimée, et telle qu'elle nous est nécessaire pour notre bonheur ; nous ne serons jamais un maillon dans une chaîne de mondes identiques.

David écouta un moment, comme prêtant l'oreille à une voix inaudible, puis partit. Linnea parut aussi écouter, sourit et serra la main de Régis.

— Maintenant, ce ne sera plus long pour moi non plus, dit-elle.

Régis alla s'asseoir près d'Andréa. Elle avait beaucoup vieilli pendant ses longs mois de lutte dans les bois et dans les montagnes pour sauver ce monde ruiné, donnant des instructions explicites sur la façon de rendre la vie au sol, sur les arbres qu'il fallait planter pour reconstituer au plus vite le couvert boisé destiné à retenir la terre, sur la façon de repeupler chaque niche écologique. Mais son visage ridé était paisible et heureux, elle avait repris l'apparence d'un chieri, et de nouveau inspirait l'amour et le respect. Il dit :

— Qu'allez-vous faire, maintenant...

Il hésita, puis lui donna son nom chieri, et elle sourit.

— J'attends seulement la naissance de l'enfant de Keral ; puis je retournerai dans ma forêt avec mon peuple, pour les quelques *cuere* qui me restent à vivre. Mais je partirai contente, sachant que si mes feuilles tombent, il y aura de nouveaux bourgeons au printemps que je ne verrai jamais.

Régis lui prit la main dans la sienne, et elle la serra doucement. Immobiles, ils regardèrent ensemble le brouillard tomber sur les montagnes.

Linnea dit :

— Vous avez tant donné...

Andréa sourit.

— Maintenant, une fortune ne me servirait à rien.

— Je regrette que vous ne soyez pas revenue plus tôt, dit Régis, sincèrement déchiré de regret.

— Cela aurait peut-être été prématuré, dit rêveusement Andréa. D'ailleurs, je ne savais plus où était mon propre monde...

— Ceux qui vous ont engagée — qu'est-ce qu'ils vont faire ? Quand Ténébreuse ne tombera pas entre leurs mains comme un fruit mûr ?

— Que peuvent-ils faire ? Pour me piéger ou seulement pour se faire indemniser, il faudrait d'abord qu'ils admettent m'avoir engagée, et le métier de casseur de mondes est illégal. Je crois qu'ils reconnaîtront leur défaite, tout simplement. Mais maintenant, l'Empire Terrien sait exactement comment ils travaillent ; et à l'avenir, il leur sera plus difficile de détruire d'autres planètes.

Il y eut un mouvement derrière eux, et Keral, pâle et d'une beauté parfaite, suivi de David, sortit sur le balcon. Ils allèrent droit à Andréa, Keral se retourna, prit une petite chose vagissante dans les bras de David et la déposa dans ceux d'Andréa.

Keral murmura :

— Pas par amour, mais parce que cela signifie davantage pour toi que pour tout autre. Regarde, et vois un monde qui renaît.

Andréa tendit la main et toucha les cheveux soyeux de Keral.

— Oui, dit-elle en un souffle, par amour.

David entraîna Keral à l'écart, et, serrés l'un contre l'autre, ils contemplèrent la planète verdoyante. Encore émerveillés, ils n'avaient pas besoin de regarder pour voir le nouveau-né minuscule, infiniment étrange et beau, la tête couverte d'un duvet cuivré, le premier d'une seconde chaîne de télépathes de sang chieri. Et c'était leur apport au monde qui renaissait. Cela avait commencé par un enfant dans les bras de Keral, éveillant des émotions et des expériences complexes, et David pensa qu'ils auraient toujours une dette envers Melora et son enfant. Par-dessus l'épaule de Keral, il rencontra les yeux de Régis et sourit.

Andréa se renversa sur son siège, les paupières closes, et pourtant, voyant par les yeux de l'esprit un monde vert et foisonnant, où la vie jaillissait du sol, où les feuilles tombaient et renaissaient en un cycle éternel, rivières, vallées et montagnes grouillantes de vie, et au-delà, la vie infinie des silencieuses forêts de Ténébreuse blotties sous la lune. Au loin, comme un chant étouffé, elle entendit de la musique, la musique de son peuple dans les forêts où tout le monde attendait son retour. Le temps passerait sur eux, ils ne renaîtraient pas, ils tomberaient comme tombent les feuilles ; mais tant que Ténébreuse vivrait, ils ne mourraient jamais tout à fait, et après eux, tout l'Empire serait plein de leur mémoire, grâce à leur beauté et au don éternel qu'ils avaient fait, ce pont entre l'homme et l'humanité ; ce don qui était l'amour.

Sans ouvrir les yeux, elle sourit, sentant la vie puissante et déjà la sensibilité naissante de l'enfant qu'elle tenait dans ses bras, entendant la musique lointaine qui s'enflait et retombait comme le vent dans les feuillages, puis se résolvait en silence, comme une brise qui s'assoupit sur la forêt.

L'enfant de Keral commença à remuer, à gigoter et ruer dans ses bras froids, et c'est alors seulement qu'ils réalisèrent qu'Andréa Colson, chieri, enfant de la Forêt Jaune, destructrice et rédemptrice de mondes, était revenue chez elle pour mourir.

FIN

FIN

Achevé d'imprimer en octobre 1996
sur les presses de l'Imprimerie Bussière
à Saint-Amand (Cher)

POCKET - 12, avenue d'Italie - 75627 Paris Cedex 13
Tél. : 01-44-16-05-00

— N° d'imp. 2277. —
Dépôt légal : février 1991.

Imprimé en France

Les Galaxies
de la Science-fiction

HERBERT
La maison des mères

Les Planètes
de la Science-Fantasy

McCAFFREY
Le dragon blanc

Les Univers
de la Fantasy

MOORCOCK
La quête de Tanelorn

Les Abîmes
de la Dark Fantasy

LOVECRAFT
La trace de Cthulhu